IRONCLAD – DEUTSCHE AUSGABE

DIE RAVEN CURSED-SERIE
BUCH SECHS

MCKENZIE HUNTER

Übersetzt von
ANNA DRAGO

Dies ist eine erfundene Geschichte. Namen, Charaktere, Unternehmen, Orte, Ereignisse und Vorfälle sind entweder Produkte der Fantasie der Autorin oder werden fiktiv verwendet. Jegliche Ähnlichkeit mit lebenden oder verstorbenen Personen oder tatsächlichen Ereignissen ist rein zufällig.

McKenzie Hunter

Ironclad

© 2022, McKenzie Hunter

McKenzieHunter@McKenzieHunter.com

ALLE RECHTE VORBEHALTEN. Dieses Buch enthält Material, das durch internationale und bundesstaatliche Urheberrechtsgesetze und -verträge geschützt ist. Jeglicher unerlaubter Nachdruck oder Gebrauch dieses Materials ist untersagt. Kein Teil dieses Buches darf ohne ausdrückliche schriftliche Genehmigung der Autorin / des Verlags in irgendeiner Form oder mit irgendwelchen Mitteln, elektronisch oder mechanisch, reproduziert oder übertragen werden, einschließlich Fotokopien, Aufzeichnungen oder durch Informationsspeicher- und -abrufsysteme.

Coverkunst: Orina Kafe

Übersetzung: Anna Drago

Lektorat (Deutsch): Katrin Dolle

ISBN: 978-1-946457-51-6

DANKSAGUNG

Vielen Dank, dass Sie Erin auch auf diesem Abenteuer begleitet haben. Ich bin meinen LeserInnen unglaublich dankbar, dass sie an ihrer Reise teilgenommen haben.

Jedes Mal, wenn ich ein Buch abschließe, wird mir bewusst, wie viele Menschen mir direkt und indirekt geholfen haben, und das erfüllt mich immer wieder mit Demut. Meinen Freunden und meiner Familie bin ich für ihren unermüdlichen Zuspruch und ihre Unterstützung ewig dankbar. Ein besonderes Dankeschön geht an meine Alpha-Leser, Beta-Leser und mein Redaktionsteam – Meredith Tenant und Alexa: Ich kann euch gar nicht genug für eure harte Arbeit und euren Einsatz danken, die es mir erlaubt haben, das bestmögliche Buch zu veröffentlichen.

1

Meine Wut ließ den Raum außergewöhnlich warm erscheinen, und die wilden Emotionen, die in mir tobten, waren schwer zu unterdrücken. Ich holte tief Luft und atmete in die Trostlosigkeit aus. Die angespannte Stille fühlte sich surreal an. Mephisto, Simeon, Kai, Clay und Benton waren weg. Fabian stand vor mir, selbstgefällig in dem Wissen, dass er und Elizabeth für ihr Verschwinden verantwortlich waren und dass der Zugang zum Schleier versiegelt war, damit sie nicht zurückkehren konnten.

Fabians Lippen verzogen sich zu einem netten, mitfühlenden Lächeln, das eine Freundlichkeit enthielt, von der er vermutlich dachte, sie würde meine Stimmung aufhellen. Ich wollte ihn und Elizabeth vernichten. Sie für den Schmerz, den Verrat und den Kummer bezahlen lassen, den ich fühlte. Meine Emotionen machten meine Magie unberechenbar, und sie pulsierte in mir. Ich hob eine Hand zu Fabians Brust, die brodelnde Magie schoss in ihn und schleuderte ihn gegen die Wand. Geschockt errichtete er eilig ein Schutzfeld um sich. Als ich meine Hand dagegen drückte, blieb ein beunruhigendes, schiefes Lächeln auf seinem Gesicht, zusammen mit diesem scharfsinnigen Funkeln in seinen Augen, das ich zu hassen gelernt hatte.

„Du kannst es nicht brechen. Deine Magie ist außergewöhnlich, und mit mehr Training wirst du zu einer unaufhaltsamen Kraft werden. Einer, die die Leute dazu zwingt, dich zu bemerken. Deine unbestreitbare Macht würde geradezu verlangen, dass die Leute dich bemerken. Trotz deiner Abstammung würden wir dich als eine von uns aufnehmen. Du wärst eine unvergleichliche Bereicherung", bemerkte er und als wäre es lobenswert, mich zu akzeptieren. Ich fragte mich, wessen Arroganz größer war, die der Götter oder die der Elfen? Elfen glaubten gern, sie seien eine andere, reinere Version mächtiger Magie. Aber von meinem Standpunkt aus waren sie die gleiche Seite einer machtgierigen Medaille, bar jeder Selbstkritik. Und beide Magien wohnten in mir.

„Wie nett von dir, mir den Zutritt zu einer Gruppe von Leuten zu gewähren, deren Ethik schlechter ist als die derer, die sie angeblich hassen", schnaubte ich. Meine Wut war roh und ungezügelt. Ich wollte demonstrieren, wie angewidert ich von ihm war. Besonders von dem Grinsen, das sich langsam auf seinen Lippen ausbreitete, als wäre ich belanglos. Ich ging um das Feld herum und hoffte, eine Schwäche in der Struktur zu spüren oder dass meine Bewegung um ihn herum genug Ablenkung sein würde, um seine Magie versagen zu lassen. Ich brauchte nur einen Moment der Schwäche. Sogar Hybris konnte sich zu meinen Gunsten auswirken. Dass er mich unterschätzte, könnte sein Untergang sein.

Er war stark und konzentriert und beobachtete mich mit zusammengekniffenen Augen. Fabians Lächeln entspannte sich, und die kühle Gleichgültigkeit in seinen Augen schmolz dahin. Sie sahen sanft und flehend aus. Eine schauspielerische Darbietung, auf die ich nicht hereinfallen würde.

„Du bist verletzt und fühlst dich betrogen."

„Oh, ich sollte mich durch deinen Verrat *nicht* betrogen fühlen? Wie dumm von mir."

„Es war nicht persönlich, Erin. Das musst du verstehen. Vielleicht ist es hart. Ich kann verstehen, dass meine Methoden als grausam empfunden werden könnten."

„Du hast Madisons Leben bedroht! Das ist mehr als grausam."

„Es war ein notwendiges Übel. Ich glaube, dein Urteilsvermögen ist durch deine Lust auf diesen Jäger getrübt. Wenn die abgeklungen ist, wirst du sehen, dass es zu deinem Besten war, dass die Situation so gehandhabt wurde. Es gibt einen Grund, warum sie im Schleier waren. Dort gehören sie hin, und die Elfen gehören hierher, nach draußen. So, dass unsere Wege sich nie kreuzen, damit wir nicht gezwungen sind, zu beweisen, wer die stärkere Macht ist." Das Grinsen kroch wieder über sein Gesicht. „Obwohl ich denke, dass ich das bewiesen habe." Er winkte ab.

„Erin, ich glaube, dass du nach einiger Zeit des Nachdenkens zu schätzen wissen wirst, was ich getan habe. Du musst wissen, wie gefährlich es ist, wenn der Schleier eine Option ist, für jeden. Ich habe diese Welt sicher gemacht. Du hast diese Welt sicher gemacht, und du wirst sehen, dass das Opfer nicht so groß ist, wie du glaubst."

Die Frage, ob der Schleier dauerhaft geschlossen werden sollte, war eine Debatte zwischen Madison und mir gewesen. Die Bewohner des Schleiers waren mächtiger, rücksichtsloser und gegen Teile unserer Magie immun, was es zu einer Herausforderung machte, sie zu kontrollieren. Aber die Jäger stammten aus dem Schleier, und wichtiger noch: Mephisto auch. Und ich wollte ihn hier haben. Ich verstand die Ungerechtigkeit der Situation. Die meisten konnten den Schleier nicht sehen, was bedeutete, dass sie nicht hineingehen oder ihn vermissen würden.

„Verstehst du, was wir getan haben? Die Sicherheit, die wir gewährleistet haben, und wie effizient wir unsere wahren Rollen hier etabliert haben? Du kannst mir deswegen nicht böse sein, oder, Erin?" Er war ein Meister in der Kunst der Überzeugung. Mit dem sanften Klang seiner Stimme, dem flehenden Ausdruck und der unaufdringlichen Haltung, die ihn weniger gefährlich erscheinen ließ, als er war. Fabian war nicht anders als Malific oder Elizabeth; in seinem Fall war es nur angenehmer verpackt. Ich hasste ihn. Minuten vergingen, während ich mir vorstellte, ihn und Elizabeth zur Strecke zu bringen. Meine wohlverdiente Rache zu bekommen. Er deutete mein Schweigen als Zustimmung und sah hoffnungsvoll aus. Er legte seine Hand auf das Schutzfeld und wartete darauf, dass ich meine Hand als Zeichen der Akzeptanz und Solidarität an seine legte.

Dachte dieser manipulative Arsch, ich würde mit ihm eine kitschige Handberührungsszene durch Glas machen? Selbst wenn ein Teil von mir seiner Meinung war, konnte ich seine Methode nicht gutheißen. Er hatte mir die Wahl genommen. Ich war es so leid, dass alle mir meine Wahlmöglichkeiten zu meinem „Wohl" nahmen, nur damit ich dann von ihnen betrogen wurde. Er hatte Madisons Leben bedroht und allein aus diesem Grund konnte ich ihm nie vergeben.

„Lass das Feld fallen und wir können reden", schlug ich vor. Ohne Waffen hatte ich keine Chance, aber ich wollte eine. Der Durst nach Vergeltung machte mich impulsiv, und in diesem Moment wollte ich ihm ins Gesicht schlagen. Ihm sofort brutale Schmerzen zufügen.

Er musterte mich einen langen Augenblick. „Ich glaube nicht, dass ich dich zur Logik überredet habe. Ich hoffe, dass du nach einiger Zeit erkennen wirst, dass die Ergebnisse die Mittel rechtfertigten. Wir werden bald nochmal darüber reden. Doch jetzt muss ich erst einmal nach Havenage zurückkehren." Er näherte sich noch weiter dem schwachen Licht, das uns trennte, und flüsterte: „Dein Vater bleibt unter unserem Schutz."

Schutz. Er hüllte seine Drohung in scheinbares Wohlwollen. Nolan stand nicht unter ihrem Schutz, sondern war kurzerhand sein Gefangener geworden. Ich sah Fabian deutlich: Hinter seinen freundlichen Worten, höflichen Fragen und scheinbar harmlosen Bemerkungen steckten Manipulation und kalkulierte Grausamkeit. Ich würde sein Spiel besser spielen als er.

„Das ist nett von dir. Bitte pass gut auf ihn auf.“

Seine Lippen zuckten, als sie sich zu einem vorwurfsvollen Lächeln verzogen. „Erin, ich bin nicht dein Feind. Behandle mich nicht wie einen. Dein Leben wird besser sein, wenn ich dein Verbündeter bin“, erklärte er. „Wenn du bereit bist, weiterzumachen, werde ich da sein.“ Er schimmerte und bereitete sich darauf vor zu verschwinden. Mein Versuch, seine Barriere zu durchbrechen, ließ sie pulsieren und zu seiner Überraschung so stark wogen und sich dehnen, dass ich dachte, sie würde reißen. Fabians Vertrauen in sie schwankte. Als seine Maske fiel, bekam ich einen flüchtigen Blick auf etwas, das er zuvor verborgen hatte: Sorge. Und die war vollkommen berechtigt.

Er verschwand, bevor ich es noch einmal versuchen konnte. Ich hielt an meiner Wut und meinem Rachedurst fest. Das war vielleicht nicht gesund, aber es nährte meine Magie.

Ich würde ihn töten. Und Elizabeth.

<hr>

Ganz gleich, wie stark der Hass war, der einem innewohnte, ein Anflug von Zivilisiertheit hielt einen in der Menschlichkeit verankert, selbst wenn es nur durch dünnste Fäden war. Deshalb fühlte sich ein Teil von mir schuldig angesichts meiner Entscheidung, Elizabeth und Fabian zu ermorden. Meine Gedanken wanderten zu meinen Sitzungen mit Dr. Sumner. Eine leise Stimme drängte mich, ihn anzurufen, als ich mich daran erinnerte, wie ich bei diesem verdammten

Test abgeschnitten hatte, erkannt hatte, wer meine Mutter war und welche Rolle sie bei dem spielte, was ich werden konnte, und an meine Rücksichtslosigkeit, als ich keine eigene Magie hatte. Diese Stimme drängte mich, mich an ihn zu wenden, damit er mich zu einer zivilisierteren Option führte. Ich wollte das nicht. Manche Grausamkeiten konnte man nicht mit Höflichkeit bekämpfen. Sie hatten meine Familie bedroht. Schmerz durchfuhr mich und ließ mich mitten im Schritt stehenbleiben, als ich mich auf den Weg zu Mephistos Zimmer machte, um meine Sachen zu holen. Die Situation hätte anders ausgehen können, und ich hätte Madison, Sophie und Keegan verlieren können.

Fabian und Elizabeth verdienten keine Nachsicht oder auch nur einen zweiten Gedanken daran. Einfach nur kalte, finstere Taten.

Als ich meine Sachen zusammenpackte, sah ich, dass ich eine Nachricht von Ava, Mephistos Anwältin, hatte, in der sie mir mitteilte, dass sie mich innerhalb einer Stunde bei ihm zu Hause treffen würde. Nach unserem Treffen wollte ich in meine Wohnung zurückkehren.

Meine Reisetasche stand an der Tür, als Ava ankam und das Haus betrat, mit einem Tablet in der einen Hand und einer cremefarbenen, teuer aussehenden Lederaktentasche in der anderen. Ihr kurzes Haar war zurückgekämmt, lässiger, als ich es je gesehen hatte, und gab außerdem den Blick auf dezente Diamantohrringe frei. Ihr Look wurde komplettiert durch eine maßgeschneiderte bordeauxrote Hose, eine Seidenbluse mit Schluppe und acht Zentimeter hohe Absätze, in denen sie sich so sicher bewegte wie in Turnschuhen.

„Hallo, Miss Jensen", begrüßte sie mich mit neutraler Stimme, als sie zielstrebig das Haus betrat, an mir vorbeiging und mir bedeutete, ihr zu folgen. Ich tat es, als sie zu Mephistos Büro navigierte. Sie setzte sich an seinen Schreibtisch und winkte mich auf den Stuhl davor. Ava schwieg einen Moment, ihre Miene wurde kurz finster und entspannte sich dann, während sie durch ihr Tablet scrollte.

Sie wandte es mir zu. „Hiermit bestätige ich nur, dass Sie die folgenden Dinge bekommen haben: Code für das Haus, Schlüssel, Zugang zu den Autos in der Garage. Es wird einen Override-Code für seine Sammlungen geben." Die Anspannung in mir ließ etwas nach. Seine Sammlung magischer Objekte würde mir einen Vorteil gegen Fabian verschaffen und hoffentlich helfen, den Schleier wieder zu öffnen. Ich konnte meine Überraschung und Genugtuung kaum zurückhalten und musste mir Mühe geben, die Emotionen in meinem Gesicht zu unterdrücken. Ich konnte ihre Augen auf mir spüren, als ich unterschrieb.

„Was wissen Sie über Mephisto?", fragte ich.

„Ich weiß, dass er mein Mandant ist und mich für meine Diskretion gut bezahlt. Ich stelle nur Fragen zu dem, was ich für meinen Job brauche. Und nur für meinen Job." Avas angespanntes Lächeln und ihr scharfer Blick warnten mich vor weiteren Fragen.

Der neugierige Blick, den sie mir zuwarf, verschwand so schnell, wie er aufgetaucht war. Bei unserem ersten Treffen hatte sie gesagt, dass sie nicht von mir beeindruckt war. Als sie beauftragt wurde, nachdem River mich verhaftet hatte, schien sich ihre Meinung nicht geändert zu haben. Ihre Neugier wurzelte in Mephistos Interesse und wurde wahrscheinlich nur dadurch angefacht, dass sein Notfallplan vorsah, mir Zugang zu seinem Haus und seiner Sammlung zu gewähren. Nachdem ich weitere Dokumente unterschrieben hatte, die mir Zugang zu all seinen Konten gaben, deren Guthaben ich nicht zu verwenden beabsichtigte, und zu seinem Flugzeug, das sich als nützlich erweisen könnte, folgte ich ihr in den versteckten Raum, in dem seine Sammlung magischer Objekte aufbewahrt wurde, die er im Laufe der Jahre bei seinem Versuch, einen Weg zurück nach Hause zu finden, erworben hatte. Sie überprüfte etwas auf ihrem

Tablet – ich nahm an, es waren Anweisungen –, bevor sie mir per Fingerabdruck Zugang gewährte. Nachdem ich die Tür erfolgreich geöffnet hatte, trat sie zurück, um die Gegenstände im Raum nicht sehen zu müssen. Dann verschwand ihr streng professionelles Auftreten.

„Wird er zurückkommen?", fragte sie und musterte mein Gesicht.

Als ich all die neuen magischen Objekte betrachtete, die mir zur Verfügung standen, wuchs mein Selbstvertrauen.

„Ja. Es kann eine Weile dauern, aber er wird zurückkommen."

Sie warf mir einen weiteren prüfenden Blick zu, dann umspielte ein breites Lächeln ihre Lippen. Der wenig begeisterte Eindruck, den sie von mir hatte, löste sich auf, als sie nickte.

„Ich weiß nicht, ob das stimmt, aber ich habe das Gefühl, dass es nichts gibt, was Sie nicht tun würden, damit das passiert." Ava griff in ihre Handtasche, holte eine Karte heraus und gab sie mir. „Wenn Sie jemals Hilfe brauchen, schicken Sie mir einfach eine Nachricht." Sie wollte gehen, blieb dann stehen und lächelte. „Selbst, wenn es Rechtsberatung ist. Normalerweise bearbeite ich keine Strafsachen, aber ich habe jemanden in meinem Team, der das kann." Ihr Blick wanderte über mich. „Ich gehe davon aus, dass Sie uns brauchen werden."

Sie war beauftragt worden, als ich verhaftet wurde, und ich hatte keinen tollen Ruf, also war es nicht unwahrscheinlich, dass ich sie als Strafverteidigerin brauchen würde. Ihre Bemerkung basierte offensichtlich auf Vorurteilen, doch ich hielt eine bissige Erwiderung zurück.

2

Corys Hand rieb über den dunklen Bart, der sein Gesicht beschattete. Er sah ungepflegter aus als je zuvor, Angst und Sorge tief in seine Züge geschnitten. Seinem Aussehen nach zu urteilen, war er sofort herbeigeeilt, als ich ihn angerufen hatte, um ihm zu sagen, dass Mephisto und die Jäger weg waren und der Schleier geschlossen worden war. Meine Versuche, den Schmerz in meiner Stimme zu unterdrücken, waren gescheitert. Ein Vorfall bei der Supernatural Task Force sorgte dafür, dass mein Telefonat mit Madison kurz war und ich nicht viele Einzelheiten über das Geschehene preisgeben konnte. Ich war dankbar für die Verzögerung, denn ich hatte noch nicht entschieden, wie viel ich ihr verraten wollte.

Ich wollte ihr nicht sagen, wie gefährlich nahe sie und Cory daran gewesen waren, Opfer eines Elfenzaubers zu werden, der dank Fabian systematisch jeden mit Feenblut getötet hätte. Und ich hatte es nicht eilig zu verraten, dass Fabian sie als Druckmittel benutzt hatte.

Mein einziger Trost war, dass der Zauber mit Elizabeth in Verbindung stand, und obwohl sie sich als das Monster

9

entpuppt hatte, war ich nicht ganz davon überzeugt, dass sie ihr Leben opfern würde, nur um mir wehzutun. Ich war mir sicher, dass Fabian es getan hätte, und fragte mich, ob sie sich dessen bewusst war. Ich konnte keinem von beiden vertrauen, aber wäre es ein guter Plan, sie gegeneinander auszuspielen? Zwei mächtige Elfen: die eine ein Vollelf mit außergewöhnlichen Kräften und die andere eine Elfen-/Feen-Hybride, deren magisches Wissen sie zu einer würdigen Gegnerin machen würde.

Cory saß auf dem Sofa und wischte sich mit der Hand über den Bart. Er verzog das Gesicht. „Geht's dir gut?"

„Ich bin okay."

„Lügnerin", flüsterte er. Er ließ es mich wissen, um mir zu sagen, dass wir später darüber reden könnten, aber er kannte mich gut genug, um zu wissen, dass ich Zeit brauchte, um alles zu verarbeiten. Viele Emotionen brodelten in mir, aber die angenehmste und tiefgreifendste war Wut. Ich hatte mich damit abgefunden und sie akzeptiert, weil sie am einfachsten zu handhaben war. Der Rest war zu verwirrend.

„Wie sehen deine Pläne aus? Was passiert jetzt?" Corys Stimme war angespannt und riss mich aus meinen Gedanken und zu der schmerzhaft aussehenden Falte zwischen seinen Brauen.

„Rache." Das Wort kam mit einem giftigen Zischen aus meinem Mund und ließ ihn abrupt den Blick in meine Richtung wenden.

Seine Braue hob sich. „Und?"

„Und was?"

„Du willst den Schleier wieder öffnen, damit Mephisto zurückkehren kann."

„Das ist doch klar", sagte ich, aber sein Gesichtsausdruck blieb besorgt.

„Ist es das, Erin?" Sein Ton war versöhnlich, als er sich neben mich auf das Sofa setzte. Seine Finger zeichneten kleine Kreise auf meiner Hand. „Lass nicht zu, dass Wut und Rachsucht das überschatten, was dir am wichtigsten ist. Alles an deiner Haltung sagt mir, dass Rache deine Priorität ist. Ich sehe deine extreme Konzentration und fürchte, sie ist fehlgeleitet."

Er irrte sich, aber ich war entschlossen, beides zu tun. Mein Durst nach Rache und der Wunsch, den Schleier wieder zu öffnen, hatten die gleiche Priorität. Das hoffte ich jedenfalls.

„Es wird meine Ziele nicht beeinträchtigen. Das eine kann nicht ohne das andere existieren. Glaubst du, ich muss mich nicht mit Fabian und Elizabeth auseinandersetzen, wenn der Schleier wieder geöffnet wird? Elizabeth glaubt nicht, dass ich existieren sollte, und Fabian will keine Welt, in der Götter unter uns wandeln. Sie sind beide entschlossen, mir das Leben zur Hölle zu machen. Fabians Ziel ist es, mich als Verbündeten für die Elfen zu gewinnen, und Elizabeth wird meine Existenz tolerieren, weil sie ihr nutzt und ihnen hilft, an die Macht zu kommen. Ich glaube nicht, dass er mir wehtun wird, aber niemand in meiner Nähe wird sicher sein. Jeder in meiner Nähe ist ein potentielles Werkzeug, mit dem ich dazu gezwungen werden könnte, die Dinge so zu sehen wie er. Das kann ich nicht ignorieren oder ungestraft lassen. Ich werde es nicht zulassen." Cory nickte, aber sein nachdenklicher Gesichtsausdruck blieb. „Selbst wenn ich es zulassen würde, kann man ihnen vertrauen, dass sie sich benehmen? Die Abwesenheit von Göttern macht die Elfen zu den stärksten magischen Wesen, und das Einzige, was sie davon abhält, anderen ihren Willen aufzuzwingen, ist ihre geringe Zahl. Aber ich glaube nicht, dass das lange ein Hindernis sein wird. Ihr magisches Wissen ist zu groß."

Ich hatte es nicht mit denselben friedliebenden Elfen zu tun, die im Schleier wohnten. Sie betrachteten diese Überzeugungen als Schwäche, die sie nicht länger akzeptieren würden. Es schien, als hätten sie eine gegensätzliche Lebensweise gewählt. Es gab keinen Mittelweg.

„Wie hast du vor, mit Fabian fertigzuwerden und den Schleier wieder zu öffnen?"

Das war eine gute Frage, die ich nicht beantworten konnte. Jemandem zu sagen, dass man sein schlimmster Alptraum sein wird, und tatsächlich dazu zu werden, waren zwei unterschiedliche Paar Stiefel. Es bedeutete, dass ich die Beherrschung meiner Elfen- und Göttermagie verbessern musste. Einen Weg finden musste, sie zu integrieren, sodass meine Magie von keinem von beiden übertroffen werden konnte. Leider waren genau die Leute, die mir beim Elfenteil helfen konnten, meine Gegner, und diejenigen, die mir bei meiner Göttermagie helfen konnten, waren weg.

Als ob er meine missliche Lage erahnte, lächelte Cory mich schwach an.

„Du hast jetzt Zugriff auf die umfangreichste und mächtigste Sammlung magischer Objekte, die es gibt", erinnerte er mich. Einige der Objekte lagen auf dem Tisch in meinem Wohnzimmer, darunter auch das *Mystic Souls*-Zauberbuch. Nachdem ich es noch einmal durchgesehen hatte, wurde mir klar, dass einige der Zauber, die ich zuvor nicht entziffern konnte, auf Elbisch waren. Es gab immer noch Zauber in Sprachen, von denen ich annahm, dass sie heute nicht mehr gesprochen wurden oder von anderen Arten von Übernatürlichen stammten, von deren Existenz wir keine Ahnung hatten. Das meiste konnte ich verstehen, aber mein Elbisch war immer noch begrenzt.

„Ich brauche eine Möglichkeit, Fabian und Elizabeth Palladiumarmbänder anzulegen." Ich hatte nur eines. Da Elfen als ausgestorben galten, als ich darauf gestoßen war, dachte ich, es wäre ein Sammlerstück und nichts, was ich jemals wirklich benutzen würde. Einmal hatte ich vermutet, dass Mephisto ein Elf war. Die Ironie, dass ich die Elfe war, entging mir nicht.

„Sind wir sicher, dass es bei ihnen funktionieren würde?“, fragte Cory und sprach damit eine Sorge aus, an die ich schon mehrmals gedacht hatte. Es gab Mythen und Abweichungen in der Magie. Wir hatten gelernt, dass das Armband die Elfenmagie einschränkt, aber ohne Erfahrung aus erster Hand war es rein theoretisches Wissen. Wenn das nicht stimmte, könnte es sich als ziemlich gefährlich erweisen, das Armband als Verteidigungsmaßnahme zu verwenden.

„Elizabeth hat meine Magie mit einem Zauber eingeschränkt“, bemerkte ich. „Wenn sie meine Magie einschränken konnte, sollte ich das auch mit ihr können. Ich muss nur den richtigen Zauber finden.“

Frustriert fuhr ich mir mit der Hand durchs Haar und seufzte. Corys Augen folgten meinen an die Wand zu den drei Pflanzen, die ich gekauft hatte. Dieselbe Familie wie die, die Fabian benutzt hatte, um zu testen, ob Magie, die auf eine Pflanze angewendet wurde, auch die anderen beeinflussen konnte. Es funktionierte; wenn man sich darauf konzentrierte, die Blätter von einer Pflanze abzureißen, passierte das Gleiche mit den anderen.

„Hattest du damit Glück?“, fragte er und deutete mit dem Kinn in Richtung der Pflanzen.

„Ich habe es nicht versucht“, gab ich zu. Meine Priorität war, mit ihm zu reden. Alles durchzusprechen gab mir mehr Entschlossenheit und half mir, alle Dinge ins rechte Licht zu rücken.

Er nahm *Mystic Souls* und begann, die Seiten langsam durchzublättern, mit der gleichen Begeisterung, die er an den Tag gelegt hatte, als Asher mir eines der beiden einzigen Exemplare besorgt hatte, die es noch gab. Das andere hatte Mephisto.

„Ich werde keine Zaubersprüche ausprobieren“, versprach er als Antwort auf meinen missbilligenden Blick. Cory hatte versehentlich eine Fee mit Animantie-Fähigkeiten freigelassen, die dann den Feenhof übernehmen wollte, was eine

Situation verursacht hatte, die Cory leicht zum Feind der Seelie-Feen und des Northwest-Rudels hätte machen können, weil die bösartige Fee seine Magie benutzt hatte, um die Wandler zu seiner persönlichen Armee zu machen.

Das Letzte, was ich brauchte, war noch eine Situation wie diese.

3

Cory war eingeschlafen, aber ich blieb wach und durchforstete *Mystic Souls*. Nach allem, was ich durchgemacht hatte, den Elfenzaubern, die ich gelernt hatte, der Gefangenschaft im Dämonenreich und den Fähigkeiten, die ich mit Mephisto erworben hatte, sah ich das Buch jetzt mit schärferen und aufmerksameren Augen. Der Schleier der Unwissenheit lüftete sich. Es war ein zweischneidiges Schwert; da ich die Macht und Bösartigkeit der Zauber kannte, zögerte ich, einige davon auszuprobieren. Besonders den, den ich in den letzten fünfzehn Minuten durchgegangen war. Es war ein guter Zauber, aber ein gefährlicher.

Als meine Finger über die Worte des Zaubers glitten, konnte ich die Diablerie darin spüren. *Venenum*. Ein lähmender Zauber, bei dem ich als Wirt fungieren und mit jedem, den ich meiner Magie aussetzte, Kontakt halten musste. Den Kontakt aufrechtzuerhalten war eine Leistung für sich. Ich hoffte, zwei Dinge zu erreichen: Fabian dazu zu zwingen, den *Necro*-Zauber aufzuheben, der den Schleier geschlossen hatte, und Nolan zu befreien. Es war ein ehrgeiziges Ziel, bei dem Nolans Befreiung das wahrscheinlichste Ergebnis war. Das würde mir immer noch einen Vorteil verschaffen. Trotz seiner magischen Einschränkungen im Vergleich zu Fabian und Elizabeth hatte Nolan umfangreiche Kenntnisse der Magie, verstand es, Elfen zu lesen, und wurde, da er halb Mensch war, oft unterschätzt. Sogar von seiner Schwester. Die eigenen Fähigkeiten richtig einzuschätzen war immer ein Vorteil. Ich wollte ihn bei mir haben. Ich wollte seine Präsenz, nicht nur sein Wissen. Obwohl unsere Beziehung ein Labyrinth der Komplexität war, wollte ich, dass er Teil meines Lebens war.

———

Überkoffeiniert und verzweifelt, den Pflanzenzauber zu meistern, gab ich erst nach mehreren anstrengenden Fehlschlägen auf und ging ins Bett. Als ich aufwachte, fand ich Cory, der an einer Tasse Kaffee nippte, in frischen Klamotten und mit einer großen Reisetasche neben dem Sofa. Dass er vorhatte, bei mir zu bleiben, kam nicht unerwartet, egal, was ich tat, um diesen Gedanken zu unterdrücken. Cory war überzeugt, dass ich nicht zu Fabian gehen müsste, sondern dass Fabian zu mir kommen und versuchen würde, mich zur Kooperation zu zwingen. Ich war anderer Meinung. Machthungrige Leute neigen dazu, zu glauben, dass andere das Gleiche empfinden, und stützen ihre Entscheidungen und Handlungen oft darauf. Eine Allianz mit mir würde Fabian zugutekommen, egal, ob sie freiwillig oder erzwungen gegeben wurde.

Nach dem Frühstück konnte ich aus dem Augenwinkel Cory im Schneidersitz am Boden sitzen sehen, ein paar Meter von mir entfernt, von wo aus er beobachtete, wie die zweite Schlangenpflanze sich drehte und bog und nachahmte, was ich mit der ersten Pflanze machte. Schweiß glänzte auf meiner Stirn, meine Hand zitterte vor Erschöpfung, und ich spürte, wie sich mein Kiefer durch den wiederholten Zauber verkrampfte. Zu sehen, wie die Pflanze auf mich reagierte, stärkte mein Selbstvertrauen. Es lag nicht an der Stärke der Magie, sondern an ihrer Beherrschung. Wut und Rachedurst trieben mein Handeln noch immer an. Ich war nicht stolz darauf, aber ich akzeptierte sie widerwillig, weil sie nicht deplatziert waren. Ich wollte den Pflanzenzauber noch einmal versuchen, in der Hoffnung, dass es mit dem *Venenum*-Zauber möglich war, wenn ich ihn erfolgreich bei Elizabeth und Fabian anwenden könnte, indem ich einfach Kontakt mit einem von beiden aufnahm.

Die Pflanze war nicht gerissen, aber von all meinen Versuchen hatte ich diesmal die größte Störung verursacht. Es war nur eine Frage der Zeit. Nicht, dass ich viel davon hatte.

„Wie wird das dabei helfen, den Schleier wieder zu öffnen?", fragte Cory.

„Das wird es nicht. Dieser Zauber gibt mir mehr Möglichkeiten, mit Elizabeth und Fabian fertigzuwerden. Er erhöht meine Chancen, sie zu entführen und zu foltern, um Antworten zu bekommen."

Corys missbilligender Blick blieb auf mir, bevor er ihn auf sein Handy und die Aufgabe richtete, Essen zu bestellen. Ich machte mich auf den Weg in die Küche, goss mir ein großes Glas Wasser ein und trank einen großen Schluck, bevor ich mich neben ihn setzte, um auf die dringend benötigte Essenslieferung zu warten.

Er drehte sich in meine Richtung und sagte mit ernster Stimme: „Ernsthaft, was hast du vor?"

„Das ist einer meiner Pläne. Warum das Rad neu erfinden, wenn ich einfach das tun kann, was in der Vergangenheit für so viele funktioniert hat? Unterschätze niemals den Wert von Gewalt."

Er kniff die Augen zusammen und presste die Lippen zu einer starren Linie zusammen.

Ich zerbröselte unter seinem Urteil, und mein Gesichtsausdruck spiegelte seinen wider. „Natürlich habe ich vor, zuerst Diplomatie zu versuchen." Da ich wusste, dass der *Venenum*-Zauber durch meinen Körper wirkte, hatte ich es nicht eilig, ihn als erste Option zu wählen. Aber es war gut, sich auf das Schlimmste vorzubereiten. Schritt eins: Versuchen, mit ihnen zu sprechen, ohne Diablerie einzusetzen. Schritt zwei: Sie einsetzen. Schritt drei: Einen oder beide entführen. Schritt vier: Alles tun, was nötig ist, um Antworten zu bekommen.

„Verhandlungen finden statt, bevor oder nachdem du versuchst, ihnen ein Schwert in den Bauch zu rammen?", fragte Cory mit einer Grimasse, nachdem er mein Gesicht sorgfältig studiert hatte, als könne er meine Pläne darin erkennen. Ein vorwurfsvoller Ausdruck verdunkelte seine Augen, und seine Stimme war genauso verurteilend. Ich hatte ein schweres Schuldgefühl in der Brust, denn er wusste nur von meinen Plänen, mit Fabian zu verhandeln, nicht von der geplanten Verwendung der *Venenum*-Magie aus dem *Mystic Souls*-Buch.

„Das Karambit hinterlässt eine oberflächlichere Wunde. Ich will sie nicht töten." *Noch nicht* war impliziert. „Ich will nur Nolan und Fabian dazu drängen, den Zauber aufzuheben, der den Schleier geschlossen hat."

Offensichtlich war mein Versuch, jede böswillige Absicht in meinen Worten zu unterdrücken, erfolglos, denn Corys Grimasse wurde finsterer. Sorge trat in sein Gesicht. Es war nicht die Gewalt oder der Durst nach Rache, die er fürchtete. Es war die Art und Weise, wie mich das verändern würde. Wir waren uns bewusst, wie oft sich die Torpfosten in Momenten wie diesen verschoben, bis derjenige schließlich zu der abscheulichen und moralisch verwerflichen Person wurde, die er besiegen wollte. Ich wollte nicht wie meine Mutter werden, für die Gewalt und Grausamkeit die erste und einzige Option waren. Aber da ich mich in die Enge getrieben und wütend fühlte, schien es die praktischste Möglichkeit zu sein.

„Welchen Zauber hat er verwendet, um den Schleier zu schließen?“

„Einen *Necri*-Zauber, aber ich konnte nicht genau hören, was er sagte, um den Zauber heraufzubeschwören, der ihn geschlossen hat. Es muss einen Auslösezauber gegeben haben, der damit verbunden war. Die Anrufung des *Necri*-Zaubers löste den Zauber zum Schließen des Schleiers aus.“

Cory griff nach dem *Mystic Souls*-Buch. „Wenn er geschlossen werden kann, kann er auch wieder geöffnet werden. Wir müssen nur den richtigen Zauber finden.“

„Ich bin sicher, dass es einen gibt“, sagte ich. „Ich denke, das könnte er sein.“ Ich zeigte auf einen Weltoffenbarungszauber, der auf Elbisch geschrieben war und den ich übersetzt hatte. Diese Verbindung zwischen dem Zauber und der Magie war wahrscheinlich der Grund, warum Elfen den Schleier sehen konnten. Als ich die Worte noch einmal durchging, zweifelte ich an der Genauigkeit meiner Übersetzung. Wenn sie schlecht war, konnten die Ergebnisse verheerend sein. Zauber aus dem *Mystic Souls* mussten präzise sein. Was noch ein Grund war, warum ich Nolan brauchte. Wenn das das Einzige war, das ich aus der Begegnung herausholen konnte, wäre es immer noch von Vorteil.

„Bist du dir bei deiner Übersetzung nicht sicher?“, fragte Cory leise und starrte auf meine Notizen auf dem Papier hinunter.

„Ich bin mir zu neunzig Prozent sicher. Ich will es nur nicht noch schlimmer machen“, gab ich zu. „Wenn Nolan hier wäre, könnte er bestätigen, dass meine Übersetzung richtig ist.“

Ich dachte weiter darüber nach, wie wichtig Nolans Hilfe war, als ich unser Essen holte. Cory kam zu mir an die Küchentheke und setzte sich auf einen der Hocker. Ich reichte ihm seine beiden Burrito-Bowls ohne Reis und schnitt eine Grimasse darüber und über seinen begeisterten Blick.

„Es ist Salat mit Steak“, bemerkte ich, nachdem er angefangen hatte zu essen. Er warf meinem Burrito, den Nachos und den Tacos einen herablassenden Blick zu.

„Deine Bemerkung klingt nach einem Urteil“, sagte er und spießte ein Stück Avocado auf.

„Das ist es.“ Ich schob ihm meine Nachos entgegen. Er lehnte ab, stellte seine Schale ab und hob sein Hemd hoch, um mir seine definierten Bauchmuskeln zu zeigen.

„Ich mag dich mit oder ohne Bauchmuskeln. Für mich bist du immer schön.“

„Das ist süß. Der Gedanke ist nett, aber ich bin für alle schön“, prahlte er. „Das“ – er gestikulierte mit der Hand über seinen Körper – „führt nur dazu, dass die Leute mich hassen und lieben. Es ist mein toxischer Charakterzug.“

„Eine Hassliebe bei Leuten hervorzurufen, ist ein toxischer Charakterzug und nicht deine widerwärtige Arroganz?“, neckte ich ihn.

„Nein, das macht mich schrullig. Die Leute finden es liebenswert.“

„Das ist nicht schrullig“, widersprach ich.

„Was bist du, die Schrullenpolizei?“, protestierte er mit gespielter Empörung, wandte sich wieder seinem Essen zu und verschlang es mit der gleichen Gier, mit der ich meines verschlang. Hungriger als ich dachte, aßen wir schweigend. Manchmal, wenn ich von meinem Essen aufsah, ruhte Corys Blick auf mir. Einer der Nachteile, wenn man sich so gut kannte, war, dass man nicht viel verbergen konnte.

Nachdem wir das Essen in wenigen Minuten verschlungen hatten, kehrten wir zu unserer Arbeit im Wohnzimmer zurück, auch wenn er mich weiter intensiv studierte.

„Erin, welchen durchgeknallten, unsinnigen Plan hast du wirklich? Du hast mehr vor, als nach Havenage zu gehen und mit Gewaltandrohung Nolans Freilassung zu erwirken.“ Er sank auf das Sofa und rieb sich mit der Hand über das

Gesicht. „Wenn die Verhandlungen nicht funktionieren, wirst du ihn mit Gewalt da rausholen, oder?" Er runzelte die Stirn.

Ich nickte.

„Bitte sag mir, dass dein Plan taktischer ist, als nach Havenage zu stürmen und zu drohen, dass du ihnen in den Hintern trittst, wenn sie ihn nicht freilassen? Du kannst ziemlich überzeugend, sogar furchteinflößend sein, aber ich glaube nicht, dass diese Taktik funktionieren wird."

Bevor ich antworten konnte, fuhr er sich frustriert mit der Hand durchs Haar. „Vielleicht solltest du die Supernatural Task Force einschalten?", schnaubte er. „Genau genommen haben ihn die Elfen entführt, egal, welche blumigen Worte sie benutzt haben. Im Grunde ist es eine Entführung. Elfen existieren und sollten an unsere Regeln und Gesetze gebunden sein."

„Genau genommen nicht. Sie gelten als ausgestorben. Sie sind weder in der Supernatural Task Force noch in anderen Regierungsagenturen vertreten. Ihre Anonymität hat sie in mehr als einer Hinsicht geschützt."

Die Elfen zu outen wäre kontraproduktiv, weil es auch mich outen würde. Ich war nicht auf die Auswirkungen vorbereitet, die es haben würde, wenn die Welt von Göttern und Elfenmagie erfuhr, die deutlich anders und umfassender war als bisher bekannt. Ich müsste mir nicht nur über andere Übernatürliche Sorgen machen, sondern auch über Menschen. Randgruppen, die bei jeder neuen Entdeckung magischer Wesen immer misstrauischer und besorgter wurden, nutzten die Informationen, um für die Entfernung oder Segregation Übernatürlicher einzutreten. Zwischen Angst, Bewunderung, Hass, vorsichtiger Neugier, Fetischisierung und Politik war die Beziehung zwischen Menschen und Übernatürlichen ein Balanceakt, nur einen Zwischenfall von Chaos und Konflikt entfernt.

Als ob das nicht schon Abschreckung genug wäre, würde

es nicht über Nacht passieren, die Existenz der Elfen unter dem Vorwand bekannt zu machen, sie zur Rechenschaft ziehen zu wollen. Sogar in der übernatürlichen Welt mahlten die Mühlen der Bürokratie langsam und ineffizient.

„Ich kann ihn freibekommen", sagte ich mit einer Zuversicht, die Corys Zweifel zerstreuen sollte. Stattdessen schürte ich sie nur noch.

Er stützte einen Arm auf den, den auf seiner Brust lag und tippte sich mit dem Finger langsam und methodisch ans Kinn. „Wie? Was würdest du anbieten? Es scheint, als ob er nur dich will." Seine Stimme klang anzüglich. Cory vermutete, dass Fabian mehr von mir wollte als meine Anwesenheit in Havenage und ich ein nützlicher Verbündeter für die Elfen war. Ein Zauberpurist wie er würde mich nie als mehr als ein Werkzeug sehen.

„Wenn nicht dich, was willst du dann dafür eintauschen, dass sie den Schleier wieder öffnen und Nolan freilassen?"

„Ihr Leben."

Er blinzelte.

„Es ist ein einmaliges Angebot. Ich werde Nachsicht und Gnade mit ihnen üben, die sie nicht verdienen. Ich hatte nicht die Absicht, ihr Leben zu verschonen, aber wenn sie zu fairen Verhandlungen bereit sind, wird es verschont. Das ist alles, was ich anzubieten bereit bin."

„Du wirst ihr Leben verschonen, wenn sie deiner Bitte nachkommen?", schnaubte er und schüttelte den Kopf. „Wenn du sonst nichts im Überfluss hast, dann zumindest Kühnheit."

„Nicht nur Kühnheit, sondern einen Plan."

Ich erklärte meinen Plan, den *Venenum*-Zauber bei Fabian anzuwenden. Da ich den Pflanzenzauber nicht beherrschte, musste es entweder er oder Elizabeth sein. Mir gefielen meine Chancen bei Fabian besser. Er hatte mehr Einfluss auf die anderen.

„Nichts an diesem Plan flößt Vertrauen ein, Erin." Cory

fuhr sich mit der Hand durchs Haar und zerzauste es. Seine Lippen waren so fest zusammengepresst, dass seine Grübchen sichtbar wurden. „Dein Plan ist jetzt gewaltsamer Zwang, bei dem sehr dunkle Magie zum Einsatz kommt und dein Körper als Kanal und als Folterinstrument verwendet wird?“

„Es ist extrem –“

„Nein, es ist nicht nur extrem. Du klingst wie deine Mutter“, blaffte er, und in seiner Stimme vibrierte eisiger Stahl. Er stand auf, ging auf und ab und fuhr sich mit den Fingern durchs Haar. Kirschrot färbte seine Wangenknochen und den Nasenrücken. Seine kurzen Atemzüge erfüllten den Raum.

„Du darfst nicht wie deine Mutter werden. Ich werde immer für dich da sein, aber verlange nicht von mir, tatenlos zuzusehen, während du wegen deiner Rachsucht zu etwas wirst, das ich nicht mehr erkenne. *Venenum* ist ein gefährlicher Zauber. Du benutzt deinen Körper im Grunde als Gefäß für Gift und dunkle Magie. Bereitet dir das überhaupt keine Sorgen?“, fragte er, und sein Ton verlor seine Schärfe und wurde warm und flehend.

Das war der Beginn eines Streits, den ich nicht führen konnte. Nicht mit Cory.

„Malific war schrecklich. Ich bin ihre Tochter, aber ich habe nicht vor, jemals so zu sein wie sie. Ich will – nein, ich *muss* die Eigenschaften channeln, die sie für die meisten zu einer würdigen Gegnerin gemacht haben. Ich bin die Tochter eines Elfs und einer Erzgottheit mit mächtiger Magie. Ich werde diese Macht zu meinem Vorteil nutzen.“

„Viertelelfe“, korrigierte er.

Ich stand auf und begegnete seinem forschenden Blick. „Ein Viertel reicht und gibt mir genug magische Fähigkeiten, um gefürchtet zu sein. Ich bin stark. Wie du schon mehrmals betont hast, will Fabian mich als Verbündete. Um als Powerbroker zu den Elfen zu gehören. Glaubst du, es gibt dafür keinen Grund? Du hast sein Gesicht nicht gesehen, als ich sein Schutzfeld durchbrochen hätte. Das Einzige, was mich davon abhält, sie zu dominieren, ist mein begrenztes Wissen über meine Fähigkeiten. Einschränkungen, die behoben werden können und werden. Ich bin einfallsreich, und es ist nur eine Frage der Zeit, bis ich meine Magie beherrsche. Er würde es nie offen sagen, aber ich weiß, dass ich eine gefährliche Kombination bin. Ich habe meine Mutter fast tot im Blose Chasm zurückgelassen. Eine Frau, die so viele gewaltsam zerstört hat. Das habe *ich* getan." Das Selbstvertrauen, das in meinen Worten steckte, war keine gespielte Tapferkeit.

Cory kam näher, zog mich in seine Arme und drückte mich fest. Dann seufzte er in mein Haar. Es war nicht nur, um Trost zu spenden, sondern auch, um die Flammen des Hasses zu ersticken, die aufgelodert waren, während ich gesprochen hatte. Es half, aber er konnte sie nicht ganz löschen. Ich brauchte diesen Hass. Ich war zu oft unterschätzt worden, und das war Fabians und Elizabeths Nachteil. Wenigstens würden sie überleben. Vielleicht würde ihnen der Zustand nicht gefallen, aber sie würden ihr Leben haben.

„Cory, mach dir keine Sorgen."

„Du verlangst das Unmögliche. Ich kann nicht ignorieren, dass du gegen die Leute antreten willst, die es geschafft haben, den Schleier zu schließen; einen Mann, der einen Dämon in einen Menschen verwandelt hat und ihn bis zum Tod hat altern lassen und dir beigebracht hat, wie man den Blose Chasm öffnet. Du unterschätzt, wie gefährlich sie sind."

„Wessen Blut wurde verwendet, um diesen Dämon zu verwandeln? Ich war diejenige, die den Kampf gegen meine Mutter gewonnen und sie dort zurückgelassen hat. Keiner von ihnen war dazu in der Lage."

„Es waren nicht nur deine Fähigkeiten. Sie ist dir freiwillig gefolgt. Ihnen wäre sie nicht gefolgt, sie hätten diesen Vorteil nicht gehabt. Es war ihr Vertrauen in dich und ihre Machtgier, die das ermöglicht haben." Corys Pragmatismus war etwas, das ich bewunderte und oft schätzte, doch er war zu unnötiger Sorge verzerrt.

„Was ist los, Cory?"

„Es sind nur ich, du und Madison gegen Magie, mit der wir kaum vertraut sind. Mit magischen Ressourcen, die unseren überlegen sind. Ich glaube nicht, dass du den Ernst der Lage wirklich begriffen hast. Die Jäger waren ein Vorteil, den du nicht mehr hast. Elizabeth – die Frau in Schwarz – ist Fabians Verbündete und ist richtig angepisst deinetwegen. Ich verstehe ja, dass du versuchst, ruhig zu bleiben, während du dich mit dieser Lawine von Problemen befasst, aber ich möchte nicht, dass du sie unterschätzt."

„Ich bin mir des Ernstes der Lage sehr wohl bewusst. Ich weiß nicht zu hundert Prozent, wie ich damit umgehen werde. Aber ich weiß, wie Fabian tickt. Ich habe Optionen. Es ist Zeit für mich, in die Offensive zu gehen. Die Kontrolle über diese Situation zu übernehmen. Ich werde nicht all seine Schritte vorhersehen können, aber der *Venenum*-Zauber ist ein Vorteil, den ich ihm gegenüber habe."

Schweigen breitete sich zwischen uns aus, die Anspannung löste sich in eine kameradschaftliche Stille auf, als ich meine Aufmerksamkeit wieder den Zauberbüchern und magischen Gegenständen auf dem Tisch zuwandte und mich dafür entschied, auf dem Boden, anstatt auf dem Sofa neben Cory zu sitzen. Ich strich mit meinem Finger über die Markierungen auf der Klinge, die Asher mir gegeben hatte und die verzaubert werden konnte, damit sie nicht gegen mich verwendet werden konnte, als Cory sich zu Wort meldete.

„Ich möchte, dass du wieder anfängst, Gras zu rauchen."

„Was?", lachte ich und ließ die Klinge auf den Tisch fallen.

„Oder Weingummis oder Kekse isst, wenn du willst, aber

du brauchst Gras. Du musst dich entspannen." Obwohl in seiner Stimme eine gewisse Leichtigkeit mitschwang, konnte sie die Anspannung seiner Sorge nicht verbergen.

„Ich bin müde", gab ich leise zu. „Entscheidungen über mein Leben wurden mir genommen, und das Leben, das ich hatte, war das Ergebnis von Machenschaften, Lügen und magischen Eingriffen. Manchmal ..." Ich fühlte mich nicht unwohl dabei, mich Cory gegenüber emotional verletzlich zu zeigen, aber das Eingeständnis ließ es real erscheinen und verstärkte die Gefühle, beraubt worden zu sein, nur noch. „Manchmal denke ich, dass ich nicht die authentische Erin bin. Ich wurde mit so vielen Lügen und Auslassungen in diese Welt gedrängt. Gerade als ich dachte, ich hätte sowas wie ein normales Leben – oder eins, das für mich normal war – *Puff!* ist es weg. Ich bin nicht nachlässig oder absichtlich dumm. Vielleicht sind meine Pläne eine Kombination aus Verzweiflung und der Tatsache, dass ich mich nicht mehr um vieles schere. Nolan ist weg. Trotz der Haken und Komplexitäten in unserer Beziehung war es unsere, und wir haben gerade angefangen herauszufinden, was für uns normal ist. Ich fing an, ihm einen Platz in meinem Leben als Teil meiner erweiterten Familie einzuräumen. Jetzt wird er ‚zu seinem Schutz' festgehalten. Ich glaube nicht eine Minute, dass er unter diesen neuen Umständen dort sein will."

Ich holte scharf Luft und atmete langsam wieder aus, in der Hoffnung, die Anspannung ein wenig zu lösen. „Mephisto ist weg. Du hast meine vergangenen Beziehungen gesehen. In dieser habe ich mich zum ersten Mal gesehen gefühlt. Er war jemand, der nicht nur meine Fehler akzeptiert hat –" Ich schüttelte den Kopf. „Ich weiß nicht einmal, ob er sie als Fehler betrachtet hat, sondern als Teil der Summe meiner Persönlichkeit. Er hat mich so akzeptiert, wie ich bin. Hat mir gesagt, wenn er scheiße fand, was ich –"

„Ich habe dich schon lange vor Mr. Gott darauf hingewiesen“, schmollte Cory.

Ich grinste ihn an. „Du bist das Original.“ Meine Augen wanderten über die Zeichen auf dem Messer, um Corys prüfendem Blick auszuweichen. „Ich will die Chance haben, eine Beziehung mit Mephisto zu erkunden. Mit ihm zusammen zu sein, ohne all die Hindernisse in meinem Leben. Ich dachte, ich hätte das. Ich hätte ihn und die Möglichkeit, mit ihm zusammen zu sein, bis wir die Entscheidung treffen, es zu beenden oder fortzusetzen. Diese Beziehung ist noch etwas, das mir genommen wurde. Ein Ergebnis von noch mehr Lügen und Verrat. *Venenum* durchzuführen wird gefährlich sein, aber ich mache das nicht aus Leichtsinn. Ich will ein Leben. Erins Leben.“

„Ich verstehe.“ Das Lächeln in seiner Stimme ließ mich zu ihm aufblicken.

„Was?“

„Du hast eine Menge Worte benutzt, um zu sagen, dass du denkst, dass du dich in M verliebst“, witzelte er und stand vom Sofa auf, um sich neben mich zu setzen.

„Vielleicht brauchst *du* Gras“, brummte ich und stieß mit meiner Schulter gegen seine.

Was ich Cory gestanden hatte, blieb mir im Gedächtnis. Nicht nur die Entscheidungen, die mir genommen worden waren, sondern alles, was allen angetan worden war, was mich an diesen Punkt gebracht hatte. Meine Gedanken klammerten sich an mein erstes Treffen mit meiner Mutter, das damit geendet hatte, dass ich an sie gebunden war. Es war das, was zu Elizabeths Verrat geführt hatte, das an mir nagte.

„Wir müssen zu Mephistos Haus“, platzte ich heraus, schnappte mir die Schlüssel und ging zur Tür hinaus, Cory verwirrt hinter mir her.

Mit dem Auto fuhren wir zu Mephistos Anwesen. „Elizabeths Verrat“, erklärte ich, aber er sah nur noch verwirrter aus.

„Als wir Malific das erste Mal getroffen haben, hat sie Arius verletzt, woraufhin Elizabeth einen Deal mit ihr geschlossen hat, um ihn zu heilen. Du hast gesagt, Benton habe einen Gegenzauber entwickelt, war aber nicht in der Lage gewesen, ihn zu benutzen. Wenn das stimmt, ist es ein Zauber, auf den Elizabeth nicht zu reagieren oder ihn zu kontern weiß. Er hat einen Haufen Notizen und Bücher. Hoffentlich sind die in seinem Büro zwischen den Sachen, die er zurückgelassen hat.“

Cory lächelte und entspannte sich sichtlich. Es war ein sicherer Zauber, der heraufbeschworen werden konnte, ohne dass ich in Fabians Nähe sein oder auch nur Kontakt mit ihm haben musste. Ich musste nur Kontakt mit Fabian herstellen. Malific hatte es mit einem Pfeil geschafft; ich würde es mit einer Klinge tun.

Obwohl Benton alles so gelassen hatte, dass es leicht zu finden war, kam es mir trotzdem wie ein Eindringen vor, die Fülle an Informationen zu durchforsten. Ich verstand, wie wichtig es war, einen Druiden zu haben. Er hatte genaue Details zu seinen Zaubersprüchen und mögliche Komplikationen aufgeschrieben und Wege vorgeschlagen, sie zu umgehen. Das war das Präziseste, was ich je im Zusammenhang mit Magie gesehen hatte.

„Druiden sind eine ganz andere Ebene, oder?“, kommentierte Cory. Keiner von uns war vor Benton jemals bewusst einem begegnet, also wusste ich nicht, ob dieses Maß an Liebe zum Detail außergewöhnlich oder typisch war. Nachdem ich das Notizbuch mit dem Gegenzauber gefunden hatte, schien der Zauber, mit dem er heraufbeschworen wurde, leicht nachvollziehbar. Obwohl ich mich weiterhin ein bisschen unwohl dabei fühlte, in Bentons Sachen herumzuschnüffeln, ließ Corys Neugier ihn jeden Anstand aufgeben. Ein kurzer Blick in die Notizbücher und ein paar Zauberbücher, die anders waren als meine, brachten die gleichen Zaubersprüche zum Vorschein, auch wenn es einige gab, die ich nicht erkannte. Cory hatte ein in grünes Leder gebundenes Notizbuch in der Hand.

„Du stiehlst seine Sachen?", fragte ich, Schock und Missbilligung in meiner Stimme, während ich alles zusammenpackte und mich zum Aufbruch bereit machte. Da Mephisto nicht hier war, fühlte ich mich wohler, wenn ich zu Hause zauberte.

„Nein, das wirst du lesen wollen, *Rabe*. Es geht um dich."

Ich legte meinen Bücherstapel beiseite, nahm das Buch und überflog es schnell. Es begann mit ein paar Überlegungen, einer Dokumentation von Mephistos Interessen und Spekulationen. Später wechselte es zu Beobachtungsnotizen und Theorien über meine magischen Fähigkeiten. Die Informationen waren wertvoll, aber es war schwierig, nicht durch Bentons Aufzeichnungen über mich, die auf akademische Betrachtungen reduziert wurde, verunsichert zu sein. Eine Aufschlüsselung von Elizabeths bekannten Fähigkeiten, die mit denen von Nolan verglichen wurden und inwieweit sie sich mit denen einer Erzgottheit überschnitten. Er tat dasselbe mit meinen Einschränkungen.

„Es ist seltsam, dass er dich ohne dein Wissen zu einer klinischen Studie gemacht hat, aber wir können nicht leugnen, dass die Informationen nützlich sind", bemerkte Cory als Reaktion auf jede Emotion, die sich zweifellos auf meinem Gesicht gezeigt hatte.

„Ja", murmelte ich. „Ich wünschte, er hätte mit mir darüber gesprochen."

„Woher willst du wissen, dass er es nicht getan hätte? Alles, was du jetzt empfindest, ist nur Spekulation. Einige der Informationen mussten von Mephisto und den Jägern stammen. Sie waren in der Phase der Informationsbeschaffung und wahrscheinlich noch nicht bereit, ihre Ergebnisse zu präsentieren."

„Das klingt wie ein Projekt."

Ich nahm die Bücher, die ich abgelegt hatte, legte das Tagebuch obendrauf und ging zurück zum Auto.

„Nein", sagte Cory, bevor ich losfahren konnte. Sein Finger an meinem Kinn führte meinen Blick zu ihm. „Komm jetzt bloß nicht ins Schlingern. Nichts daran ist typisch. Es fühlt sich wahrscheinlich eklig an, aber das sind gute Informationen. Keiner von uns hat jemals daran gedacht, das zu tun. So viel Wissen über Elfen und Götter wie Benton und die theoretischen Referenzen zu haben, ist ein Vorteil für dich. Sieh es dir aus diesem Blickwinkel an – und nur aus diesem. Okay?"

„Ich komme nicht ins Schlingern", log ich, was er mir durchgehen ließ, aber offensichtlich bemerkte, da er schniefte. „Es scheint, als sollte ich mehr tun. Ich *muss* mehr tun." Vorfreude, Angst und Selbstzweifel schwirrten in mir, aber ich schob sie beiseite. Am dringendsten war die Hoffnung. Nolans Wissen würde eine Ergänzung zu dem sein, was Bentons Notizen mir gaben.

Nachdem wir in meine Wohnung zurückgekehrt waren, begannen Cory und ich, Bentons Zauber zu meistern, der den Zauber, den Malific gegen Arius eingesetzt hatte, rückgängig machte. Malifics Zauber hatte Arius' Magie eingeschränkt, Heilung verhindert und konnte weder von Elizabeth noch (höchstwahrscheinlich) von Fabian rückgängig gemacht werden. Ich legte den Zauber auf das Messer und lernte die Beschwörung dafür auswendig. Dass Cory einen Zauber fand, um den Schutzzauber auf der Klinge, die Asher mir geschenkt hatte, zu wecken, sorgte dafür, dass der Zauber, egal, wie es ausging, nicht gegen mich eingesetzt werden konnte.

Es war ein langer Tag gewesen, und ich stimmte Corys Vorschlag zu, die Rückkehr nach Havenage auf den nächsten

Tag zu verschieben. Wenn ich mich mit Fabian und Elizabeth auseinandersetzen wollte, musste ich in Bestform zu sein. Dazu war Schlaf nötig.

Als ich das Sofa für Cory vorbereitete, wurde mir wieder bewusst, wie sehr sich mein Leben verändert hatte und dass ich meinen Meditationsraum nicht länger brauchte und ihn nun in ein Büro/Gästezimmer umwandeln konnte.

Auf dem Tisch kreischte Landons vertrauter Klingelton aus meinem Handy. Früher hatte ein Anruf von ihm oft einen gut bezahlten Job bedeutet. Jetzt erinnerte er mich an das, was ich ihm schuldete. Er wollte, dass ich ihm dabei half, eine Vampirfamilie zu gründen. Ich hatte nicht vor, ihm dabei zu helfen, die Art von monströsen Vampiren zu erschaffen, die aus meinem Blut hervorgehen würde.

„Geh ran", drängte Cory. Ich hatte Landons Anrufe in der letzten Stunde ignoriert. Als ich ans Handy kam, hörte das Klingeln auf. Wie bei den anderen Anrufen hatte er weder eine Nachricht hinterlassen noch eine feindselige SMS geschickt, in der er verlangte, dass ich mich melde. Also nahm ich an, dass sie mich nur an meine Verpflichtung erinnern sollten oder ein Versuch waren, weitere Treffen mit potenziellen Kandidaten zu vereinbaren.

Ich duschte und war bettfertig, als mich drei aufeinanderfolgende Anrufe von Landon einen Moment innehalten ließen. Als ich über einen eingehenden Videoanruf informiert wurde, nahm ich ihn mit einem verkniffenen Lächeln an.

„Komm und hol deinen Menschen ab", verlangte er. Ohne auf eine Antwort zu warten, beendete er das Gespräch.

4

Meinen Menschen. Nachdem ich mich schnell angezogen hatte, ging ich zur Tür hinaus und gab Cory eine eilige Erklärung, während er in der Jogginghose und dem weiten T-Shirt, in dem er geschlafen hatte, hinter mir herlief.

„Bleib. Ich komme schon klar. Deine Anwesenheit wird nur für Unruhe sorgen. Lass dein Handy an. Ich schreibe dir, wenn sich die Situation ändert.“

Zögernd blieb er zurück. Corys Beziehung zu Alex machte alles komplizierter, als ich es ihn jemals wissen lassen würde. Cory war nicht nur mein Freund und ein mächtiger Hexenmeister, er war auch mit dem Vierten des Rudels verbunden. Indirekt ging das mit den komplizierten Machtdynamiken einher, die einem ranghohen Mitglied des Rudels zugestanden wurden. Wenn Cory mit mir gekommen wäre, hätte das eine unnötige Dominanz- und Testosteronebene hinzugefügt, für die ich nicht die Geduld hatte.

Vor Landons Haus parkte eine Menge Autos in der breiten Auffahrt bis zur Straße. Toll, eine Party! Vampire hatten immer Leute, die zu ihren ausschweifenden Partys kamen, selbst wenn sie an einem Wochentag stattfanden, wie zum Beispiel an einem Dienstag.

Eine große, schlanke Frau öffnete die Tür. Sie hatte ein Martiniglas in der Hand, eine Seidenbluse bis knapp über den Bauchnabel aufgeknöpft und nichts, das ihre *Mädels* bedeckte. Eine schnelle Bewegung, und ich könnte sie mir aus nächster Nähe ansehen.

Das war hoffentlich kein Trick, um mich mehr potenziellen Kandidaten vorzustellen. Sie sah majestätisch aus, würde aber nicht als klassisch schön gelten. Eckige Kinnpartie, Adlernase, geschwungene Lippen, bei denen ich mich fragte, ob sie das Ergebnis genetischer Veranlagung oder eines talentierten Arztes waren. Ihre Jeans passte sich ihren Kurven an. Definitiv menschlich. Eine anspruchsvolle Frau und genau das, was Landon wollen würde, wenn er einen Vampir erschuf.

„Ja?“ Sie musterte herablassend von Kopf bis Fuß meinen figurbetonten gelben Kapuzenpullover, der die Taschen hatte, die ich brauchte, das weiße T-Shirt, das darunter hervorschaute, und die Leggings. Angesichts der spontanen Besuchsvorladung hatte ich keine Zeit gehabt, mir Gedanken über ein einschüchterndes Outfit zu machen. Ihr Blick blieb an meinen Lippen haften und weckte in mir den Drang, ihr wie so vielen anderen zuvor zu sagen, dass sie angeboren waren. Die meisten Leute glaubten mir nicht.

„Ich muss Landon sehen“, sagte ich ihr. Sie winkte mich herein, und ich folgte ihr, bis Elon aus einem Raum rechts von mir kam und mir den Weg versperrte. Er durchbohrte mich mit einem Blick, während er die Nadeln in meinem Haar und meinen Ring betrachtete. Meine andere Hand hatte ich in der Tasche, sodass ich leicht an die Klaue herankam, die ich aus meinem Waffenvorrat im Auto gewählt hatte.

„Erin“, schnurrte er. „Muss ich dich durchsuchen? Du wirst dich benehmen, oder?“

„Mache ich das nicht immer?“, trällerte ich und ging schneller, bevor er seine Entscheidung überdenken konnte.

Ich schätze, das war nicht nötig, da er mir hinterherging, während ich der Frau folgte.

„Deine Erin ist hier", sagte sie zu Landon, der ein paar Meter entfernt in dem stimmungsvollen Raum stand, in dem sich Menschen dank des schwachen Lichts der Wandlampen sicher bewegen konnten. Aus den Lautsprechern ertönte das sinnliche Gesäusel einer Frau, das die dunkle, verführerische Atmosphäre noch verstärkte. Dies war einer der Vampir-Exzesse, der die Menschen schockierte. Ein Sündenpfuhl. Der einfarbige Raum war in verschiedenen Grautönen gehalten. Dicke, anthrazitfarbene Vorhänge wirkten schwer genug, um jegliche Sonne und jede Ahnung einer Tageszeit aussperren zu können.

Manche Vampire waren mit einem Menschen zusammen, um von ihm zu trinken. Ich verdrehte bei diesem Anblick die Augen. Sie brauchten Menschen, um ein Nahrungsbedürfnis zu befriedigen, das leicht klinisch und keusch befriedigt werden konnte. Doch Vampire machten es nie so. Die Nahrungsbedürfnisse eines Vampirs zu befriedigen, schien für Menschen verlockend zu sein. Vampire fachten es noch an, indem sie es zu einer faszinierenden und verlockenden Erfahrung machten.

Die Hände der Vampire bewegten sich langsam und verführerisch über den Körper des Spenders, und die träge Bewegung ihrer Zungen über die Bissstelle war nichts anderes als eine unverhohlene Verführung jedes Beobachters. Eine Person im Raum erkannte ich als einen der potenziellen Kandidaten, vor denen ich Landon gewarnt hatte, weil er definitiv Landon seine Position streitig machen würde, sobald er alt genug war. Und ich fand seine starke Ähnlichkeit mit Dallas ziemlich eklig. Der echte Dallas hatte sich in eine Ecke zurückgezogen und beobachtete die Leute im Raum aufmerksam. Als sein Blick zu dem potenziellen Kandidaten wanderte, schien er von der Ähnlichkeit nicht so abgeschreckt wie ich. Ich bemerkte, dass sein Blick mehrmals über den Mann wanderte.

Landon blieb stehen, um eine Frau an sich zu ziehen. Ein paar geflüsterte Worte, und sie entblößte ihren Hals für ihn. Seine dunklen Augen hefteten sich auf mich, als er aus seiner Quelle schöpfte und dann weiterging, entspannt, während er mit dem Finger Blutrinnsale wegwischte und grinste.

„Erin." Seine Stimme war ein seidiges Schnurren.

„Lass gut sein", sagte ich.

Er grinste mich verschmitzt an, und seine Zunge bewegte sich über seine Lippen. „Ich bin so froh, dass du gekommen bist."

„Ich bin nicht wegen deiner Party hier, Caligula", sagte ich und warf einen Blick auf das Spektakel, das nicht weit davon entfernt war, in Hedonismus abzudriften. Sein Lächeln wurde breiter, als wollte es mich daran erinnern, dass ich oft daran teilgenommen hatte.

„Natürlich. Nicht heute."

„Wo ist Sumner?"

„Ah, der Mensch." Er ging an mir vorbei und streckte seine Hand hinter sich aus, damit ich sie nehmen konnte.

„Ich kann dir ohne Händchenhalten folgen."

In einem Wimpernschlag war er nur Zentimeter von mir entfernt und seine Augen wanderten mit einem düsteren, grausamen, belustigten Ausdruck über mein Gesicht.

„Folge mir." Er führte mich an mehreren Türen vorbei in ein Wohnzimmer, das nur von einer Kerze und Mondlicht erhellt wurde, das durch die Glasschiebetür hereinfiel, die in den weitläufigen Garten führte. Dr. Sumners Augen waren geschlossen, und er lag auf einer modernen Bouclé-Chaiselongue. Ich eilte auf ihn zu und versuchte mich zu versichern, dass er noch atmete.

Ich ging neben ihm in die Hocke, um es zu spüren. Landon war neben mir und beobachtete mich, während ich jeden sichtbaren Zentimeter von ihm nach Bissen absuchte und aufatmete, als ich keine fand.

„Er schläft", bemerkte Landon.

Ich wirbelte herum, um ihn anzusehen. „Du hast ihn unter Drogen gesetzt und ihn während deiner kleinen Hommage an Caligula in einem unbeaufsichtigten Raum gelassen?"

„Ich muss ihn nicht unter Drogen setzen, sondern ihn nur zum Schlafen zwingen, was ich auch getan habe."

Mir gefiel nicht, dass er ihn gezwungen hatte, aber wenigstens stand er nicht unter Drogeneinfluss. Ich versuchte zu ignorieren, wie nah Landon mir gekommen war, und machte mich daran, Sumner wachzurütteln. Landon ergriff meine Hand, zog mich hoch und verschränkte dann unsere Finger auf eine Weise, die mir zu freundschaftlich und intim war.

„Er sollte in einer Stunde aufwachen. Es gibt hier einige potenzielle Kandidaten. Warum mischst du dich nicht ein bisschen unter die Leute und lernst sie kennen? Vielleicht weckt jemand dein Interesse und gefällt dir."

„Ich habe keine Zeit, mich unter die Leute zu mischen", sagte ich, zog meine Hand aus seiner und kehrte wieder in die Hocke zurück, um Dr. Sumner aufzuwecken und ihm von der Chaiselongue zu helfen.

„Erin, nur eine Stunde. Ist das zu viel verlangt?" Die scharfe Kühle seines Tons ließ keinen Raum für Ablehnung.

„Im Moment schon. Es ist spät, und ich will nur meinen –" Ich hielt mitten im Satz inne und weigerte mich, Dr. Sumner so zu nennen. „Meinen Freund nach Hause bringen."

„Er wird nicht vor der Zeit, die ich ihm befohlen habe, aufwachen. Einen Teil der Zeit könnten wir mit Vorstellungen verbringen."

„Warum ist er hier?"

„Die bessere Frage ist, warum ist dein Freund so fasziniert von mir? Hast du ihn nicht vor dem Preis der Neugier gewarnt?"

„Worauf war er neugierig?"

„Er scheint zu glauben, dass er mir helfen kann, die Schwierigkeiten und Herausforderungen meiner neuen Rolle zu meistern, und dass ich ihn dafür mit Vampirblut bezahlen werde."

Landon lächelte, als ich scharf einatmete.

Dr. Sumner hatte sich einen Namen gemacht, indem er ein paar Wandler und Vampire behandelt hatte, die sich nicht zu benehmen gewusst hatten, obwohl ihre Genesung mit dem Eingreifen des Alphas des Wolfsrudels und des herrschenden Vampirs zusammenfiel. Er sonnte sich in der Anerkennung dafür, was dazu geführt hatte, dass er viele der Übernatürlichen behandelte, die ins Stygian anstatt in unser Gefängnis geschickt wurden. Wandler neigten dazu, ihr Rudel strenger im Griff zu haben; Vampire eher nicht. Aber wenn ein Vampir zu einem großen Problem wurde, war die Strafe hart. Oft wurden an dem Vampir, der über die Stränge geschlagen hatte, Exempel statuiert. Also war es nicht Dr. Sumners Therapie, sondern die Androhung von Konsequenzen, die zur Besserung führte.

Er hatte nur oberflächlichen Zugang zu unserer Welt gehabt. Dass ich in seinem Leben war, hatte ihn so tief unter Wasser gezogen, dass er fast ertrunken war. Er hatte Angst vor unserer Welt und ihren Bewohnern, auch wenn er es nicht zugeben wollte. Sein Verlangen nach Vampirblut und der Wirkung, die es mit sich brachte, bestätigte, was ich schon lange vermutet hatte.

„Die Leute halten uns für egoistisch, weil wir so vorsichtig in diesen Dingen sind." Landon wandte sich mir zu. „Findest du es egoistisch oder glaubst du, es dient dem Schutz der Menschen?"

„Wenn du ihnen einen Nutzen anbietest, dann glaube ich nicht, dass du so vorsichtig bist. Es gibt dir eine Währung, die du nur zu gern nutzt. Ich bin nicht verpflichtet zu glauben, dass es dazu dient, die Menschen vor ihrer Sucht danach zu schützen. Du findest einfach nicht, dass das, was sie zu bieten haben, es wert ist."

Ein langsames Kräuseln seiner Lippen war ein spielerisches Zeichen, dass ich recht hatte. Ich ignorierte seine ausgestreckte Hand. „Bitte", sagte er. „Lass uns die Party genießen, bis er aufwacht. Lass uns unsere Familie suchen."

Ich hasste jedes Wort, einschließlich des Freudenfunkelns in seinen Augen, als glaubte er, wir würden eine seltsame glückliche Familie werden. Ich folgte ihm, als er den Raum verließ, weil es nicht klug war, Dr. Sumner von der Person wegzubringen, die ihn gezwungen hatte, falls es Probleme geben sollte. Ich zögerte. Auf mein Zögern hin zog Landon einen Schlüssel heraus und schloss die Tür ab.

Als ich zu den anderen Gästen zurückkehrte, nahm ich ein Glas Champagner von einem der Kellner entgegen und trank einen kleinen Schluck. Ich blieb an Landons Seite, während er den Raum zufrieden musterte.

„Was fasziniert dich an diesen beiden?", fragte ich, als Landons Blick meinem zu Dallas' Doppelgänger und einem weiteren Potentiellen folgte, den er mir vorgestellt hatte und der sein unverdientes Selbstvertrauen wie ein schlechtes Parfum trug. Unsere Blicke begegneten sich, und ein Funke des Erkennens huschte über seine blassen Augen. Die Frau, mit der er sich unterhielt, wurde kurzerhand ignoriert, als er auf mich zukam. Als wir uns das letzte Mal getroffen hatten, hatte ich ihm gesagt, dass er bestraft würde und im Kerker landen könnte, wenn er Landon verärgerte oder der Vampirfamilie Ärger machte. Die Drohung hätte mich dazu gebracht, ganz weit von Landon wegzurennen, als würde er eine Axt schwingen, bereit, sie gegen mich zu benutzen. Dieser Mann schien unbeeindruckt. Die Dallas-Kopie hatte die Kontrolle über die Situation übernommen, in der ein Vampir versuchte, ihn zu verführen und ihn zu seiner Mahlzeit zu machen. Die Augen des weiblichen Vampirs waren auf seine Lippen gerichtet. Ein schüchternes Lächeln umspielte seine Lippen, als wäre er sich der Wirkung, die er auf sie hatte, nicht bewusst.

Mr. Selbstbewusst baute sich vor mir auf und grinste mich mit einem schiefen Lächeln an, das – da war ich mir sicher – Menschen entwaffnete. Sehr oft.

„Erin, schön, dich wiederzusehen", sagte er und streckte mir die Hand entgegen, um sie zu schütteln. Ich versuchte, sie nur kurz zu schütteln, aber er legte seine andere Hand auf meine, um warm und einladend zu wirken, anstatt berechnend und arrogant.

„Ich glaube, wir wurden einander noch nie richtig vorgestellt. Ich bin Tegan." Die unvollständige Vorstellung lag daran, dass er mich nicht für wichtig gehalten hatte, bis er begriffen hatte, dass ich der Schlüssel für ihn war, um ein Vampir zu werden. Er musterte mich weiter mit großem Interesse und konnte seine Neugierde hinsichtlich meiner Bedeutung für Landon nicht verbergen.

„Ich bin froh, dass meine Warnung vor dem Kerker dich nicht verschreckt hat." Meine Erinnerung an die Folterkammer des Vampirs brachte mir einen wütenden Blick von Landon ein.

„Ich weiß sie zu schätzen." Tegan riss seine Aufmerksamkeit von mir los und richtete sie auf Landon. „Die grausamste Strafe würde er bereitwillig akzeptieren, wenn ich jemals etwas täte, das Landon missfällt oder die Familie in irgendeiner Weise in Verlegenheit bringt, um eine solche Züchtigung zu verdienen."

Er war gut. Landon verschlang seine Speichelleckerei wie ein dekadentes Dessert. Tegan war die wandelnde Verkörperung der Arroganz und Genusssucht der Vampire. Seine markanten Gesichtszüge würden Landon gefallen, wenn er ihn zum Vampir machte, als wären die Gene seiner Eltern irrelevant. Doch dieser Mann würde seine wohlhabende Stellung als Landons Schöpfung missbrauchen.

Als ich Landons schweren Blick auf mir spürte, sah ich ihm in die Augen. Ein kleines Lächeln hatte sich auf seine Lippen gelegt. Ich folgte seinem Beispiel, als er sich entschuldigte und auf die andere Seite des Raumes ging. Er ließ sich im dunkelsten Teil nieder und musterte die Anwesenden. Ich vermutete, dass er sie immer noch als potenzielle Kandidaten einschätzte.

„Wie heißt er?", fragte ich und meinte damit das Dallas-Imitat. Der echte Dallas stand auf der anderen Seite des Raumes und gab sich nur wenig Mühe, seine Nahrung für den Tag zu bekommen. Sein trügerischer und müheloser Charme ließ die große, kurvige Frau näher an ihn heranrücken und sich darauf einstellen, seine Nahrungsquelle oder mehr für die Nacht zu sein.

„Peyton", sagte Landon.

„Trotz meiner Warnung bist du immer noch interessiert?"

„*Wegen* deiner Warnung interessiert er mich immer noch. Du unterschätzt mich. Du glaubst nicht, dass ich mich so positionieren kann, dass er nie in Erwägung ziehen würde, mich anzugreifen. All die Dinge, die ich deiner Meinung nach beachten sollte, wusste ich die ganze Zeit. Du musst zugeben, dass er ziemlich gut aussieht."

„Und er ist sich dessen mehr als bewusst", stellte ich fest. Tegans Interesse an dem Vampir, der ihn zuvor zu einer Blutspende verleiten wollte, war verschwunden. Er bewegte sich durch den Raum und genoss die Aufmerksamkeit, die ihm von den verschiedenen anderen Vampiren zuteilwurde, die ihn für eine Mahlzeit oder vielleicht mehr wollten. Er hielt sie auf Abstand. Man musste kein Experte in Körpersprache sein, um seine Manipulationen zu erkennen.

„Also willst du eine dysfunktionale Familie. Verstanden."

Mit einem dunklen Kichern nahm Landon einen Schluck aus dem Glas, das ich zuvor nicht bemerkt hatte. Es störte mich, wie schnell und unauffällig Vampire sein konnten. Ich warf einen Blick auf die Uhr auf meinem Handy; es waren erst zwanzig Minuten vergangen. Es kam mir länger vor.

„Du kannst gern bleiben, nachdem dein Freund aufgewacht ist. Ich werde jemanden schicken, der ihn nach Hause bringt."

Natürlich war Dr. Sumner nicht gefahren.

„Das kann ich nicht. Ich möchte ihn nach Hause bringen." Ich drehte mich zu Landon um und sagte: „Bitte vereinbare keine weiteren Treffen mit ihm."

Landons Lippen verzogen sich. „Willst du mich etwa bitten, ungastlich zu sein?"

„Du scheinst kein Problem damit zu haben, wenn es dir in den Kram passt."

„Bist du in der Position, mich um weitere Gefälligkeiten zu bitten?" Der elektrisierte Unterton in seiner Frage ließ mich vermuten, dass ich es nicht war.

„Das ist keine Bitte um einen Gefallen. Ich bitte dich, ihn nicht an der Nase herumzuführen. Du hast nicht die Absicht, ihm zu geben, was er will."

Landon grunzte, dann trank er einen langen Schluck aus seinem Glas und richtete seine Aufmerksamkeit wieder auf die Menge. „Warum bleibst du nicht länger? Ich möchte wirklich, dass du einige der Leute hier kennenlernst. Misch dich unter die Leute. Schließlich –"

„Das kann ich nicht. Ich habe dringende Geschäfte zu erledigen", erklärte ich und gab ihm keine Zeit zu erwähnen, dass sie meine Familie sein könnten. Er hatte ein Bild und eine Erwartung im Kopf, und ich fand es grausam, ihm das länger zu erlauben.

„Welche Geschäfte, Erin?" Er beugte sich herunter, bis sein Gesicht nur Zentimeter von meinem entfernt war. Seine Augen wurden dunkler, während er mich musterte.

„Nur Geschäfte."

„Geschäfte. Hat es etwas mit deiner Magie zu tun? Wann

wirst du mir mehr darüber erzählen? Ich bin fasziniert davon." Wenn er nicht zurückwich, würde er sie spüren. In der Vergangenheit hatte ich es geschafft, meine Magie bei ihm nicht zu demonstrieren. „Alle sind so geheimnisvoll. Dein Mensch hat sich auch bemüht, alles für sich zu behalten, selbst unter Zwang. Ich dachte, er würde sich den Kiefer brechen, so fest hat er die Zähne zusammengebissen, um, was er über dich weiß, für sich zu behalten."

Dr. Sumner behielt das, was er über mich wusste, sogar unter Zwang für sich? Beeindruckend. Unsere komplizierte und unangemessene Beziehung hatte ihre Vorteile.

Landon schien meine Bewunderung zu teilen. „Er ist ein starker Mensch und beschützt diejenigen, die ihm wichtig sind", sagte er leise. Mir gefiel der Klang der Sehnsucht in seiner Stimme nicht.

„Er steht nicht zur Debatte", sagte ich streng.

„Nun, das ist nicht deine Entscheidung. Und offen gesagt auch nicht seine. Er könnte überredet werden."

„Keine Option", knurrte ich.

Er gab ein weiteres Geräusch von sich, aber ich konnte nicht erkennen, ob es widerstrebende Zustimmung oder Widerspruch war. „Komm mit mir. Ich möchte dich deinen potenziellen Töchtern vorstellen." Alles an diesem Vorgang war beunruhigend, aber ich hatte Zeit totzuschlagen, bis Sumner aufwachte.

Landon stellte sie vor, doch diesmal behielt ich meine Einschätzungen für mich. Die ersten Eindrücke spiegelten die der anderen wider, die ich getroffen hatte, aber eines hatten sie alle gemeinsam: dunklen Zynismus und Andeutungen von Machthunger, und das würde ein Problem darstellen. Landon kümmerte das nicht, denn es waren Eigenschaften, die er suchte, und ich würde dafür verantwortlich sein, Vampire zu erschaffen, die diese Überzeugungen durchsetzen konnten.

Das beschäftigte mich, als er mich nach draußen in seinen

exquisiten Garten führte. Eine farbenfrohe Pracht exotischer und einheimischer Blumen säumte das Haus. Niemand nutzte den gepflegten Rasen und den gemütlichen Sitzbereich, um die kühle Nachtluft und die romantischen Lichter in den Bäumen zu genießen.

Kaum hatten wir die Party verlassen, wurden Vorhänge geöffnet. Elon sah in unsere Richtung, verschwand aber sofort, als Landon abwinkte. Doch die Vorhänge blieben offen. Wir beobachteten die Anwesenden, aber sie schienen nicht bemerkt zu haben, dass wir gegangen waren. Elon stand nicht mehr an der Schiebetür, sondern behielt uns von der anderen Seite des großen Raumes aus im Auge. Mir entging nicht, dass Dallas sich langsam näherte.

„Was hältst du von den potenziellen Töchtern?"

Ich trank noch einen kleinen Schluck aus meinem Glas und seufzte. Einen verärgerten Landon zu meiner langen Liste von Problemen hinzuzufügen, war nichts, was ich brauchte, aber das in die Länge zu ziehen, würde nur noch mehr Probleme schaffen. Hoffnung und Ungeduld strömten aus ihm heraus, und entweder Tegan oder Peyton würde sein Sohn werden. Eine der potenziellen Töchter hatte Eindruck auf ihn gemacht. Er versuchte zu verheimlichen, welche seine Favoritin war.

Ich schwieg zu lange für Landons Geschmack. „Deine Zustimmung zu meinen Entscheidungen ist nur eine Höflichkeitsgeste, keine Voraussetzung." Seine harsche Bemerkung veranlasste mich, es lieber früher als später auszusprechen. Es würde weitergehen, also musste ich meine Ablehnung so diplomatisch wie möglich handhaben.

„Sie haben alle die Qualitäten, nach denen du suchst. Aber ich kann nicht diejenige sein, die deiner Familie hilft", stellte ich mit leiser, neutraler Stimme fest, da ich nicht wollte, dass er es als Zeichen des Trotzes, sondern als eine Sache der Machbarkeit auffasste. „Du bist in einer neuen Machtposition und wirst von allen Sekten beobachtet. Das Letzte, was du willst, um ihre Sorge zu verstärken oder die anderen Vampire in Gefahr zu bringen, ist, Vampire mit einer Todesmagierin zu erschaffen." Er wusste, dass ich keine war, aber es brachte rüber, was ich rüberbringen wollte. „Ich werde dabei helfen, den Einsatz eines Menschen oder einer Hexe auszuhandeln, um deine Familie zu zeugen. Das wäre nicht untypisch und würde unbemerkt bleiben und keine Bedenken schüren."

„Das war nicht die Vereinbarung. Du willst unsere Vereinbarung brechen?", fragte er mit scharfer Stimme, während er mit dem Daumen die blutrote Flüssigkeit wegwischte, die als Reaktion auf meine Worte aus dem Glas gespritzt war.

„Nein. Ich nehme eine Änderung vor."

„Ja, und es scheint, dass diese Änderung nicht mit unserer ursprünglichen Vereinbarung übereinstimmt", stieß er durch zusammengebissene Zähne hervor.

Diese Situation hatte das Potenzial, explosiv zu werden, und ich musste sie schnell deeskalieren. Ich holte tief Luft.

Landon schleuderte sein Glas gegen die andere Seite des Hauses. Glassplitter spritzten, und die rote Flüssigkeit verdunkelte den Stein des Hauses. Der Geruch von Blut und Wein wehte zwischen uns. „Wie lautete die Vereinbarung, Erin?", fragte er wütend.

„Landon –"

„Nein, wie lautete die Vereinbarung, Erin?"

Ich wiederholte sie wortwörtlich. Vor Scham blieben mir die Worte fast im Hals stecken.

„Bevor ich dir geholfen habe, habe ich dir meine Bedingungen genannt, und du hast zugestimmt", erinnerte er mich. Als ob das nötig wäre.

„Mein Freund lag im Sterben. Du warst seine zuverlässigste Überlebenschance." In meinem Ton lag ein leises Flehen, in der Hoffnung, an eine Menschlichkeit zu appellieren, die er längst verloren hatte. Ich versuchte, ihn an die verzweifelte Lage zu erinnern, in der ich mich befunden hatte. Eine Lage, die Tränen fließen ließ. Tränen, die er weggewischt hatte.

„Dann ist das geklärt. Du wirst dich an unsere Vereinbarung halten", zischte er.

„Landon, ich fühle mich verpflichtet zu verhindern, dass die Welt durch meine Existenz schlimmer wird", sagte ich und appellierte erneut an den Rest Menschlichkeit, den er noch besaß. Ein Drängen, die Sache aus ethischer Sicht zu betrachten. Seinem höhnischen Grinsen nach zu urteilen, war ich zu optimistisch und naiv. „Ich werde nicht die Schuld dafür auf meinen Schultern tragen, Vampire zu erschaffen, die gefährlicher sind als die, die es schon gibt."

„Du wirst sie nicht auf deinen Schultern tragen."

„Doch, das werde ich. Jede Bosheit und jedes Problem, das sie verursachen, wäre eine Folge meiner Mitwirkung bei der Erschaffung von Vampiren, die vielleicht nicht unterworfen werden können."

Er zog interessiert die Augenbrauen hoch. „Du bist keine verdammte Magierin. Was zum Teufel bist du, Erin?" Er überwand das bisschen Distanz, das ich zwischen uns gebracht hatte.

„Ich kann deine Verbündete oder dein schlimmster Alptraum sein", sagte ich vage, ein wenig zu scharf für die Situation, in der ich mich befand, aber Landon, immer das seltsame Enigma, fand die Bemerkung amüsant. Ein Lächeln umspielte seine Lippen, und ungezügeltes Interesse breitete sich auf seinem Gesicht aus.

„So viele Geheimnisse. Zwischen Freunden sollte es keine geben." Ein widerlich süßlicher, seidiger Ton ersetzte die Wut.

Die Verzweiflung machte alles so unsicher, und der Umgang mit einem launischen Vampir wie Landon machte es noch schwieriger. Ich holte noch einmal Luft, hielt sie ein paar Sekunden an und atmete dann leise aus: „Ich bin halb Elfe, halb Gott.“

Landons Mund öffnete sich. Er sah wehmütig aus. Da war keine Menschlichkeit, nur Gier und Verlangen. „Sie sind nicht ausgestorben“, flüsterte er. „Du bist ein ganz entzückender Fund.“ Nach einigen Augenblicken fletschte er seine Reißzähne. „Ich kann dich nicht aus deiner Verpflichtung –“

Ich rammte ihm Magie in die Brust und stieß ihn damit mehrere Meter zurück. Er erholte sich schnell, nur um festzustellen, dass ich weg war. Er drehte sich langsam um, hob die Nase in die Luft und schnupperte. Er wusste, wo ich war, aber bevor er reagieren konnte, drückte ich die Nadeln aus meinem Haar in seine Brust. Fest genug, um zu spüren und zu wissen, dass er sich nicht mit mir anlegen sollte.

„Ich garantiere dir, die werden in deinem Herzen sein, bevor sie mich erreichen können“, flüsterte ich. „Dallas und Elon denken, ich bin weg.“ Ich riskierte keinen Blick, sondern stellte eine wohlbegründete Vermutung an. „Das ist nur ein kleiner Vorgeschmack auf meine Fähigkeiten. Du willst nicht auf der falschen Seite meiner Wut stehen.“

„Und du nicht auf meiner.“

„Bist du dir da sicher?“ Ich drückte etwas fester. „Was weißt du über Götter und Elfen?“ Trotz seines langen Lebens – oder eher seiner Vampirexistenz – konnte sein Wissen nicht mehr als oberflächlich sein. Dass ich eine Hybride war, trug nur dazu bei, dass er nie sicher sein konnte, wozu ich fähig war. „Ich kann dir versichern, dass alles, was du zu wissen glaubst, falsch ist. Begreifst du, wie wenig Anstrengung es mich kosten würde, Vampire von dieser Erde zu tilgen?“ Ein bisschen arg geprahlt, aber notwendig.

Da ich wollte, dass er mein Gesicht sah, machte ich mich sichtbar und zeigte mich ihm.

„Ich weiß es zu schätzen, dass du Dr. Sumner gerettet hast. Ich werde dir ewig dankbar sein, aber ich werde dir nicht helfen, mit meinem Blut Vampire zu erschaffen. Finde einen anderen Weg, wie ich dir danken kann."

Einem Vampir den Rücken zuzukehren war riskant. Landon den Rücken zuzukehren hieß, Ärger heraufzubeschwören. Aber es erfüllte seinen Zweck, indem es ihn vor die Frage stellte, wie mächtig ich sein musste, um das zu wagen. Als ich durch die Tür ging, konnte ich Landons Präsenz spüren und war mir bewusst, dass Elon innerhalb eines Wimpernschlages da war. Ich behielt einen neutralen Gesichtsausdruck bei, stolz auf das Maß an Tapferkeit, das ich an den Tag legte, und wie überzeugend ich dabei war. Ich war die furchteinflößende Anomalie; Landon musste nicht wissen, dass meine menschliche Seite einen Teil meiner Magie verwässerte. Oder dass ich Vampire wahrscheinlich nicht von der Erde tilgen konnte. Vampire hatten keine Magie, abgesehen von ihrer Unsterblichkeit und der Fähigkeit, zu wynden, was ihr Wissen über Magie einschränkte. Dafür verließen sie sich auf Hexen und Magier. Ich vermutete, dass er einen aufsuchen würde, um mehr Informationen einzuholen.

Elons Augen waren Dolche, als er mich ansah. Die Gäste feierten weiter, ohne die wachsende Spannung zu bemerken, und ich wappnete mich dafür, mit ihnen kämpfen zu müssen. Ich steckte die Haarnadel zurück in meine Haare und entschied mich für die Klaue in meiner Tasche. Ich teilte meine Aufmerksamkeit zwischen Dallas und Elon auf.

Als ich vorsichtig über die Schulter zu Landon blickte, sah ich, dass er nachdenklich die Stirn runzelte. Er hielt meinen Blick fest, seine Lippen aufeinandergepresst. Er sah mich abschätzend an. Konnte ich die Vampire tatsächlich vernichten?

Ich ging langsam auf ihn zu. „Ich verspreche dir, dass ich meine Schuld dir gegenüber begleichen werde. Es wird nicht mit einer Familie sein, doch es wird dich zufriedenstellen."

Ohne ein Wort verließ er den Raum, dann sagte er „Hilf

ihr mit ihrem Menschen". Als wir das Zimmer erreichten, begann Dr. Sumner, sich zu regen. Elon hielt sein Gesicht fest, untersuchte seine Augen und seine Reaktion auf Befehle, dann begleitete er uns aus dem Haus, obwohl es sich eher anfühlte, als würden wir hinausgeworfen.

Als Dr. Sumner im Auto saß, blieb ich stehen, bis ich Landons Blick erhaschte. Er lehnte am Türrahmen. Ich formte mit den Lippen ein *Danke*, konnte sein Grinsen aber nicht wirklich lesen. Hatte er mir erlaubt, die Bedingungen neu zu verhandeln, zugegebenermaßen brutal, oder ließ er mich nur glauben, dass es mir gelungen war? Ich wusste mit Sicherheit, dass ich einige Tage Aufschub hatte, während er alles recherchierte, was er über Elfen und Götter finden konnte.

Doch im Moment war er noch immer meine geringste Sorge.

5

Die Stille zwischen uns war angespannt. Dr. Sumner starrte aus dem Autofenster und trommelte mit den Fingern auf seinem Oberschenkel. Während die Minuten verstrichen, gingen mir alle möglichen Optionen durch den Kopf, wie die Situation hätte eskalieren können.

„Was haben Sie sich dabei gedacht?", fragte ich mit zusammengebissenen Zähnen. Seine Verlegenheit ließ seine Wangen hochrot werden.

„Ich habe nicht gedacht", gab er zu und fuhr sich mit der Hand durch die kurzen Haare seines Bartes.

Es wurde wieder still zwischen uns, während ich überlegte, wie ich die Situation ansprechen sollte. „Ich verstehe", sagte ich leise, als wir uns seinem Haus näherten. „Ich wünschte, Sie wären nicht meinetwegen verletzt worden. Sie waren dem Tod so nah und wollen diese Verletzlichkeit nicht noch einmal erleben. Aber Vampirblut zu konsumieren, macht Sie nicht unbesiegbar und ändert auch nichts an der Tatsache, dass Sie ein Mensch sind. Geschäfte mit Landon oder sonst einem Vampir zu machen, ist nicht klug."

Nachdem ich in seiner Einfahrt angehalten hatte, drehte

ich mich zu ihm um und wartete auf eine Antwort, die er die gesamte Fahrt zu seinem Haus vermieden hatte.

„Es ist vielleicht nicht klug, aber es ist ein guter Deal, sich weniger verletzlich und schwach zu fühlen." Er rieb sich seufzend mit den Händen über das Gesicht. „Es ist peinlich, das zuzugeben, aber an diesem Tag hatte ich das Gefühl, in beiden Welten bequem und sicher existieren zu können."

„Es ist nur eine Illusion. In meiner Welt wären Sie immer noch verletzlich. Wir leben zusammen und müssen interagieren, aber Sie waren nie wirklich der übernatürlichen Welt ausgesetzt. Sie wurden nur mit Teilen davon konfrontiert. Ich bin daran schuld."

„Das sind Sie nicht. Sie haben nichts falsch gemacht."

„Okay. Es waren die Umstände. Aber es war eine Folge der Umstände, dass ich in Ihr Leben getreten bin. Ich denke, es ist Zeit, dass Sie einen Schlussstrich unter meine Welt ziehen. Sie sind ein großartiger Therapeut, und Ihre Fähigkeiten werden denen, mit denen Sie mehr gemeinsam haben, besser dienen."

Er presste die Lippen aufeinander, verzog das Gesicht, öffnete die Autotür und stieg aus. „Kommen Sie rein, lassen Sie uns eine Tasse Tee trinken."

Ich spielte mit dem Gedanken, abzulehnen, musste aber sicherstellen, dass wir uns einig waren und er sich von Landon fernhalten würde. Nein, nicht nur von Landon, sondern von allen Vampiren. In seinem Haus folgte ich seinem Beispiel und ließ meine Schuhe unter der Bank neben der Tür. Ich betrachtete den kleinen Tisch, auf dem er zwei seiner Brillen ohne Sehstärke liegen hatte. Er grinste mich verlegen an, bevor er ins Wohnzimmer ging. Sein minimalistischer Einrichtungsstil überraschte mich nicht. Ich hatte erwartet, dass sein Haus einen industriellen oder streng modernen Style haben würde, das mich unsicher machen würde, wo ich sitzen sollte, also war ich überrascht von dem weich gepolsterten, dunkelgrauen Wolkensofa gegenüber dem Kamin und dem gerahmten Fernseher. Auf den Sesseln, die genauso bequem aussahen, lagen weich aussehende Decken. Sein Zuhause war warm und einladend.

„Wo ist die Gitarre?", fragte ich mit einem Schmunzeln und strich über die Decke, die sich so weich anfühlte, wie sie aussah.

Er zog die Augenbrauen hoch, als er meinem Blick begegnete. „Das ist anmaßend, Erin."

„Das gebe ich zu. Wo ist sie?"

„Ich habe keine. Aber ich habe ein Zimmer voller Schallplatten und einen Plattenspieler, wollen Sie die sehen?" Etwas am enthusiastischen Glitzern in seinen Augen erinnerte mich an Cory, wenn er über Filmklassiker sprach, und machte überdeutlich, dass ein Besuch in diesem Zimmer dazu führen würde, dass er ausführlich über Musik und den Erwerb der Schallplatten sprach.

„Ein andermal?", schlug ich vor.

Als er mich höflich-wissend anlächelte, wurde mir klar, dass ich mein mangelndes Interesse nicht so gut verborgen hatte, wie ich angenommen hatte.

„Machen Sie es sich bequem", sagte er und ging in Richtung Küche und zu einem Schrank, aus dem er eine Dose Tee holte. Nachdem ich mich auf das Sofa hatte sinken lassen, war ich dankbar, als er mit einer Tasse Tee wieder auftauchte. Die Strapazen des Tages machten sich schließlich bemerkbar, und ich war kurz davor einzuschlafen.

Er setzte sich neben mich. Ich wärmte meine Hände an der Tasse.

„Ich stimme Ihrem Vorschlag, nur Menschen zu behandeln, nicht zu. Vielleicht brauche ich eine Pause vom Umgang mit magisch Veranlagten. Dazu bin ich bereit", räumte er ein. Sein intensiver Blick bohrte sich in meine Wange, während ich den Blick geradeaus richtete und die Kunst im Fernseher betrachtete.

„Erin", drängte er. „Sagen Sie was."

Ich schüttelte den Kopf.

„Ich werde den anderen absagen. Nicht Ihnen." Er fügte leise flüsternd hinzu: „Ich bin nicht sicher, ob ich das könnte."

Als ich mich umdrehte und die Beine unter mich zog, tat er dasselbe. Von Angesicht zu Angesicht wartete er geduldig darauf, dass ich etwas sagte.

„Meine Mutter ist tot, und ich bin der Grund dafür."

„Malific?" Es war wahrscheinlich beunruhigend für ihn, sie als meine Mutter zu betrachten, nachdem ich so viel Zeit damit verbracht hatte, mich von ihr in dieser Rolle zu distanzieren. Dennoch hatte sie die Hälfte zu meiner DNA und Magie beigetragen. Das war alles. Oder vielmehr, ich wollte nicht, dass sie mehr war.

Ich nickte.

„Okay", hauchte er. „Weiter."

Dr. Sumners Gesicht blieb ausdruckslos, als ich die Flut an Informationen auf ihn losließ und nur innehielt, um seine Bitten um Klarstellung zu beantworten.

„Sie hätten die Feen getötet, um die Welt von Göttern zu befreien", flüsterte er. Ich konnte den Anflug von grimmiger Abscheu in seinen Worten hören. Ich hatte ihn einer weiteren gnadenlosen Schicht der übernatürlichen Welt ausgesetzt.

Er drängte mich, fortzufahren, und trotz seiner Gefühle angesichts Fabians und Elizabeths Verhalten gingen keine davon gegen mich. Sein Ton war nie verurteilend, als er mich weiter befragte. Sogar meine Absichten, was Fabian und Elizabeth anging, nahm er ohne Kritik auf. Als ich fertig war, wandte ich mich von ihm ab und ließ mich auf das Sofa fallen, stellte den fast unberührten, kühlen Tee auf den Beistelltisch und richtete dann meinen Blick an die Decke. „Das ist alles."

„Das alles ist auf sie eingestürzt, und Sie haben mich nie angerufen?"

„Sie sind nicht mein Therapeut.“

„Wenn ich *nur* Ihr Therapeut wäre, hätte Landon Sie nicht meinetwegen angerufen.“

„Wenn Sie nur mein Therapeut wären, würde ich nicht in seiner Schuld stehen. Unsere chaotische Freundschaft hat alles kompliziert gemacht“, schnaubte ich und akzeptierte eine weitere komplexe Situation, mit der ich umzugehen lernen musste.

Er grunzte etwas und lehnte sich dann entspannt zurück, den Arm vor dem Gesicht. „Wie fühlen Sie sich dabei?“, fragte er.

„Dass ich auf dem Sofa sitze und mit meinem ehemaligen Therapeuten spreche? Wie in einem total klischeehaften Film“, antwortete ich.

Er lachte. „Ja.“ Er legte den Kopf zur Seite, um mich anzusehen. „Die Ausgangssituation ist ziemlich klischeehaft. Aber das macht die Frage nicht weniger berechtigt.“

„Ich wünschte, ich könnte alldem einfach ein Ende setzen. Die ruchlose und komplizierte Magie aus dieser Welt reißen und alles einfach machen. Einfach hatte ich noch nie und sehne mich danach.“

Er atmete zittrig aus und lächelte mich mitfühlend an.

„Ich hasse es, dass sich die meiste Magie und Erbarmungslosigkeit ausschließlich gegen mich zu richten scheint“, fuhr ich fort. „Ich verstehe Elizabeths Sicht auf mich, auch wenn sie heuchlerisch ist. Meine Magie ist komplex und vielleicht problematisch. Göttermagie ist furchterregend. Der Schleier sollte geschlossen sein. Aber die Grausamkeit, Magie und der Machtmissbrauch der Elfen ist nicht anders als die meiner Mutter. Wie kann ich ihre Existenz in dieser Welt akzeptieren und nicht die der Götter?“

„Und Sie glauben, dieses Verhalten gibt es in der Menschenwelt nicht?“

„Das schon.“ Aber wenn Magie im Spiel war, machte es alles viel gefährlicher.

„Mein Haus wurde letztes Jahr ausgeraubt. Ich habe mich um einen der Täter gekümmert, nachdem er angeschossen worden war. Ich habe einen Selbstmordversuch abgewendet, Leute behandelt, deren einziger Lebenszweck darin bestand, andere zu zerstören, von denen sie glauben, dass sie ihnen Unrecht getan haben. Ich glaube nicht, dass Grausamkeit, Politik, Machthunger oder die seltsame Entschlossenheit, die Reinheit der eigenen Abstammung zu bewahren, auf die magische Welt beschränkt sind. Sie werden nur anders um- und durchgesetzt. Obwohl ich Ihre Sorge um mich in der magischen Welt nie abtun werde, bin ich unter Übernatürlichen nicht mehr in Gefahr als unter Menschen.“

Dr. Sumners Sabbatical von der magischen Welt würde nur von kurzer Dauer sein. Er schien sich unangemessen davon angezogen zu fühlen.

„Wollen Sie ein Vampir sein?“, fragte ich. Er beantwortete die Frage mit einem langen Moment des Schweigens. Der Moment war zu lang. Seine Selbstbesinnung wurde beunruhigend, als aus Sekunden Minuten wurden.

„Nein“, sagte er schließlich. „Ich will kein Vampir sein. Ihre Unsterblichkeit spricht mich nicht an, genauso wenig wie die Abwesenheit der Menschlichkeit. Ich habe mit Magiern, Hexen, Wandlern und Feen zu tun gehabt, aber ihnen scheint es nicht an ...“ Er rang nach dem richtigen Wort. „Menschlichkeit zu mangeln. Sie ermöglicht es einem, in beiden Welten fast nahtlos zu funktionieren. Landon scheint kein schreckliches Wesen zu sein, aber selbst wenn er versucht, menschlich zu wirken, ist es seltsam. Mechanisch. Einstudiert, als würde er es imitieren, anstatt es wirklich zu empfinden. Ich weiß nicht, ob sich dieser Kompromiss lohnt.“

Seine Antwort nahm mir eine große Last von der Seele, von der ich nicht gewusst hatte, dass sie da war.

„Dann müssen Sie sich von ihm fernhalten. Von allen

Vampiren. Bitte." Ich stand auf und ging zur Tür, um keinen Raum für weitere Diskussionen zu lassen.

Er deutete ein zustimmendes Nicken an. „Und wir sehen uns nächsten Dienstag um drei?", fragte er, bevor ich gehen konnte. Sein trotziges Lächeln war für eine Herausforderung gewappnet, falls ich ablehnte.

„Nächsten Dienstag um drei", wiederholte ich.

„Erin", sagte er, bevor ich die Tür schloss, „die Magie, die Sie von Malific geerbt haben, ist stärker als jede andere Magie, nicht wahr?"

Ich nickte.

„Und die Magie Ihres Vaters kann nur von Elfen rückgängig gemacht werden, richtig?"

Ich bestätigte auch das mit einem Nicken.

Er dachte über die Information nach. „Ich würde den Pflanzenzauber in Ruhe lassen. Ich glaube nicht, dass es Ihnen jemals helfen wird. Aber ich würde genauer untersuchen, warum Elizabeth Ihre Existenz als ein so großes Problem betrachtet. Ich glaube, Sie sind die Lösung für ein Problem, das sie nicht gelöst haben wollen."

Die ganze Fahrt über grübelte ich über Dr. Sumners Abschiedsworte und Bentons Akte über mich nach.

Er hatte vollkommen recht. Ich war die Lösung, aber für welches der unzähligen Probleme, die es jetzt gab?

6

Cory hatte die Arme vor der Brust verschränkt und atmete scharf und kontrolliert, als wir nach Havenage fuhren. Nachdem wir nach Hause zurückgekehrt waren, war ich leise in meine Wohnung geschlichen, ohne ihn zu wecken, und hatte so die Diskussion darüber vermieden, was zwischen mir und Landon vorgefallen war. Am Morgen wurde mir das nicht erspart. Während unserer Vorbereitungen für den Besuch in Havenage konnte ich die Fragen abwiegeln. Im Auto hatte ich keine andere Wahl, als mit ihm darüber zu sprechen.

„Jetzt musst du dir Sorgen wegen Landon machen?"

„Das glaube ich nicht. Er ist angepisst, aber er wird darüber hinwegkommen."

„Das entspricht total seinem Charakter. Er ist definitiv jemand, der einen Angriff wie diesen wegsteckt. Ich bin sicher, er überlegt, was für einen Geschenkkorb er dir schicken soll, um dir dafür zu danken, dass du sein Leben in Gefahr gebracht hast. Vielleicht bekommst du Schmuck", sprudelte es aus ihm heraus.

Trotz der Möglichkeit, dass die Situation eskalieren könnte, dachte ich nicht, dass Landon bald etwas unternehmen würde. Seine Neugier auf mich und sein Wunsch, mich umzustimmen, würden sein Interesse lange genug fesseln, sodass es ein Problem wäre, mit dem ich mich später befassen könnte. Oder zumindest hoffte ich das.

Cory verzichtete auf weitere Diskussionen, damit ich mich besser auf die Straßen konzentrieren und aus dem Gedächtnis der Wegbeschreibung, die Nolan mir gegeben hatte, zurück nach Havenage folgen konnte.

Die Umgebung war vertraut und weckte das Gefühl hoffnungsloser Verzweiflung, das ich empfunden hatte, nachdem ich erfahren hatte, dass es andere Elfen gab, und die Vorfreude, noch mehr zu treffen. Wir parkten ein paar Meter von einer Enklave entfernt und stiegen aus dem Auto. Corys Gesicht war von dem Abstoßungszauber angespannt; er schien stärker zu sein, als ich ihn in Erinnerung hatte. Statt der heftigen Übelkeit, die ich bei meinem ersten Besuch gespürt hatte, war es diesmal ein Gefühl schockierender Angst. Magie hüllte mich ein, dunkle und chaotische Bilder überfluteten meinen Geist, und mein Körper brannte. Glühende Hitze trieb mir den Schweißt auf die Stirn.

Das war der grausamste Abstoßungszauber, den ich je erlebt hatte. Cory blieb an meiner Seite. Der Zauber, den ich ausführte, um die Intensität des Zaubers aufzuheben, kostete viel Energie, aber schnell verschwanden die Bilder, das Übelkeitsgefühl hörte auf, und der dumpfe Geruch in der Luft wurde durch den Hauch von Immergrün ersetzt, der für Elfenmagie typisch war.

„Deine Magie ist stärker als zuvor“, stellte Cory fest. Sie war stärker, aber sie hatte sich auch seit dem Tod meiner Mutter verändert. Ich konnte den Unterschied nicht genau definieren. Fabian hatte mir beigebracht, meine gegensätzlichen Magien zu trennen, aber jetzt schienen sie sich zu ergänzen. Sie hatten sich zu etwas völlig anderem als Elfenmagie und Göttermagie verschmolzen. Das brachte Dr. Sumners Bemerkung in den Vordergrund meiner Gedanken.

„Fabian, wir müssen reden“, sagte ich in den Äther, so wie Nolan ihn bei unserem ersten Besuch auf unsere Anwesenheit aufmerksam gemacht hatte. Nichts. Ich bewegte mich näher an die magische Barriere heran, streckte die Hand aus und tastete nach der vertrauten Magie, um zu sehen, wo der Schutz begann. Ich flüsterte einen Zauber, um ihn zu brechen. Die Ränder pulsierten in heftigen Wellen, um ihre Position zu halten. Ich wiederholte den Zauber, meine Magie drückte stärker und hämmerte gegen den Schutz, der mit gleicher Macht Widerstand leistete, um sich aufrechtzuerhalten. Während ich mich gegen das neue Gefühl und den Ansturm stärkerer Magie wappnete, sah ich aus dem Augenwinkel Corys überrascht offenen Mund. Meine Magie tobte durch mich hindurch. Ich war kurz davor, die Schutzzauber einzureißen und die Elfen schutzlos zu machen, ohne einen Ort, an dem sie sich verstecken konnten.

„Erin, du solltest ihn nicht zerstören“, drängte Cory. Ich konnte nicht mehr als den warnenden Ausdruck in seinem Gesicht lesen.

„Wie kann ich dir behilflich sein, Erin?“ Fabians beruhigende Stimme erfüllte die Umgebung, als er ein paar Meter von mir entfernt auftauchte. Ich wirbelte herum, um ihn anzusehen, und beendete meinen Angriff auf die Barriere, sodass sie intakt und die Bewohner von Havenage verborgen blieben. Ich drehte mich zu ihm um. Er war immer noch stärker und geschickter in der Elfenmagie. Magie und Zauberei waren wie ein Muskel; je mehr man übte, desto weniger Energie brauchte man.

Fabians Blick wanderte herablassend über Cory, bevor er zu mir zurückkehrte. Während er mit langsamen, gemessenen Schritte auf uns zukam, entspannte sich sein verkniffenes Lächeln. Seine Braue hob sich und drängte mich zu antworten.

„Ich bin wegen Nolan hier“, sagte ich ihm, als er nur Zentimeter von mir entfernt war. Die kalte Belustigung, die über seine trügerisch sanften Gesichtszüge huschte, fachte meine Wut auf ihn nur weiter an.

„Er steht unter unserem Schutz. Willst du das nicht für deinen Vater?"

„Nolan braucht keinen Schutz. Lass uns das Kind beim Namen nennen: Ihr habt ihn entführt."

Etwas Verschlagenes huschte über sein Gesicht und enthüllte die dunkle Absicht, die er zuvor verborgen hatte. „Du bist eine einzigartige Mischung, für deren Erschaffung er verantwortlich ist. Obwohl ich den Wert deiner Existenz sehe, tut das nicht jeder. Einschließlich deiner Verbindung mit den Jägern und deiner Verantwortung für die magische Immunität der Wandler auf dieser Seite des Schleiers. Nolan hat, genau wie seine Tochter, reichlich Feinde. Seine menschliche Blutlinie nimmt ihm den Vorteil, den seine Schwester hat. Sie ist Elfe und Fee." Es war eine ätzende Erinnerung daran, dass sie ihre Verwandtschaft zu den Feen benutzt hatte, um Madisons Leben zu bedrohen. „Er braucht unseren Schutz. Willst du ihn ihm nehmen?"

„Du hast recht, ich habe Feinde, aber die hast du auch." Ich ging auf ihn zu. „Ich stehe ganz oben auf dieser Liste. Die Gründe, warum die Leute mich vielleicht hassen, sind genau die Gründe, warum sie mich nicht als Feind haben wollen sollten."

Seine Lippen zuckten, als er versuchte, ein Lächeln zu unterdrücken. Seine Belustigung würde nur von kurzer Dauer sein.

„Du behauptest, in mir einen Wert zu sehen, und willst ein Bündnis. Betrachte meine Bitte als einen Akt des guten Willens. Ich vertraue Nolan. Er war mir ein guter Ratgeber und kann das Gute in den Elfen und in Havenage sehen, während ich in beidem keinen Wert sehe", sagte ich.

Fabian wandte seine Aufmerksamkeit von mir ab und starrte Cory an, der näher gekommen war.

„Das ist nah genug, Hexenmeister", zischte er. Die

scharfen Blicke, die sie austauschten, hätten beide das Leben gekostet, wenn Blicke töten könnten. Cory ignorierte Fabians Befehl und kam näher. Erst als ich ihm einen beruhigenden Blick zuwarf, blieb er stehen.

Fabian brummte unzufrieden, bevor er seine Aufmerksamkeit wieder mir zuwandte.

„Ich will meinen Vater bei mir haben, und um der Sicherheit der Elfen und um das Geheimnis von Havenage willen solltest du das auch wollen."

„Was haben wir davon, wenn er zurückgegeben wird?"

Ich konnte Corys Panik sehen. Er war immer noch nicht mit dem gewählten Tauschgeschäft oder der Verwendung des Zaubers einverstanden. Ich muss zugeben, dass das Tauschgeschäft ein mutiger Schachzug war, aber ein notwendiger. „Dein Leben. So wie die Dinge stehen, habe ich, sobald die Probleme zwischen uns geklärt und vorbei sind, nicht die Absicht, dich oder Elizabeth am Leben zu lassen. Ich mache dir dieses Angebot nur einmal. Öffne den Schleier und bring Nolan zu mir zurück."

„Ich würde mein Leben ohne weiteres dafür geben, den Schleier geschlossen zu halten, aber ich denke nicht, dass ich mir darüber Sorgen machen muss. Was Nolan betrifft …" Sein Blick wanderte über mich und zu dem Schutzzauber, den ich beinahe zerstört hätte, bevor er zu mir zurückkehrte. „Ich gebe zu, dass es zu unserem Vorteil ist, wenn er bei uns ist. Wie bereits gesagt, beschütze ich die Meinen um jeden Preis und mit allen Mitteln. Sogar gegen Malifics Tochter. Er bleibt bei uns, bis du begreifst, wem deine Loyalität gelten muss." Er kam näher, den Kopf leicht geneigt, und Selbstgefälligkeit ging von ihm aus wie ein aufdringlicher Duft. „Du bist Teil des Kollektivs und solltest dich verpflichtet fühlen, unsere Art zu schützen", flüsterte er und wiederholte nur, was er von mir wollte. Ich hatte die kultartige Sprache damals nicht gemocht und mochte sie auch heute nicht. Er verlangte blinde Loyalität.

„Das habe ich schonmal von dir verlangt. Zwing mich nicht, dich zu –"

Er verschluckte sich an seiner arroganten Forderung, als ich die Miniaturklinge aus meinem Ring springen ließ, damit in meine freie Hand stach und sie ihm dann in den Arm rammte, um auch sein Blut zu bekommen. Ich packte ihn und rezitierte den *Venenum*-Zauber, woraufhin er vor Schmerz zu krampfen begann. Ich erwartete, dass sich der Zauber feucht und giftig wie Dämonenmagie anfühlen würde, aber es war schlimmer, als ich es mir vorgestellt hatte. Mein Herz raste, mein Körper erwärmte sich auf infernalische Temperaturen. Und wenn der Tod einen Geschmack hatte, hatte ich eine große Portion davon verschlungen.

Fabians Beine waren die ersten, die nachgaben. Er fiel zu Boden. Um den Kontakt mit ihm aufrechtzuerhalten, folgte ich ihm. Er flüsterte Zaubersprüche in schneller Folge, aber sie versagten, während er sie rezitierte. Die Luft verschluckte seine Worte und ihre Kraft. Er atmete abgehackt, Verzweiflung war eine Landschaft auf seinem Gesicht. Wenn er sich fühlte, als würde er sterben, klopfte ich an die Tür des Todes und wartete auf eine Einladung. Der Zauberspruch tat, was er sollte, aber er kostete mich viel.

Als seine Magie weiter versagte, griff er zu körperlicher Gewalt. Er schlug und kratzte an meinem Arm, um uns zu trennen. Angesichts meiner schwindenden Energie war es nur eine Frage der Zeit, bis er Erfolg haben würde. Verschwommen konnte ich Cory näherkommen sehen. Ich konzentrierte mich darauf, den Kontakt mit Fabian aufrechtzuerhalten, und wartete, bis Cory nahe genug war, um Fabian und ihn zum Auto zu bringen. Cory war nur wenige Zentimeter von mir entfernt, als ich einen blendend hellen Lichtblitz sah und Arius erschien, Elizabeths arroganter rothäutiger Kobold in seiner natürlichen Gestalt. Seine kleinen Hörner waren jetzt lang und gebogen, sodass sie denen eines Widders ähnelten. Seine ledrige Haut spannte sich über seinem massiven Körper. Seine rasiermesserscharfen Krallen konnten einen schnell in die Defensive zwingen, um jegliche Berührung zu vermeiden. Und genau das tat Cory: Er wich den Schlägen des Kobolds aus, die zu schnell auf ihn zukamen, als dass er die Konzentration seiner Magie hätte zuwenden können. Ich teilte meine Aufmerksamkeit zwischen ihm und Elizabeth auf, die an Arius' Seite erschienen war. Ich vermutete, dass sie eine magische Verbindung hatten, die es ihm erlaubte, ihre Magie zum Verwandeln zu nutzen. Ich nahm an, dass das ihre Magie einschränken würde, obwohl es sich anfühlte, als hätte sie die Magiesalven, die sie auf mich niederprasseln ließ, mit voller Kraft abgefeuert.

Durch ihren Angriff und Fabians Bemühungen, sich aus meinem Griff zu befreien, begann ich, den Halt zu verlieren. Ich schnappte mir den Dolch aus meiner Knöchelscheide, stach ihn in seine linke Kniesehne, wo er es am meisten spüren würde, und setzte die Beschwörung fort. Er kreischte und starrte mich an, als sich ein Schlitz in der Barriere öffnete und zwei Elfen herauskamen, ihn von mir wegrissen und zurück nach Havenage zogen. Ich wirbelte herum und zu Elizabeth, deren Aufmerksamkeit auf Fabian ruhte. Auf ein Kopfschütteln hin zogen sie und ihr Kobold sich zurück und verschwanden durch eine andere Öffnung nach Havenage.

Da ich wusste, dass sie versuchen würden, das Messer zu entfernen, Fabian aber nicht heilen konnten, erlaubte ich mir ein wenig Optimismus und wartete. Wie viele erfolglose Zauber würden nötig sein, bis sie aufgeben und meine Hilfe suchen würden? Zwanzig Minuten vergingen, bis ich akzeptierte, dass ich Nolan nicht in Begleitung eines Elfen sehen würde und die Verhandlungen nicht beginnen würden. Stattdessen reagierten sie damit, die Abstoßungszauber zu reparieren.

„Das lief nicht wie erwartet. Wie sieht der nächste Plan aus?", fragte Cory, rutschte auf die Fahrerseite und verstellte den Sitz. Ich musste mich ausruhen. Als ich auf den Beifahrersitz des Autos sank, das mir Mephisto geliehen hatte, musste ich an ihn denken.

„Nicht wie erwartet, aber ich bin zuversichtlich, dass es funktioniert hat. Ich habe einen Zauberspruch benutzt, den er nicht kontern konnte. Die Wunde in seinem Bein wird nicht heilen, und nachdem sie den Tag mit Zaubern verschwendet haben werden, die zum Scheitern verurteilt sind, werden sie zu mir kommen. Dann fangen die Verhandlungen an."

„Ich habe sein Gesicht während des *Venenum*-Zaubers gesehen. Es hat ihm Angst gemacht, als er ihn nicht kontern konnte. Er hat Angst vor dir. Erin, Angst ist ein schlechter Motivator. Ich befürchte, dass es ihm wichtiger sein wird, dich loszuwerden, als ein Bündnis zu schließen, von Verhandlungen ganz zu schweigen."

Ich schüttelte den Kopf. Ich hatte beruflich schon unzählige Male mit Machtgier zu tun gehabt und lag mit meiner Einschätzung der Verhandlungen selten falsch. „Ich irre mich nicht. Er hat Elizabeths Leben dank ihres Wissens gerettet. Ich habe gerade bewiesen, dass ich Zugang zu Zaubersprüchen habe, die sie noch nie gesehen haben. Er hat eine Verletzung, die ein Vollelf nicht heilen kann. Das habe ich getan, und wenn er entdeckt, dass ich die Einzige bin, die es rückgängig machen kann, wird er mich mehr denn je an seiner Seite haben wollen. Er ist wütend auf mich, hasst zweifellos, was ich getan habe, aber er will ein Powerbroker sein und sieht mich als Mittel dazu. Er wird Nolan gehen lassen. Und vielleicht sogar den Schleier wieder öffnen."

Cory runzelte die Stirn. „Du könntest Nolan bekommen, aber ich bin mir nicht sicher, ob sie den Schleier wieder öffnen würden. Was Macht angeht, sind sie zurzeit die Mächtigsten auf dieser Seite des Schleiers. Nur du bist mächtiger. Wenn er ein Bündnis mit dir will, kann ich mir nicht vorstellen, dass er ihn öffnen wird, damit du Zugang zu Mephisto oder den Jägern bekommst." Seine widersprüchlichen Gefühle zogen wie ein Schatten über ihn hinweg, als er schwer ausatmete. „Ich weiß nicht, ob wir unterschätzen, wen sie zu opfern bereit sind, um an dieser Macht festzuhalten. Reicht ihr Wunsch, Fabian heil zu haben?" Seine letzte Frage schien ihn am meisten zu beschäftigen.

„Was den Schleier betrifft, bin ich nicht zuversichtlich", gab ich zu. „Sie wollen Fabian. Er *ist* Havenage – ihr Anführer. Er ist ein guter Anführer, einer, den sie wollen. Elizabeth weiß das, und sie wird es betonen. Es ist nur eine Frage der Zeit."

Cory schien überzeugt. Und sogar seine kurze Interaktion mit Fabian, als ich im Krankenhaus gelegen hatte, hatte eine Abneigung gegen ihn hervorgerufen. Es war wahrscheinlich die stille Rücksichtslosigkeit, die Fabian zu verbergen versuchte. Ich würde es ihm mit gleicher Münze heimzahlen.

7

„Sag mir nochmal, dass du dir wegen Landon keine Sorgen machen musst!", bat Cory, als wir den Strauß schwarzer Rosen anstarrten, der verkehrt herum vor meiner Haustür stand und uns bei unserer Rückkehr vom Lebensmittelladen begrüßte. Das Papier, das um die Blumen gewickelt war, trug ein Siegel mit dem Wappen des Vampirs. Es hätte das Papier festhalten sollen, aber es war in zwei Hälften gerissen. Eine harmlose Präsentation, die ihm erlaubte, die Bedrohung, die es sicherlich war, glaubhaft abzustreiten. Bei den Vampiren bedeutete ein auf dem Kopf stehendes Geschenk mit zerrissenem Wappen, dass man ein Ziel war. Es war eine Warnung, die nicht mehr häufig verwendet wurde, aber sie hatte die größte Wirkung. Old School. Eine Erinnerung an Vergeltung und Grausamkeit, an der Vampire nicht mehr teilnahmen – oder bei der sie heute diskreter vorgingen.

Obwohl dies eine bekannte Bedrohung war, war die Präsentation so harmlos, dass sie garantiert nie ernst genommen wurde. Falls man das der SPF meldete, machte man sich nur lächerlich, wenn man ihnen sagte, dass man wahllos weggeworfene Blumen mit einem zerrissenen Wappen bekommen hatte. „Was, Sie mögen keine schwarzen

Rosen?“ „Klingt nach einem persönlichen Problem.“ „Sie waren verkehrt herum?“ „Geben Sie nicht Landon die Schuld, es war sicher die Schuld des Zustellers.“

Ich fluchte leise, sah mich um, nahm die Rosen und öffnete meine Tür. Ich wickelte die Rosen aus und untersuchte das Siegel und das Papier auf weitere Nachrichten, bevor ich alles zusammen in den Müll warf. In den zwei Tagen, in denen ich auf eine Antwort der Elfen gewartet hatte, hatte ich meine Zeit damit verbracht, Magie zu üben und über alternative Methoden nachzudenken, sie zu zwingen; die Situation mit Landon war weit in die Tiefen meines Geistes verschwunden. Das hier war seine Erinnerung daran, dass er ein allgegenwärtiges Problem in meinem Leben war.

„Können wir jetzt aufhören, so zu tun, als wäre Landon kein Problem?“, fragte Cory, spähte aus der Tür und sah sich um, bevor er sie schloss und die Einkaufstüte in die Küche brachte.

„Er zeigt mir nur seine Missbilligung. Es ist alles im grünen Bereich.“ Ich klang nicht gerade überzeugend, also wusste ich, dass Cory mir das nicht abkaufte.

„Ich werde mit ihm reden“, bot Cory an und ging zur Tür. Ich packte ihn schnell, bevor er gehen konnte.

„Nichts, was du sagst, wird irgendwas ändern. Es wird die Situation nur verschlimmern, und er wird es als Herausforderung seiner Position und Macht betrachten.“ Ich ließ mich auf das Sofa fallen und verbarg das Gesicht in meiner Hand. In meinem Kopf drehten sich Bilder, in denen ich jeden magischen Gegenstand katalogisierte, den ich hatte, jeden Zauber, den ich kannte, und jeden Kontakt, den ich für etwas geknüpft hatte, das wertvoll genug war, um es Landon anzubieten, damit er die Idee aufgab, dass ich ihm eine Familie schenken sollte.

Jedes Mal, wenn ich aufsah, sah ich Cory auf seinem Handy herumtippen.

„Was ist?“, fragte ich.

„Ich sage meine Pläne mit Alex ab", antwortete er. „Du brauchst mich."

„Das machst du nicht!"

„Ich kann dich jetzt nicht alleinlassen."

„Das kannst du und das wirst du." Ich stand auf, ging zum Schrank, holte Kreide heraus und malte dann die Zeichen für einen Zauberspruch zur Neutralisierung von Magie, *adligatura*.

„Das ist für den Fall, dass die Elfen zu Besuch kommen. Ich will nicht, dass sie während der Verhandlungen Magie einsetzen", antwortete ich auf seinen fragenden Blick.

Er nickte, wollte aber nicht gehen.

„Ich rufe Madison später an. Versprochen. Und wenn ich auch nur den Hauch einer Gefahr spüre, melde ich mich bei dir. Okay?" Hoffentlich konnte sie von der Arbeit weg. Aufgrund der Situation, mit der sie sich beschäftigt hatte, hatte sie nicht lange mit mir reden können, und ihre Antwort auf meine SMS bestand nur aus ein paar Worten und dem Versprechen, später mit mir zu reden.

Das entspannte ihn etwas, aber er wirkte immer noch unruhig. Er blickte auf sein Telefon und sagte: „Alex und ich haben vor dem Stück Zeit, mit Landon zu sprechen."

„Das ist ein großes Nein. Du bringst den Vierten des Rudels mit und das Gespräch wird zu einem Schwengel-Messwettbewerb ausarten."

Corys Lippen verzogen sich. „Wirklich? Schwengel?"

„Rüssel. Johannes. Fickstange. Gurke. Ich kann den ganzen Tag weitermachen."

Er stöhnte. „Bitte hör auf." Er biss sich nachdenklich in die Lippe. „Ich glaube, du liegst falsch."

„Nein, tue ich nicht. Du allein wärst ein Problem, aber Alex mitzubringen würde definitiv als Herausforderung angesehen werden. Und das würde Asher Ärger einbringen."

Cory verstand die Regeln des Anstands genauso gut wie ich, schien aber alle Vorsicht in den Wind zu schlagen, wenn ich beteiligt war. Das liebte und hasste ich an ihm. Es brachte mich in die Lage, unausgesprochene Regeln zu verteidigen und aufrechtzuerhalten, die ich oft selbst lächerlich fand.

„Ich werde mich später darum kümmern. Glaub mir, es ist okay.“

Er verschränkte die Arme vor der Brust. „Ja, weil du dich darum kümmern wirst. Du hast ihn gepfählt, ihm den Mittelfinger gezeigt und ihm mehr als einmal so ziemlich gesagt, dass er dich wohin beißen soll – und nicht auf die vampirische Art. Und du denkst, du bist diejenige, die eine produktivere Unterhaltung mit ihm führen kann als Alex und ich?“

Seine Schultern entspannten sich ein wenig, als ich ihn anlächelte. „Für mich funktioniert es, weil ich einfach Zucker und Würze bin. Ich bin süß.“

„Ja, ich werde diese angebliche Niedlichkeit ignorieren, von der du anscheinend glaubst, dass du sie besitzt. Ich bin sicher, während du mit einem Pfahl an seiner Brust über ihm stehst und versprochen hast, ihn mit deiner einzigartigen Art von Magie zu vernichten, war *Sie ist ganz zuckersüß. Wie kann ich mehr davon bekommen?*, sicher genau das, was er in dem Moment gedacht hat.“

Ich verzog das Gesicht, bevor ich den Ring, den ich bei Fabian zuvor benutzt hatte, abnahm und auf den Tisch legte.

„Alles an dir schreit zuckersüß mit ein bisschen Vanille, Schlagsahne und Streuseln“, knurrte er.

Ich zog ihn in eine Umarmung, drückte ihm einen schnellen Kuss auf die Wange und führte ihn zur Tür. „Geh und hab Spaß mit Alex, und wir reden morgen.“

„Morgen? Ich komme später zurück und werde mehr Klamotten mitbringen.“

„Du willst hier einziehen? Nein, danke.“ Ich erinnerte mich an seine abfälligen Bemerkungen von vorhin, als ich vom Duft frisch gebrühten Kaffees geweckt worden war. Er hatte ausgesehen, als wäre er frisch geduscht. Die Decke war zusammengefaltet und die Kissen akkurat drapiert gewesen. Die Reisetasche stand ordentlich in der Ecke und die Waschmaschine lief. Wir hatten völlig unterschiedliche Morgenabläufe. Ich war einfach aus dem Bett gerollt, hatte mir die Zähne geputzt und war zur Kaffeemaschine geschlurft. „So gern ich jeden Morgen zu zerzausten Haaren und deinem Bett-Chic-Look aufwachen würde, meine Anwesenheit wird nur vorübergehend sein. Du musst keine Angst haben, dass ich dein Mitbewohner werde."

„Ich fühle mich verurteilt. Verurteile mich nicht. Heute Morgen habe ich mich beeilt, Kaffee und Frühstück hinter mich zu bringen. Außerdem habe ich den mühelosen, morgendlichen, chaotischen Look perfektioniert. Er ist süß."

„Erstens ist das kein Modetrend. Zweitens glaube ich, dass du *süß* wieder falsch benutzt. Wirklich falsch. Um Himmels willen, bitte schlag es nach", neckte er mich und drückte mich an sich. Ich wünschte, er würde sich weniger Sorgen um mich machen. Wenigstens könnte einer von uns einen einigermaßen normalen und lustigen Abend haben.

„Wie auch immer. Versprich mir, dich nicht in mich zu verlieben."

„Nein, ich werde den adretten, gutaussehenden, kultivierten Alex einfach für dich und all deine Herrlichkeit abservieren", antwortete er.

„Ich habe nur gehört, dass du, wenn du nicht schwul wärst, so auf mich stehen würdest, weil meine schrulligen Eigenarten süß sind."

„Ja, es ist die Tatsache, dass du *weiblich* bist, der mich davon abhält. Es hat nichts mit deinen zahlreichen anderen … nun, mit Schrullen hast du recht", sagte er, löste sich von mir und verdrehte die Augen. „Ich gehe", sagte er und wich langsam zurück, sein Gesicht angespannt. „Mach niemandem die Tür auf, bis ich zurückkomme."

„Das verspreche ich nicht", sagte ich zu ihm und wandte mich wieder dem Neutralisierungszauber zu. „Niemand wird mein Haus mit Magie betreten, und ich habe nicht die Absicht, Vampire einzuladen. Wenn die Elfen kommen, werde ich mit ihnen reden. Aber ohne ihre Magie. Ich werde im Vorteil sein. Magie und …" Ich gestikulierte mit der Hand durch die Wohnung, in der eine Auswahl an Waffen leicht zugänglich versteckt war, falls nötig.

Nach kurzem Überlegen nickte er und ging.

Nach Corys Abreise schloss ich den *adligatura*-Zauber ab und fragte mich, ob ich Besuch von Fabian oder stellvertretend von Elizabeth oder von jemand ganz anderem bekommen würde. Sanaa schien die vernünftigste Wahl. Zwei Tage waren vergangen, sie mussten verzweifelt sein. Während ich wartete, räumte ich die Lebensmittel weg. Dann widmete ich den Rest meiner Zeit dem Lesen von Bentons Dossier, dem, was er an mir beobachtet hatte, und seinen ständigen Spekulationen zu Fragen über mich, die unbeantwortet blieben. Das einzige Rätsel, das er gelöst zu haben schien, war: Konnte ich mir Magie wie früher leihen? Er hatte die Frage eingekreist und sie mehrere Male in seinen Aufzeichnungen wiederholt, zusammen mit Notizen an den Rändern und Symbolen, die aussahen, als repräsentierten sie Sorge oder Kummer. Seine Informationen und das, was ich mit meiner Magie erlebt hatte, jetzt, da Malific tot war, ließen mich fragen, ob bei ihrem Tod nicht das Gegenteil von dem passiert war, was mit ihrer Magie geschehen wäre, wenn ich gestorben wäre. Malific hatte mich tot sehen wollen, weil meine Existenz ihre Kräfte aufzehrte. Waren die Beschränkungen meiner Magie jetzt, da sie tot war, aufgehoben worden? Ungewissheit überkam mich mit einem Gefühl der Einsamkeit. Ich konnte meine Magie nicht einmal an anderen Göttern testen, und meines Wissens gab es niemanden sonst, der wie ich war. Der Drang, die Stadt nach jemandem wie mir abzusuchen, ließ mich auf und ab gehen, bis ich dem Impuls nachgab, meine Magie nochmal zu testen.

Ich pflückte ein Blatt von einer der Schlangenpflanzen und legte es auf den Tisch. Ich stach mich mit einer der vielen Nadeln, die ich der Einfachheit halber in einer Schüssel aufbewahrte, denn Blut war die Grundlage meiner mächtigsten Zaubersprüche. Ich legte sie an die Pflanze, sprach den Zauberspruch und beobachtete, wie die Wurzeln dicker wurden und Knospen hervorbrachten, die mit unheimlicher Geschwindigkeit zu Blättern erblühten. Die Pflanzen wuchsen weiter, einige waren Kopien der Elternpflanze, und andere teilten sich und bildeten vollkommen neue Abkömmlinge. Mithilfe von Google Lens fand ich heraus, dass sie alle zur selben Familie gehörten.

Nachdem der Zauberspruch beendet war, war mein Tisch und ein beträchtlicher Teil des Bodens mit Bogenhanf, Maisstängeln, Grünlilien und Federspargel bedeckt. Die ursprüngliche Pflanze hatte auch eine Auswahl an Yuccas und Hasenglöckchen hervorgebracht. Gartenpflanzen. Der Spargelstängel, der es schaffte, durch einen Tropfen meines Blutes aus derselben Wurzel wie die ursprüngliche Pflanze zu sprießen, ließ mich nicht zweimal darüber nachdenken, ob ich ihn zum Abendessen verspeisen würde. Auf gar keinen Fall.

Ich hatte Leben erschaffen. Pflanzenleben, aber dennoch Leben, und zwar ohne die Hilfe eines Dritten.

Triumphgefühle und überwältigende Angst ließen mich in eine Ecke zurückweichen und meine Schöpfungen betrachten. Ich brauchte eine andere Ablenkung, um nicht in das Kaninchenloch zu fallen, in das ich mit Sicherheit fallen würde. Ich wünschte mir sehnlichst, dass ein Elf an meine Tür klopfte.

Doch nichts passierte. Ich vermutete, dass sie Überstunden machten, um den Zauber aufzuheben, der Fabian verletzt hatte, während er herumhumpelte, jeder Schritt eine Erinnerung an die Verletzung, die ihre Magie nicht heilen konnte.

Niemand kam.

Meine nächste Mission war das Wynden. In der Vergangenheit hatte jeder Versuch mich in eine Katze verwandelt. Mit einem Raum, der halb mit neuem Leben gefüllt war, das ich geschaffen hatte, hatte ich nicht das Bedürfnis, meine Kleidung auszuziehen, für den Fall, dass ich mich in eine Katze verwandeln würde. Ich machte mir jedoch Sorgen, wo ich landen würde. Mit dem Wissen, das ich aus jedem vorherigen Versuch gewonnen hatte, und um die Wahrscheinlichkeit eines Fehlers zu minimieren, versuchte ich, vom Wohnzimmer nach draußen zu wynden. Minuten später betrachtete ich die Außenseite meines Gebäudes. Vollständig bekleidet und in menschlicher Gestalt. Nicht als Katze. Ich hatte einen Hauch von Sorge gehabt, dass ich wynden und als Katze an meinem Ziel ankommen könnte. Aber ich hatte es geschafft. Ich jauchzte vor Freude und presste die Lippen aufeinander. Ich beherrschte das Wynden. Es war eine Leistung, die ich mit Mephisto feiern wollte. Ich wollte sehen, wie sich der amüsierte Blick, den er mir bei jedem Versuch zugeworfen hatte, in dieselbe Begeisterung verwandelte, die ich jetzt empfand. Ich wollte sie mit ihm teilen, herausfinden, wie sehr sich meine Magie verändert hatte. Aber ich konnte ihn nicht einfach anrufen. Ich konnte nichts tun.

Die Leere, die sich in mir ausbreitete, wurde unerträglich, und ich wischte die Träne weg, die ich nicht zurückblinzeln konnte. Ich vermisste ihn. Die Erinnerung an den letzten Moment mit ihm erfüllte mich mit Verzweiflung und Schmerz. Das Gefühl des Verlusts war genauso qualvoll wie an jenem Tag.

Bevor ich in meine Wohnung zurückkehren konnte, durchdrang der vertraute erdige Geruch elbischer Magie die Luft. Als ich mich schnell umdrehte, sah ich sie nicht, aber ich spürte ihre Magie, roch sie und wusste, dass sie kamen. Ich rannte ins Haus und überprüfte die Siegel des *adligatura*-Zaubers. Das Vertrauen in meine Magie war größer denn je, aber ich wollte trotzdem nicht mit einer magischen Elfe verhandeln, besonders nicht mit einer reinblütigen Caste oder mit Elizabeth und ihren außergewöhnlichen magischen Fähigkeiten.

Ohne Zeit, die Fülle an Pflanzen, die aus derselben Mutterpflanze hervorgegangen waren, und den einsamen Spargel wegzuräumen, bemühte ich mich, sie aus dem Blickfeld zu schieben, als es an der Tür klopfte.

„Herein", sagte ich und trat von dem Kreis zurück, der den Eingang und die Hälfte des Treppenabsatzes bedeckte. Ich konnte in der Nähe der Tür sein, ohne zu riskieren, die mit Kreide geschriebenen Siegel zu verwischen.

Sanaa und Elizabeth waren das gerade Gegenteil voneinander und ähnelten sich trotzdem. Elizabeths hochgeschlossene Bluse bildete einen Kontrast zu ihrer kobaltblauen Hose. Ein verzierter Gürtel und ein strenges, verächtliches Stirnrunzeln in meine Richtung vervollständigten das Outfit. Sanaas jadegrüne, weich fallende Bluse hatte den hochgeschlossenen Look, den sie beide zu mögen schienen. Ihr langer, fließender Rock bewegte sich in einem anderen Rhythmus als ihre Schritte, als sie das Haus betraten. Als sie sich in der Mitte zwischen den Sigillen befanden, aktivierte ich den Zauber zur Neutralisierung der Magie, was mir einen finsteren Blick von Sanaa einbrachte.

„Was hast du Fabian angetan?", fragte sie scharf, ohne Zeit mit Begrüßungen oder Höflichkeiten zu verschwenden.

„Wir wissen, was ihm angetan wurde. Ein böser Zauber und grundlose Gewalt. Sie kennt keinen anderen Weg", erklärte Elizabeth zischend und schien sich ihrer Heuchelei nicht einmal bewusst zu sein. Verachtung verdunkelte ihre Augen, als sie über die Sigillen wanderten.

„Ich würde es gern von ihr hören. Ich will sie nicht als das Monster vorverurteilen, als das du sie so gern darstellst." Sanaa kam mir so nahe, wie es der Zauber erlaubte. Die scharfe Intensität ihrer Einschätzung ließ nach, ihr Blick wurde weicher und flehte um Menschlichkeit in einer Situation, in der Elizabeth den entgegengesetzten Weg gewählt hatte. Elizabeths Blick bewies, dass der Neutralisierungszauber das Einzige war, das verhinderte, dass diese Situation in eine feindselige Zurschaustellung von Magie ausartete.

Sanaas Stimme war leise und sanft, was es schwierig machte, ihr feindselig zu begegnen. Und genau darum ging es. Dass ich mir der Taktiken dieser Leute bewusst war, machte es nicht weniger wahrscheinlich, dass ich ihnen zunächst erlag.

„Sie fühlt sich in die Enge getrieben, und wir sind dafür verantwortlich. Erin würde einen Mann, der sie so hochschätzt, nicht so hart bestrafen. Einen Mann, der maßgeblich dazu beigetragen hat, sie nach Havenage zu bringen, und es zu seiner Aufgabe gemacht hat, sie in Elfenmagie zu unterrichten und anzuleiten. Ich glaube nicht, dass sie so herzlos ist, solche Großzügigkeit und Freundlichkeit mit dem Tod zu vergelten."

Sie trug ziemlich dick auf. Selbst mit dem großzügigsten Spielraum konnte ich ihr diese blumige Charakterisierung und die Freiheiten im Umgang mit der Wahrheit nicht durchgehen lassen.

„Tod?", spottete ich. „Er hat ein kleines Aua am Bein, und es macht ihm das Gehen schwer. Er wird kaum daran sterben. Er humpelt, oh, wie schrecklich! Es würde heilen ..." *Aber ihr könnt das nicht.* Ein selbstgefälliges Lächeln umspielte meine Lippen, aber ich bemühte mich, es zu unterdrücken. „Ich nehme an, deshalb seid ihr hier. Ihr wollt, dass er geheilt wird, nicht wahr?"

„Du hättest ihm das überhaupt nicht antun sollen! Ihn zu heilen ist das Mindeste, was du tun kannst", zischte Elizabeth. „Grundlose Grausamkeit ist die Basis deiner Existenz. Du bist die Tochter deiner Mutter."

Ihre Antwort entfachte ein Feuer in mir, das ich nur schwer kontrollieren konnte. In der Nähe der Sigillen war ich bereit, den Zauber zu brechen und ihr ins Gesicht zu schlagen. Aber genau das war, was sie wollte. Meine Tante wusste, wie sie mich provozieren konnte. Es waren nicht nur ihre Beleidigungen; die störten mich nicht so sehr wie ihre Heuchelei.

„Du hast Malific getötet. Bist du nicht zufrieden damit? Oder willst du, dass wir beide sterben?"

Der Hoffnungsschimmer, der über ihr Gesicht huschte, war eine grausamere Antwort als alle Worte. Sie sah euphorisch aus angesichts dieser Möglichkeit.

„Ich habe deine Mutter getötet? Ich würde mir gern die Ehre zuschreiben. Aber ich bin nicht diejenige, die sie getötet hat. Es war eine Gnade meinerseits, ihr Leiden zu beenden, das durch den Zustand verursacht wurde, in dem ihre Tochter sie zurückgelassen hat." Sie würgte Hohngelächter hervor. „Wie poetisch, das Kind, das sie bekam, um sie aus ihrem Gefängnis zu befreien, ist der Grund, warum sie tot ist. So ein passendes Ende."

Blitze meines Kampfes mit Malific und der Wunden, die ich ihr zugefügt hatte, bevor ich geflohen war, mit Verletzungen, die mich ins Krankenhaus gebracht hatten, gingen mir durch den Kopf. Ein Teil von mir dachte, sie würde heilen und ihr wohlverdientes magiefreies Leben im Blose Chasm führen. Obwohl die Wahrscheinlichkeit gering war, wäre es Malific gewesen, wenn es überhaupt jemand schaffen konnte. Ich war neugierig, mehr über Malifics letzte Momente zu erfahren, aber ich würde Elizabeth diese Genugtuung nicht geben. Ich glaubte ihr nicht, dass sie ihr Leiden aus Gnade beendet hatte.

„Erin, Tochter von Nolan, rechtfertige dich", sagte Sanaa, lenkte das Gespräch um und zog meinen Blick von Elizabeth auf sich.

„Ich soll mich rechtfertigen? Ich bin nicht naiv oder dumm genug zu glauben, dass du nicht alles weißt, was Fabian mir angetan hat. Du bist ziemlich gut darin, ihn als

Märtyrer darzustellen. Den altruistischen, mitfühlenden Elf, der jetzt unter einer grundlosen Grausamkeit leidet. Er ist nicht unschuldig, und meine Vergeltung war mehr als wohlverdient. Wenn du meine Hilfe bei seiner Heilung willst, bring Nolan zu mir und öffne den Schleier."

„Es ist nicht der Schleier, den du willst, oder, Malifics Tochter?" Ich hasste es, wenn Elizabeth mich so nannte. Wenn sie mir nichts als die Abscheulichkeit von Malifics Existenz zusprach. Es kostete mich mehr Mühe, als ich zugeben wollte, den Schmerz nicht zu zeigen. „Du willst die Jäger, genauer gesagt Mephisto."

Elizabeths eisige Dolchaugen hielten meine fest. „Er hat dir ein recht hübsches Gesicht gezeigt. Das andere Gesicht hält er vor der Welt verborgen, als ob er uns dadurch seine Gräueltaten und die der Jäger vergessen lassen könnte, nur weil sie den ach, so ehrenhaften Anspruch erheben, den Frieden zu wahren und die monströsesten Wesen der Welt zu bestrafen. Täusche dich nicht, er und seinesgleichen sind genauso wie Malific. Und du. Ich habe mich immer gefragt, was er in jemandem wie dir sieht." Sie hatte sich mit ihren Spekulationen nie zurückgehalten, und als sie mich entführt hatte, um mit Malific zu verhandeln, hatte sie ihre Neugier geäußert. „Er fühlt sich zu seinem Ebenbild hingezogen. Er konnte nicht anders, als sich zu der Person hingezogen zu fühlen, die am meisten ist wie er. Der Alpha verwirrt mich immer noch. Vielleicht findet das wilde Tier eine ähnliche Frau bezaubernd."

„Wenn du mit all dieser Schmeichelei nicht aufhörst, könnte ich mich glatt ein bisschen in dich verlieben", erwiderte ich, was Wut in ihrem Gesicht aufflammen ließ. „Werden wir den Tag damit verbringen, Beleidigungen auszutauschen, oder können wir besprechen, was getan werden muss, um uns beide ganz zu machen?"

„Du willst Nolan, und du willst, dass der Schleier wieder geöffnet wird. Du erwartest, dass das passiert, während

Fabian verletzt ist und nicht zaubern kann?", schnaubte Elizabeth.

Meine Augen weiteten sich, als ich sie ansah, und dann wandte ich mich Sanaa zu, die mir nicht in die Augen sah. Beleidigt darüber, für wie unglaublich dumm sie mich hielten, brauchte ich einen Moment, um meine Gefühle zu sortieren und die Situation ruhig zu handhaben, um meine Ziele zu erreichen. „Wenn er den Zauber wirken konnte, dann kann ihn auch ein anderer Elf wirken. Schließlich warst du diejenige, die den Zauber geschaffen hat. Er hat nur die Magie dazu beigetragen. Sanaa kann das auch."

Sanaas Kiefer verkrampfte sich, was es schwieriger machte zu verbergen, dass ich über ihre Annahme, mir fehlten Grundkenntnisse über Elfenmagie und -zauber, beleidigt war.

Elizabeth benetzte ihre Lippen und ging langsam an der Grenze des Kreises entlang. Mit methodischer, leiser Stimme sagte sie: „Mein Bruder ist die Wurzel vieler Probleme unter den Elfen. Als er die Gelegenheit hatte, Malific zu töten, hat er ein Kind mit ihr gezeugt. Anstatt ihr den wohlverdienten Tod zu geben, entschied er sich dafür, dass sie ein geschwächtes Leben führen sollte, und gab ihr eine Möglichkeit, aus ihrem Gefängnis zu entkommen. Das hat sie geschafft, deinetwegen. Arius wurde ihretwegen verletzt, und sie starb als Verantwortliche für zahllose Tode nach einer Schreckensherrschaft, die von Folter und unermesslicher Grausamkeit geprägt war. Die Tatsache, dass mein Bruder noch lebt, ist nichts als Gnade seitens der Elfen. Ihre Gnade und ihr Verständnis zeigen die Güte der Elfen." Sie blickte auf und sah mir in die Augen. „Ich liebe meinen Bruder. Ich kann seine fehlgeleitete Liebe zu dir ignorieren. Ich habe ihm sogar geholfen, dich zu beschützen. Ich habe ihm mit seinen törichten väterlichen Zuneigungsbekundungen geholfen, als es keine hätte geben sollen. Nolan war ein Versager und hat den Elfen Schande gebracht. Jetzt wird er als Werkzeug für ihren Untergang benutzt." Sie trat näher und lehnte sich so weit wie möglich in die magische Grenze hinein. „Lass dich nicht täuschen, ich sehe dich genauso. Wenn wir einer deiner Forderungen nachgeben, verdienen wir den Untergang." Sie runzelte die Stirn. „Was du getan hast, ist ziemlich beeindruckend, und die bloße Tatsache, dass du dieses Schadenspotenzial gemeistert hast, kann nicht ignoriert werden. Ich habe nie unterschätzt, wozu du fähig bist. Die anderen schon. Sie haben gesehen, wie du mit deiner Magie herumgestümpert hast, aber ich wusste, dass es nur eine Frage der Zeit war, bis du sie auf eine Weise nutzen würdest, die dich zu einer Gefahr machen würde. Meine Nichte, darin sind wir uns ähnlich. Ich bin ziemlich einfallsreich." Ihre Lippen verzogen sich zu einem ätzenden Lächeln; sie sah mich mit scharf zusammengekniffenen Augen an. „Du wirst müde. Den *adligatura*-Zauber aufrechtzuerhalten ist eine Herausforderung. Er ist mit deiner Elfenmagie verbunden, und davon hast du nicht viel, nicht wahr?"

Der Zauber schwankte ein wenig, aber ich hatte noch eine Menge Kampfgeist in mir.

„Wir werden nicht mit dir verhandeln, um Fabian zu helfen. Wenn ich einen Weg finde, den Zauber aufzuheben, wird er meine anfänglichen Befürchtungen dir gegenüber eher akzeptieren. Du bekommst Nolan nicht. Ich muss die Maßnahmen akzeptieren, die zum Schutz der Elfen ergriffen werden müssen, und werde den Schleier auf unbestimmte Zeit geschlossen halten. Es ist herzzerreißend, dass das Leben meines Bruders geopfert werden muss, damit er nie als Verhandlungsinstrument für dich eingesetzt werden kann."

Ich keuchte. Es war ein Tiefschlag, auf den ich nicht vorbereitet gewesen war, und nichts in mir konnte meine Gefühle so weit unterdrücken, dass Elizabeth sie nicht sah. Das böse Lächeln verriet mir, dass sie es genoss. Ich unterdrückte die Tränen. Und schalt mich dafür, dass ich je gedacht hatte, ich wäre das schlimmste Monster im Raum. In Elizabeths Gegenwart, würde ich immer die Zweite sein.

„Du hast Malific gehasst, weil sie ein Vorgeschmack auf dich war. Es muss unangenehm gewesen sein, sich selbst in jemandem zu sehen, den man gehasst hat."

Die Beleidigung war ihr egal. Sie bedeutete nichts. Ich hatte meine Karten aufgedeckt und sie ihre. Sie war bereit, Nolan für das zu töten, was sie für das Überleben der Elfen hielt. Ich war bereit, alles zu tun, um ihn zu retten, weil ich noch die Zuneigung zu ihm besaß, die sie anscheinend aufgegeben hatte.

Was ich empfand, musste sich auf meinem Gesicht abgezeichnet haben, denn Sanaa und Elizabeth wichen beide mehrere Schritte zurück. Magie war nicht nötig, um die Tür zu öffnen. Das taten sie und gingen ohne ein weiteres Wort. Elizabeths Gesicht war eine Landschaft aus Entsetzen, als ich vor sie wyndete, sie an den Haaren packte und eine Handvoll ausriss. Mit einer weiteren blitzschnellen Bewegung war ich wieder in meiner Wohnung, ihr Schrei klang noch in meinen Ohren. Ich warf die Strähnen auf den Tisch. Es gab Zaubersprüche, für die ich sie verwenden konnte, und ich konnte sie damit auch aufspüren. Blut wäre besser gewesen, aber meine Zeit war begrenzt gewesen. Der beste Teil meiner Errungenschaft war ihr Wissen, dass ich mit ihrem Haar zahllose Zaubersprüche wirken konnte und sie deswegen nachts kein Auge zutun würde.

8

„Das sind nicht ein paar Klamotten.“ Ich zeigte auf den großen Koffer, den Cory hinter sich herzog, und auf die kleinere Tragetasche, die Alex hinter ihm hertrug.

„Und die waren nicht da, als ich gegangen bin. Sieh an, wir sind beide aufmerksam“, platzte er heraus und stellte den Koffer in die Ecke. Alex folgte ihm, stellte die Tragetasche neben den Koffer, bevor er sich neben Cory stellte und die Pflanzensammlung auf einem Tisch betrachtete, den ich im Lager gefunden hatte. Alex ging näher an die Pflanzen heran und berührte den Spargel, der am Ende der Hybriden hing.

„Was ist passiert, Erin?“ Alex’ Stimme war besorgt.

„Ich“, erklärte ich kryptisch. Bevor ich näher darauf eingehen konnte, hatte Cory sich auf mich gestürzt und mich in eine feste Umarmung gezogen. Ich keuchte.

„Ich habe keine Ahnung, was du gemacht hast, aber ich finde es krass“, sagte er.

„Du machst mich fertig“, schnaubte ich.

„Tut mir leid.“ Er warf noch einen Blick in Richtung der Pflanzen und setzte sich auf das Sofa, während er darauf wartete, dass ich berichtete.

Alles brach in einem Schwall der Aufregung aus mir heraus, den ich mir zuvor verkniffen hatte. Alex behielt Cory genau im Auge, dessen Begeisterung schnell verflogen war, als die Sprache auf meine Begegnung mit Sanaa und Elizabeth kam. Elizabeths Drohung gegen Nolan ließ Cory im Zimmer auf- und abgehen und sich die Haare raufen. Die zerzausten Stacheln bildeten einen Kontrast zu seiner sorgfältig gebügelten Kleidung, was mich zu dem Schluss brachte, dass seine Pläne mit Alex mehr als nur lockerer Natur waren. Alex' besorgter Blick verfolgte jede Bewegung von Cory. Sein Verhalten war berechnend und beschützend, während sein Blick zwischen mir, den Pflanzen und Cory hin- und herwanderte.

„Sie haben vor, Nolan zu töten?", fragte Cory.

Die Antwort blieb mir im Hals stecken. Ich wollte leugnen, dass Nolans Leben in unmittelbarer Gefahr war, aber ich war mir nicht sicher.

„Ich weiß nicht", gab ich zu.

Cory knurrte einen leisen Fluch. „Du willst ihn rausholen, oder?"

„Ich muss. Wenn sie ihn mir nicht freiwillig schicken, habe ich nicht viele andere Möglichkeiten."

Corys Aufmerksamkeit richtete sich wieder auf die Pflanzen. „Hast du nicht?"

Überrascht weiteten sich meine Augen, und Alex' Mund öffnete sich kurz, bevor er ihn wieder schloss.

Cory hob die Hände, um unsere Antworten zu unterbinden, und sagte: „Ich bin nicht herzlos. Sieh dir an, was du kannst, was du da gemacht hast. Ja, Nolan kann dir helfen, deine Elfenmagie zu verbessern, aber sein Leben ist nur in Gefahr, weil sie sehen, dass er dir wichtig ist. Dass du dir Sorgen um ihn machst. Die Androhung seines Todes benutzen sie als Rache an dir." Er kam näher, und alles in mir wollte ihn wegstoßen. Tränen der Wut brannten in meinen Augen, obwohl ich wusste, dass er recht hatte.

„Ich kann verdammt nochmal nicht gewinnen, selbst wenn ich im Vorteil bin!“

Die Stille verstärkte das Gefühl der Hilflosigkeit, die ihr hässliches Haupt regte. Das Einzige, was mich davon abhielt, ins Trudeln zu geraten, war die Tüte mit Elizabeths Haaren auf dem Tisch neben dem Stapel aus *Mystic Souls*, mehreren anderen magischen Büchern und dem Notizbuch voller Zaubersprüche, die ich zu weben geübt hatte.

„Ich werde ihnen ihre Magie nehmen“, verkündete ich und nahm das Notizbuch. Ich atmete erleichtert auf, als ich die Seiten durchblätterte. Der endgültige Plan brachte mir etwas Erleichterung, aber er zwang Cory zum Schweigen. Ich hörte unregelmäßiges, mühsames Atmen.

„Sie haben Mephisto und die Jäger weggeschickt und den Schleier geschlossen, um dafür zu sorgen, dass niemand Magie besitzt, die ihrer ebenbürtig ist. Nolan wurde bedroht, weil ich eine Herausforderung für ihre Pläne darstelle. All das haben sie getan, um ihre Magie zu schützen. Sie legen Wert auf Macht und ihre Magie. Sie können Macht nicht ohne Magie haben. Wenn ich ihnen ihre Magie nehme, werden sie abgelenkt sein, weil sie versuchen werden, sie zurückzubekommen, oder sie lassen mich in Ruhe in der Hoffnung, dass ich sie ihnen zurückgebe. Aber so oder so werde ich sie los. Wenn Elizabeth in der Lage war, die Wandler gegen Magie immun zu machen, was hält mich dann davon ab, ihnen ihre Magie zu nehmen?“

Cory bereitete sich auf eine Debatte vor, und ich wappnete mich, sie abzuwürgen, als ich eine SMS bekam.

„Madison ist auf dem Weg“, sagte ich. Er schreckte aus seinen Gedanken hoch und lächelte erleichtert. Ich war mir fast sicher, dass meine Pläne, den Elfen ihre Magie zu nehmen, das Erste war, wovon sie erfahren würde, während er versuchte, sie auf seine Seite zu ziehen und mich davon abzubringen, es durchzuziehen.

Das würde nicht funktionieren.

Corys Versuch, irgendetwas zu diskutieren, wurde schnell auf Eis gelegt, als Madison die Wohnung betrat und aussah, als wäre sie Atlas, der die Welt auf dem Rücken trug.

„Was ist los?", fragte ich, als sie ihr Handy ausschaltete und auf den Tisch legte. Sie zog ihre Jacke aus und warf sie beiseite, bevor sie sich hinsetzte. Mit einem schweren Seufzer ließ sie ihren Kopf in den Nacken fallen. Madison ließ ihr Haar wachsen. Jetzt hatte sie eine kurze Masse Locken in ihrer natürlichen Farbe, ein tiefes Siena, das sie von ihrem Vater geerbt hatte. Nervös fuhr sie mit den Händen hindurch. Sie kam aus dem Büro, professionell gekleidet, aber immer noch eher leger und mit Sneakers anstatt ihrer üblichen Ballerinas. Der Duft von Wald und Blumen ging von ihr aus, was bedeutete, dass sie stark aus ihnen für ihre Magie schöpfte.

„Feenangelegenheiten." Eine solche Bemerkung bedeutete normalerweise, dass sie nicht viele Informationen preisgeben würde, aber diesmal schien sie den verzweifelten Wunsch zu hegen, etwas loszuwerden. Cory und Alex bemerkten es schnell, verabschiedeten sich und gingen.

„Ich weiß, du kannst mir nicht alles erzählen, aber sag mir, was du kannst." Ich machte mir Sorgen. Sie würde nie so gestresst aussehen – nein, es war kein Stress. Es war eine Mischung aus Angst, Frustration und Stress. Sie hatte sich nach vorn gebeugt und kaute mit gerunzelter Stirn auf ihren Fingernägeln. Ich nahm an, dass sie Informationen durch- ging und entschied, was sie preisgeben konnte.

Mit Madison, der Fee, aufzuwachsen, während ich als Magierin galt, bedeutete, dass „Feenangelegenheiten" oft ein Streitpunkt waren, aber wir wussten, dass es Teile im Leben der Feen geben würde, die mir nicht zugänglich wären. Ihr Feenname war einer davon. Er war ein Teil des Lebens, das vor mir verschlossen war. Da ich mir der Ernsthaftigkeit dessen bewusst war, den wahren Namen einer Fee zu kennen, wollte ich nie in eine Lage kommen, in der ich meine zweite Familie kompromittieren könnte, indem ich den Namen jemand anderem preisgab. Also hatte ich nie darauf gedrängt, ihn zu erfahren, und als Madison anbot, mir ihren zu nennen, lehnte ich ab.

Die Leute haben immer die besten Absichten, einen Namen nie preiszugeben und ihn zu verwenden, um jemandem versehentlich zu schaden. Aber wenn ich ihn wusste, bestand immer das Risiko, dass dieses Wissen ausgenutzt wurde oder jemand versuchte, ihn von mir zu bekommen. Wenn ich ihn nicht wusste, konnte ich ihn nicht preisgeben, nicht einmal unter Androhung von Folter. Ich wollte nie dafür verantwortlich sein, dass jemand die Kontrolle über Madisons Autonomie erlangte. Feennamen waren wertvoll; ich hatte sogar gehört, dass sie verkauft wurden.

„Adalia wird vermisst", sagte sie und blickte noch finsterer drein. Frustration und Sorge strahlten aus ihr heraus. Die tiefe Verzweiflung in ihrer Stimme veranlasste mich, Fragen zu stellen. Der innere Kampf darüber, was sie preisgeben konnte, brachte ein entschuldigendes Stirnrunzeln auf ihr Gesicht.

„Neri hat Adalia nicht", seufzte sie nach einer langen Pause.

Vor ihrer Heirat war Neri ein launischer Alptraum gewesen, der sich gegen alle Regeln der Feen auflehnte und weiter illegal Menschen an Abmachungen band. Obwohl es ihnen nicht verboten war, Zauber zu benutzen, durften sie es nicht zu Täuschungszwecken tun. Eine Regel, die er ignoriert hatte. Manipulationen des Wetters wurden nicht gutgeheißen. Ihn amüsierten die Possen der Feen, und er schien das Chaos und die Versuche, ihn zu maßregeln, unterhaltsam zu finden. Seine Verbindung mit Adalia hatte einige seiner Verhaltensweisen auf ein beherrschbares Maß beruhigt.

Regeln wurden durchgesetzt, und seine Teilnahme an Treffen mit dem Staat und der Supernatural Task Force war produktiv. Er erschien nicht nur, um ein Rädchen in einer Maschine zu sein, die er für unnötig hielt. Im Großen und Ganzen wurde er erträglicher. Erträglich nach den Maßstäben des Feenhofs. Adalia musste gefunden werden.

Ich wartete geduldig, bis Madison fortfuhr.

„Es ist nicht so, dass sie einfach nur vermisst wird. Er sagte, sie sei ins Bett gegangen und er sei etwa eine Stunde später ins Schlafzimmer gegangen und habe festgestellt, dass sie verschwunden war. Wir können seine Wut nicht bändigen. Er droht, die Stadt niederzubrennen, wenn sie nicht gefunden wird. Ich glaube nicht, dass er das metaphorisch meint.“

Niemand würde glauben, dass er das metaphorisch meint.

„Wird sie vermisst oder ist sie gegangen?“

Unter den Feen gab es nicht wirklich Scheidungen oder Trennungen, aber wenn irgendjemand eines Tages aufwachen und sagen würde, *zur Hölle damit*, dann wäre es Adalia. Die Angehörigen des Hofs beschränkten ihre Kontakte aufeinander und waren mehr damit beschäftigt, mit den Machthabern mitzuhalten. Sie interagierten genug, um den Frieden zu wahren. Sie kannten diejenigen mit dem wankelmütigen Temperament, die möglicherweise ein Problem darstellen könnten. Die Oberhäupter der magischen Gemeinschaft verstanden, dass es bei dem Wissen nicht nur ums Überleben ging, sondern auch darum, wie man den Schaden angemessen begrenzte, um die fragile Beziehung zu den Menschen aufrechtzuerhalten.

Ob Madison nun erwogen hatte, dass Adalia von sich aus gegangen war, oder ob meine Frage die Tür zu weiteren Spekulationen und Fragen geöffnet hatte, es war klar, dass sie das Thema wechseln wollte. Sie bat mich, ihr zu erzählen, was mit Mephisto und den Jägern passiert war.

„Alles. Die ungekürzte Fassung“, bat sie.

Ich erzählte ihr alles, einschließlich meiner Unterhaltung mit Elizabeth und Sanaa vorhin und ihrer Drohungen gegen Nolan.

„Sie scheinen jeden in deinem Leben bedrohen zu wollen, nicht wahr?" Ihre Stimme klang wie ein Dolch. Sie hatte Fabians Drohung, die Feen zu töten, um Mephisto dazu zu bringen, den Zauber, der sie fortschickte, zu beenden, besser aufgenommen, als ich erwartet hatte. Aber ihr Gesicht war voller Emotionen. Unumstößlicher Hass. „Wenn sie bereit sind, mit dem Leben von Leuten, die dir wichtig sind, so arrogant umzugehen, solltest du vielleicht dasselbe mit ihrem tun."

Oh Scheiße. Ihre Antwort erschreckte mich. Hatte sie jedes Mitgefühl verloren, als sie erfahren hatte, dass ihr Leben und das ihrer Familie bedroht worden war, oder kam das durch die mögliche Entführung der Feenkönigin und das Schließen des Schleiers? Cory würde in ihr keine Verbündete finden oder jemanden, der ihm helfen würde, mich von meinen Plänen abzubringen. Es wäre ihr egal, wenn ich den Elfen die Magie nahm – oder Schlimmeres.

„Clayton hat den Anschein erweckt, als wäre er nur vorübergehend weg." Ihre Worte klangen gequält. „Ich wünschte, ich hätte ihn sehen können, um mich zu verabschieden."

„Es war ein einziges Chaos, als sie gegangen sind. Ich hätte auch gern mehr Zeit gehabt. Aber alles ging so schnell, und Fabian hat sich geweigert, länger zu verhandeln." Die Panik und Verzweiflung, die ich an diesem Tag gefühlt hatte, überwältigten mich und wurden schnell von Wut und Rachedurst abgelöst. Ich griff nach dem Notizbuch mit den gewebten Zaubersprüchen und las sie mit neuer Entschlossenheit durch.

„Sie werden zurückkommen. Ich werde dafür sorgen", sagte ich unbeirrt.

„Wenn es jemand schaffen kann, dann du. *Wir* können es."

Mir war nicht klar gewesen, wie sehr mich Madisons Zustimmung ermutigen würde. Ich wollte nicht mit ihr und Cory streiten. Anschließend brachte eine produktive Stunde mit Madison eine Liste von Objekten hervor, nach denen ich in Mephistos Sammlung suchen musste, mehrere Zaubersprüche, die wir im *Mystic Souls* gefunden hatten, und noch einige gewebte Zaubersprüche. Da sie nur begrenzte Erfahrung damit hatte, waren sie nicht die besten. Wir versuchten uns sogar an einer Psychoanalyse von Adalias Geisteszustand. Am Ende waren wir uns sicher, dass Adalia Neri eher sagen würde, dass sie fertig mit ihm war, als einfach zu gehen, ohne ihn zu informieren.

Bevor sie zu ihrer Suche zurückkehrte, blieb Madison an der Tür stehen und beobachtete mich. „Den Elfen die Magie zu nehmen, wird höchstwahrscheinlich den Verlust deiner eigenen Magie bedeuten. Ist das ein Opfer, das du zu bringen bereit bist?"

Es musste Erinnerungen an die Zeit wecken, als ich damit zu kämpfen hatte, dass ich keine eigene Magie besaß. Alles, was damit einherging. Ich zuckte die Achseln.

„Ich werde immer noch Magie haben, nur nicht dieselbe."

Sie konnte das Stirnrunzeln nicht länger unterdrücken, und ihre besorgten Augen verdunkelten sich, als ihr Blick zu den Pflanzen wanderte. „Deine Magie wird sich wieder ändern. Es wird sein, als würdest du von vorn anfangen."

„Ich werde mich anpassen. Ich hatte vorher keine Magie. Ich denke, ich werde ohne Elfenmagie klarkommen."

„Das tust du immer." Ihr Gesicht hellte sich auf, und sie kam herüber und umarmte mich. „Ich liebe dich", flüsterte sie.

Als ich in ihren Worten mehr hörte als die einfache Erklärung, die wir so oft abgegeben hatten, lehnte ich mich zurück und sah sie an. „Ich dich auch." Ich studierte ihre Maske aus Elend und Schuldgefühlen. „Du weißt, dass die Situation mit Fabian unter keinen Umständen anders gelaufen wäre? Ich musste nicht einmal darüber nachdenken. Mephisto ist mir wirklich wichtig, und ich hoffe, wir werden mehr Zeit miteinander verbringen. Aber ich würde wieder dich wählen. Immer."

„Ich weiß. Es macht mich wütend, dass du diese Entscheidungen immer wieder treffen musst. Ich bin es leid, dass du ständig solche Opfer bringen musst."

Ich weigerte mich, darüber zu schmollen. „Der Wunsch, sie leiden zu lassen und sie dazu zu bringen, zweimal darüber nachzudenken, ob sie mich und die Leute, die mir nahestehen, bedrohen sollen, ist die Magie wert, die ich dafür opfern werde."

„Das verstehe ich. Als ich von der Anwesenheit der Elfen hier erfahren habe, habe ich mich für dich gefreut. Ich dachte, du hättest endlich eine eigene Gemeinschaft, die ähnliche Magie besitzt wie du, die dir Schutz und Ressourcen bieten kann. Ich weiß, dass das nicht unbedingt notwendig ist, aber es wäre schön gewesen. Es gefällt mir nicht, dass du das nicht hast", gab sie zu. Trauer schwang in ihren Worten mit. Etwas, das sie zu verbergen versuchte. Sie lächelte mich entschuldigend an. Ich wollte es für mich selbst, aber es war schwer, um etwas zu trauern, das ich nie erlebt hatte. Es war nichts weiter als ein Gedanke, der nie Wirklichkeit wurde.

„Ich habe das, nur in anderer Form als andere. Weißt du noch, als ich dachte, ich wäre eine Magierin? Sie wollten nichts mit mir zu tun haben."

Die Last, die Madison bei ihrer Ankunft getragen hatte, schien von ihr abgefallen zu sein. Sie holte tief Luft und atmete langsam aus.

„Ich melde mich später bei dir", sagte sie, bevor sie die Tür öffnete und überrascht kreischte.

9

„Erin!", rief Madison von der Tür. „Du hast hier ein Problem."

Als ich mich der Tür näherte, war ich auf eine Menge Dinge vorbereitet: einen Dämonenkreis, eine Gruppe von Elfen, die Elizabeths Haare zurückforderten und Fabian heilen wollten, Pearl, die Schneeleopardin, die den Gott, der mit ihr sprechen konnte, vermisste und nach ihm suchte, Miss Harp, die wieder geflohen war. Zwischenzeitlich glaubte ich nicht, dass mich noch irgendwas überraschen konnte.

„Verdammt!", presste ich zwischen meinen Zähnen hervor und schleuderte den Wolfswandlern und einem einsamen Fuchs im Hintergrund noch diverse andere Flüche entgegen. Stirnrunzelnd ging ich an Madison vorbei und versuchte, mir einen Weg durch die Wandler zu bahnen, als ein vertrauter Wolf, Daniel, den Asher schon einmal geschickt hatte, um mich zu bewachen, mich zurückstieß.

„Mach das nochmal!", warnte ich. Er fletschte die Zähne zu einer Art animalischem Lächeln, nahm die Herausforderung an, stieß mich zurück und Madison gleich mit.

Sie knurrte ihn an. Er erwiderte es, und die anderen

knurrten leisen Beifall. Außer dem Fuchs, der anscheinend nur der Unterhaltung wegen da war. Er war mehrere Schritte zurückgetreten, seine kleinen dunklen Augen musterten die Wölfe, dann huschten sie zu mir, gefolgt von einem Laut, den man für ein Kichern halten konnte.

„Ich habe Nachbarn. Ihr versperrt ihnen den Weg", stellte ich fest, obwohl das nicht mehr stimmte, seit Miss Harp in ein Haus des Rudels in Ashers Nähe gezogen war und das Northwest-Rudel meinen Apartmentkomplex übernommen hatte. Miss Harps leerstehende Wohnung zu vermieten, schien nicht dringend zu sein. Sie versperrten nicht den Weg zum einzigen Nachbarn, der über mir wohnte. Sie waren mein Ärgernis, nicht das der anderen.

„Beweg dich!", forderte ich lauter und brachte mich auf Augenhöhe mit ihm. Es war schwierig, den Blickkontakt mit Wolfswandlern zu halten; je dominanter sie waren, desto größer war die Herausforderung. Es traf einen auf einer instinktiven Ebene. Daniel schnaubte. Ein anderer Wolf trottete neben ihn und zwang mich glücklicherweise, den Blickkontakt abzubrechen, ohne dass es als Kapitulation betrachtet werden würde.

„Hör zu, ich gehöre nicht zu Ashers Rudel und bin ihm auch keine Rechenschaft schuldig. Es ist mir egal, dass er euch geschickt hat, ich sage, dass ihr hier verschwinden sollt. Das ist das einzige Mal, dass ich höflich sein werde. Verschwindet, oder ich sorge dafür, dass ihr geht."

Die kollektiven, amüsierten Laute zwischen Schnauben und Knurren heizten meine Verärgerung nur noch mehr an. Madison blickte über die Menge der sturen Wandler und stöhnte. Es ärgerte mich, die Niederlage darin zu hören. *Wir geben nicht so leicht nach.*

„Also gut, wem muss ich in den Arsch treten, damit ihr auf mich hört?"

„Mir", sagte Asher, der von der Seite des Gebäudes in mein Blickfeld kam, und die Wandler gingen ihm aus dem

Weg, als er sich näherte. Ich kniff die Augen zusammen, als ich ihn, sein eigensinniges Grinsen und das Selbstbewusstsein sah, das mit seiner ganz speziellen Art von Arroganz verbunden war. *Gern. Jemand musste ihm den Kopf zurechtrücken.*

Als er an meiner Tür ankam, nickte er mit dem Kinn in Richtung meiner Wohnung und bat um Einlass. Ich trat zur Seite. Er knöpfte die Ärmel seines Hemdes auf und krempelte sie hoch. Dann streckte er Hals und Arme und wippte von einem Fuß auf den anderen, während er Madison ein Lächeln zuwarf. Sie genoss es genauso wie ich.

„Was muss ich sonst noch tun, um mich auf die Tracht Prügel vorzubereiten, die ich gleich bekommen werde?", spottete er und begutachtete seine hochgekrempelten Ärmel.

Jetzt ist er auch noch ein Komödiant, aha. Ein Alleskönner.

„Schick dein Ungeziefer weg", verlangte ich.

Er sah wieder zur geschlossenen Tür und zog einen übertriebenen Schmollmund. „Das war unangebracht. Sie können dich hören. Du verletzt ihre Gefühle."

„Asher, sie können nicht hier sein. Sag ihnen, sie sollen gehen. Ich habe Dinge zu tun. Wir" – ich bewegte meine Hand zwischen mir und Madison – „haben Dinge zu tun."

„Ja, du hast eine Menge zu tun, und es scheint, als wäre es ziemlich gefährlich für dich. So gefährlich, dass Alex ungewöhnlich nervös ist, weil Cory sich so viele Sorgen um dich macht. Weißt du, wie sich das auf Alex auswirkt? Er ist Teil meines Rudels. Dreimal darfst du raten, wer deswegen jetzt involviert sein muss."

„Kümmere dich um ihn. Er gehört zu deinem Rudel, ich nicht. Du bist für seine Sicherheit und Gesundheit verantwortlich."

Er nickte langsam und nahm meine Worte mit unverändert entschlossenem Gesichtsausdruck auf.

„Bist du absichtlich begriffsstutzig?", fragte er. „Er ist ein ausgezeichneter Vierter, aber er ist sehr betroffen von dem, was mit Cory, seinem Freund, passiert. Jetzt, wo Cory mein Problem ist, bist du es indirekt auch. Selbst wenn es Cory nicht betrifft, sorge ich mich um dein Wohlergehen. Wenn du in Schwierigkeiten bist, möchte ich helfen. Nimm die Hilfe an." Letzteres war ein Befehl, als wäre ich Teil seines Rudels und hätte nicht das Recht, sie abzulehnen.

Aber es war nicht Hilfe, es war eine Übernahme. Da ich wusste, dass er es gut meinte und einfach er war, zügelte ich meine Frustration. „Asher", sagte ich leise.

„Erin." Madison bemerkte meine geballten Fäuste und wie sehr ich mich sträubte und schob sich zwischen Asher und mich.

„Im Moment", sagte Madison zu Asher, „lehnt sie deine Hilfe ab. Ich kann dir versichern, dass sie nicht zögern wird, dich zu fragen, wenn sie sie braucht." So diplomatisch war sie noch nie mit Asher umgegangen, und sie hatte ihn bei vielen Gelegenheiten als unerträglich beschrieben. „Wenn deine Wölfe nicht weichen, hältst du sie gegen ihren Willen hier fest. Dagegen gibt es Gesetze, *Mr. Sullivan*." Sie zeigte ihre Dienstmarke als Erinnerung an ihre Position bei der Supernatural Task Force.

Er zog herausfordernd die Augenbrauen hoch. Dann hob er die Hände und streckte Madison seine Handgelenke entgegen. „Bin ich verhaftet?"

Madison blickte finster drein. Asher missachtete die Regeln, wenn sie ihm nicht dienten, und da er die besten Anwälte der Welt hatte, gab es selten Konsequenzen. Wenn er mir half, war das etwas, das ich begrüßte und schätzte. Wenn ich von der anderen Seite dieser Vorteile und Privilegien aus arbeitete, war er eine Nervensäge. Eine echte Landplage.

Er ging mehrere Schritte von uns weg, seine Augen wanderten langsam über mich und dann über Madison. Den Kopf zur Seite geneigt, sah er mich fragend an. „Wie, denkst du, bin ich Alpha geworden?", fragte er. „Weil ich die Fragen an die Kandidaten richtig beantwortet habe? Weil ich der bestaussehende Typ im Raum war?" Seine Hand strich über seinen Körper. „Obwohl das wahr ist, bin ich mir nicht sicher, ob es berücksichtigt wurde. Vielleicht glaubst du, es lag daran, dass ich unglaublich charmant bin?"

Die rhetorische Frage stand laut in der Stille.

„Spoiler, so bin ich." Er lächelte alles andere als charmant.

Ich frage mich, wie charmant er sich fühlen wird, wenn ich ihm in die Weichteile trete.

Er kam näher, sein scharfer Raubtierblick war auf uns gerichtet und gewährte uns einen Blick auf die Seite von ihm, die ich zum Glück nicht oft sehen musste. Und ich war froh darüber, denn es war ein beängstigender Blick in den Spitzenprädator, mit dem er einen Körper teilte.

„Nein, es liegt daran, dass ich zu jedem Zeitpunkt höchstwahrscheinlich das größte Arschloch im Raum bin."

„Das ist nicht der Flex, für den du es hältst", brummte ich.

„Sie hat recht", bestätigte Madison.

„Ich bin ein unbezwingbarer Arsch", gab er an.

„Uns musst du nicht überzeugen", stellte Madison fest und wurde mit seinem düsteren, amüsierten Grinsen konfrontiert.

„Ich bin in jeder Situation immer der Einfallsreichste und am besten Vernetzte. Und wenn es nötig ist, kann ich die meisten in die Knie zwingen. Metaphorisch und im wahrsten Sinne des Wortes. Ich erziele Ergebnisse trotz Regeln oder Hindernissen. Daher ist es mir ziemlich egal, ob die Leute mich mögen. Das größte Arschloch zu sein ist der Flex, für den ich es halte. Das Einzige, was zählt, ist der Schutz meines Rudels und der Leute, die mir wichtig sind. Du bist mir wichtig, Erin. Du schätzt meine Methoden vielleicht nicht, aber dass sie Ergebnisse bringen, kannst du nicht leugnen. Ich kenne die ganze Situation nicht, ich spekuliere nur. Mir scheint, als wärst du überfordert, und ich biete dir meine Hilfe an."

Ich konnte Madisons Blick auf mir spüren, während sie auf meine Antwort wartete. Sie fand Asher unerträglich. Eine Meinung, die sie offen mit ihm, seinem Anwaltsteam, ihren Kollegen und jedem teilte, der ihr zuhören wollte, aber sie leugnete nie seine Wirksamkeit als Alpha des Rudels. Tatsächlich schien es das Einzige zu sein, was sie an ihm mochte.

Die Situation war so chaotisch und kompliziert, dass ich keine Ahnung hatte, ob er helfen könnte. Die Hilfe des Rudels ging mit – nun ja, sie ging mit Asher einher. Er war unbezwingbar; das war die Essenz eines Alphas, aber es bedeutete auch, dass man leicht von der Kraft, die Asher war, mitgerissen wurde. Ich wollte und konnte nicht so vorgehen.

Er musterte mich, schätzte sicherlich den inneren Kampf ein, den ich führte. „Erin, das ist deine Situation. Ich biete dir Hilfe an, weil du sie brauchst, und ich habe das ungute Gefühl, dass du nicht unbeschadet aus dieser Sache hervorgehen wirst. Das ist für mich inakzeptabel. Du bist nicht ohne Optionen. Du hast zwei. Nimm die Hilfe meines Rudels an.“ Dann folgte Schweigen, als er mich mit hochgezogener Augenbraue ansah.

Hatte er vergessen, wie man zählte? „Was ist die zweite Option?“

„Oh.“ Er zuckte die Achseln. „Was auch immer los ist, du kannst die Niederlage akzeptieren. Es ist ein Verlust, den du mit Fassung trägst, aus dem du lernst und tust, was du kannst, um dein Leben so normal wie möglich zu leben.“

„Das sind nicht wirklich zwei Möglichkeiten.“

„Doch. Nur weil dir die zweite Möglichkeit nicht gefällt, heißt das noch lange nicht, dass es keine ist.“

Ich sah ihn böse an. Madison trat näher an mich heran und würdigte sein spöttisches Grinsen mit einem ähnlichen Blick.

„Für mich ist es die Arroganz“, knurrte sie leise.

Lachend verbeugte er sich übertrieben. „Lasst es mich

anders formulieren. Miss Jenkins und Miss Calloway, würden Sie mir bitte die große Freude bereiten, Ihnen zu Diensten zu sein? Ich wäre Ihnen sehr verbunden."

Sein Sarkasmus hatte mich nicht bewegt, die Realität schon.

„Okay. Ich hätte gern deine Hilfe. Bitte." Mein Einverständnis ließ sein selbstsicheres Grinsen einem offenen Mund weichen, den er schnell schloss.

Ich ließ mich auf das Sofa fallen und stützte das Gesicht in meine Hand. „Alles an dieser Situation ist ein Chaos, Asher", sagte ich. Mein ehrgeiziges Ziel, den Elfen ihre Magie zu nehmen, war mir fast ein bisschen peinlich, auch wenn Asher und sein Rudel und ihre Immunität gegen Magie der Beweis dafür waren, dass es derart mächtige Zaubersprüche gab. Da ihre Arbeit für den Feenhof Vorrang hatte, verabschiedete Madison sich widerwillig, nachdem ich ihr versichert hatte, dass es okay war.

Die Zeit verging, während Asher vor mir stand, die Hände locker in den Taschen, sein Gesicht ausdruckslos, während er darauf wartete, dass ich ihm die Situation schilderte. Ich war mir sicher, dass er mit einer überarbeiteten Version rechnete, aber das hatte ich nicht vor. Seine Immunität gegen Magie gab ihm Insiderwissen über den Zauber, der das bewirkt hatte. Elizabeth hatte großen Wert daraufgelegt, ihn mir nicht mitzuteilen, und ich glaubte, es war eher, um ihr Wissen zu schützen, und weniger ein Zeichen der Verachtung, die sie sowieso ohne Bedenken zur Schau stellte.

Wenn ich Asher von meinen Plänen erzählte, musste ich mich dem Unvermeidlichen stellen: Was, wenn ich scheiterte? Ich hatte den Fehler gemacht, nicht immer einen Plan B zu haben. Mein Plan B war dem zuvor sehr ähnlich. Wie aufrichtig sollte ich sein, wenn ich preisgab, dass mein Plan verschiedene Arten von Folter beinhaltete, um Informationen von den Elfen zu bekommen, und möglicherweise Mord? Wie konnte Asher mich so nicht in die Kategorie

„Bösewicht" einordnen? Wenn das hier zu Ende war, würde ich nie wieder moralisch überlegen sein. Niemals.

Ich erzählte ihm alles und kämpfte gegen den Stich an, den ich verspürte, als ich ihm sagte, was Mephisto und die Jäger waren. Dass ich meine Mutter getötet hatte – oder zumindest so gut wie und Elizabeth es zu Ende gebracht hatte. Dass Fabian den Eid umgangen hatte, den ich mit Asial geschworen hatte. Ich beobachtete, wie sich Entsetzen und Wut in Ashers Gesicht schlichen, als ich Fabians Pläne schilderte, die Feen zu töten, wenn Mephisto und die Jäger nicht gegangen wären.

Er nickte langsam. „Bist du sicher, dass deine Mutter …"

„Malific", korrigierte ich ihn.

„Malific tot ist? Du weißt nur, dass deine Magie zurückgekehrt ist."

Ich zeigte auf meine Schöpfungen als Beweis. Auch wenn der nicht konkret war, war meine einzige andere Möglichkeit, den Blose Chasm zu öffnen und selbst nachzusehen. Das war keine Option, weil ich niemanden hatte, der ihn wieder öffnen und mich rauslassen könnte. Die Genugtuung auf Elizabeths Gesicht, als sie die Situation geschildert hatte, war Beweis genug.

Als ich von dem Austausch mit Sanaa und Elizabeth erzählte, einschließlich der Tatsache, dass er der Grund war für meine Entscheidung, den Elfen ihre Magie zu nehmen, fragte ich Asher, ob er mir einen Einblick in den Zauber geben könne, der ihm magische Immunität verlieh.

Ich zitterte vor Aufregung, schnappte mir meinen Notizblock und schrieb alles nieder, was er mit solcher Präzision herunterratterte, als hätte er ein fotografisches Gedächtnis. Als er einen magischen Gegenstand beschrieb, den Elizabeth benutzt hatte, gab ich ihm das Notizbuch, damit er ihn zeichnete, weil ich ihn mir nicht vorstellen konnte. Trotz seiner geringen künstlerischen Fähigkeiten wusste ich, in welche Richtung ich suchen konnte. Und den Zauber, den sie benutzt hatte. Denn egal, wie leise Elizabeth ihn gesprochen hatte, es war nicht leise genug, um zu verhindern, dass ein Wandler mithörte.

Ich war meinem Ziel unendlich näher gekommen, und das Einzige, was mich davon abhielt, mich auf ihn zu stürzen und ihn zu umarmen, war sein kühler, abschätzender Blick.

„Was ist los? Du atmest plötzlich schneller, und dein Herz rast." Er beugte sich vor, schnupperte und zog sich wieder zurück, wobei er mir weitere vernichtende Blicke zuwarf. „Ich mag deinen Geruch nicht."

„Herzlichen Dank, du Charmeur. Flirtest du mit mir?", neckte ich ihn.

„Nein, da sind viele Emotionen und es ist …" Es verwirrte ihn. Unsicherheit huschte über sein Gesicht. Ich konnte sie auch nicht identifizieren. Weil ich sie alle fühlte.

„Ich weiß nicht, was ich empfinden soll", gab ich zu und erkannte, dass alles viel konkreter war als zuvor. Ich fühlte viele Dinge, die ich nicht beschreiben konnte. Angst war ein Gefühl, das ich identifizieren konnte.

„Werd dir darüber klar, denn es gibt einige Dinge, die ich wissen muss." Die ernste Intensität von Ashers Worten ließ mich von meinem Notizbuch aufblicken.

Er setzte sich neben mich und sah mich nachdenklich an, während er mit dem Daumen träge über seine Lippe strich. „Was ist für dich ein akzeptabler Kollateralschaden? Und Opfer. Wessen Leben bist du bereit zu opfern?", fragte er.

Stumm vor Schock war ein Blinzeln meine einzige Antwort.

„Du hast das darauf vereinfacht, dass du den Elfen einfach ihre Magie nimmst. Das ist es nicht. Es ist im Wesentlichen eine Kriegserklärung. Ich garantiere, dass sie sich in gleicher Weise rächen werden. Geh in dem vollen Bewusstsein an die Sache heran, dass es Opfer geben könnte. Ich weiß, dass Madison und Cory nicht verhandelbar sind. Was ist mit Nolan?"

Die Antwort blieb mir im Hals stecken. „Ich werde den Tod meines Vaters auch nicht akzeptieren. Ich will nicht, dass jemand stirbt.“

Er nickte. „Niemand zieht in den Krieg, um zu sterben. Es ist etwas, das man akzeptieren muss. Oberste Priorität ist Risikominimierung. Was kannst du tun, um die Wahrscheinlichkeit zu verringern, dass Nolan stirbt, Erin?“, fragte er leise. Ich senkte den Blick, während ich über die Frage nachdachte. Er legte seine Hand auf meinen Oberschenkel und drückte. Ich kannte die Antwort, hasste nur, was sie bedeuten würde.

„Ich muss Nolan da rausholen.“

„Wie? Wenn du ihnen ihre Magie nimmst, fallen die Schutzzauber von Havenage zusammen mit den Abwehrzaubern. Er wird magielos sein und sie auch, und sie werden danach dürsten, dich auf die grausamste Art und Weise dafür bezahlen zu lassen. Du weißt, wie diejenigen mit Magie reagieren, wenn sie ihnen genommen wird. Wenn du hineingehst, ohne ihnen die Magie zu nehmen, kannst du es mit allen aufnehmen?“

Meine neuen Fähigkeiten machten mir Mut, aber ich war nicht dumm. Fabian hatte im Moment keine magischen Fähigkeiten, die anderen schon. Ich würde gegen echte Elfen mit mächtiger Magie antreten.

„Ich muss darüber nachdenken“, gab ich zu.

Als wir lange schwiegen, spürte ich seine aufmerksamen Augen auf mir. „Ist dieses Opfer es wert?“, fragte er. Er positionierte sich so, dass wir einander gegenübersaßen, und die Intensität seines harten Blicks war schwer auszuhalten. „Elfen sind die einzigen, die eine Chance gegen Götter haben, und du nimmst ihnen diese Magie. Ich verstehe, warum du es tun willst. Es ist gerechtfertigt, aber kannst du damit leben, zu wissen, dass du damit Götter hast, die durch keine andere Magie aufzuhalten sind?“

„Götter sind sterblich wie alle anderen auch. Sie sind

nicht so unbesiegbar, wie sie scheinen. Auch sie haben Schwächen."

Seine Lippen verzogen sich zu einem Grinsen. „Und die wären?"

„Du bist immun gegen ihre Magie, also warum kümmert es dich?"

„Neugier."

„Nicht jede Neugier muss befriedigt werden."

Er war sichtlich unzufrieden mit der Antwort, doch er nickte. Ich spürte die Schwere seines Blicks und drehte mich um, um ihn anzusehen. Er presste die Lippen zu einer schmalen Linie zusammen und atmete tief aus. „Kriege sind hässlich, Erin, selbst wenn sie vorbei sind, selbst wenn es einen klaren Sieger gibt. Verluste sind unvermeidlich. Und nicht nur der Verlust von Leben."

„Ich weiß." Meine Absichten für Elizabeth und Fabian waren nicht so unbekümmert gewesen, wie er zu glauben schien.

„Ist er es wert?", fragte er leise. „Du kamst mir nie wie der Typ vor, der so viel für einen Mann durchmachen würde."

„Er ist kein Mann."

Er lächelte mich schief an. „Richtig, ein Gott", sagte er mit einem Anflug von Spott. „Einer, der von deiner Mutter hier gefangen gehalten wurde und jetzt wegen Fabian im Schleier gefangen ist. Für ein so mächtiges Wesen scheint er ziemlich oft machtlos zu sein."

„Wir haben alle unsere Schwächen. Du bist ziemlich mächtig, aber du und dein Rudel wurdet von einer Fee mit Animantie so ziemlich machtlos gemacht."

Die Erinnerung daran ließ sein selbstbewusstes Grinsen schwanken, obwohl es sich schnell wieder durchsetzte.

„Und ich habe dir geholfen. Nicht, weil ich mächtiger bin, sondern weil ich in der Lage war, es zu tun", sagte er.

„Ich bin mir nicht sicher, ob Mephisto einen Weg zurück finden wird. Da ich in der Lage bin zu helfen, werde ich es tun. Er ist mir wichtig, und ich will ihn zurück. Also ist die einfache Antwort ja. Er ist es wert."

„Und die komplexe?"

„Ich bin es auch wert. Ich möchte, dass Mephisto hier ist und der Zauber vom Schleier genommen wird, aber ich verdiene es nicht, bedroht und genötigt zu werden, mich einer Gemeinschaft anzuschließen, die mich nur ausnutzen will. Sie betrachten den Verlust des Lebens meines Vaters als Strafe für meine Ablehnung. Ich verdiene Besseres, als mir Sorgen darüber machen zu müssen, dass die Elfen versuchen könnten, meine Freunde und Lieben mit einem Zauber zu töten, wann immer ich irgendetwas tue, das ihnen nicht passt. Ich will ein Leben ohne Leute, die mich hassen und glauben, dass ich es verdiene, dafür bestraft zu werden, dass ich etwas bin, wofür ich nichts kann. Ich ziehe in den Krieg, aber sie haben ihn *mir* erklärt."

Er nickte, und ein Schmunzeln verwandelte sich in ein verständnisvolles Lächeln. „Denk über deine Pläne nach, Erin, und wir besprechen sie morgen." Er stand auf und ging zur Tür.

„Asher, danke, dass du das größte Arschloch im Raum bist", feixte ich.

Er grinste. „Es ist nicht so schwierig, wie es aussieht."

„Nochmal, es ist nicht der Flex, für den du es hältst", entgegnete ich.

„Es ist nicht die Beleidigung, für die du es hältst." Er öffnete den Wandlern die Tür. „Wer soll bei dir bleiben? Daniel ist wahrscheinlich die beste Wahl, da ihr schon eine gemeinsame Geschichte habt."

„Wie süß. Du lässt es so aussehen, als hätte die Geschichte nichts damit zu tun, dass du diesen riesigen Wolf vor meine Tür geschickt hast." Er schenkte mir ein weiteres unge-rührtes Grinsen. „Niemand bleibt. Ich werde mir einen Plan ausdenken und wir können uns morgen wieder treffen, um darüber zu sprechen, oder ich rufe an. Dann sehen wir weiter."

„Sieh an, wer jetzt süß ist und meint, eine Wahl zu haben. Es ist ein Kompromiss, dass ich nur einen Wandler hierlasse. Weniger ist nicht. Daniel oder jemand anderes?"

Ich zeigte zu meiner Verteidigung auf meine Kreationen an der Wand; er warf mir einen anerkennenden Blick zu.

„Sehr beeindruckend. Daniel?"

„Erinnerst du dich an Cory, den Hexenmeister? Er ist für eine Weile bei mir eingezogen."

Asher sah sich im Zimmer um. „Ist er unsichtbar? Ich sehe und rieche ihn nicht."

„Ugh, hör auf, Leute zu riechen. Das ist wirklich ekelhaft."

„Ich spüre seine Magie auch nicht." Eine neue Fähigkeit, die mit ihrer Immunität gegen Magie einherging. Eine, die Asher aktiv loszuwerden versuchte. Ich ging davon aus, dass das, zusammen mit ihren anderen geschärften Sinnen zu viel Stimulation sein musste.

„Er kommt zurück."

„Dann wird Daniel gehen, wenn er kommt."

Bevor ich antworten konnte, zog Asher die Tür hinter sich zu. Ich hörte ihn draußen, konnte ihn aber nicht verstehen. Eine Taktik, die sie oft anwandten. Aufgrund ihres außergewöhnlichen Gehörs sprachen sie in einer Lautstärke, die andere nicht hören konnten. Ich nahm an, dass er Daniel anwies zu bleiben und die anderen wegschickte.

Als ich nachsehen ging, schnarchte der riesige Wolf vor meiner Tür. Ich lud ihn in meine Wohnung ein.

10

Daniel hatte mit großen Augen fasziniert zugesehen, wie ich den Zauber auf die Tomate wirkte und dabei auch drei Kopien und sogar eine Paprika erschuf, die aus dem Cluster der Nachtschattengewächse hervorging.

„Denkst du, sie schmecken anders als die natürlichen Versionen?", fragte er. Das war etwas, was ich nicht in Betracht gezogen hatte. Ich hatte auch nicht die Absicht, herauszufinden, wie magisch hergestelltes Essen schmeckte. Malific hatte eine Armee erschaffen, die sich bewegte, benahm, und dieselben höheren Denkfähigkeiten wie Menschen besaß. Sie waren im Grunde normal. Auch die Nachtschattenfrüchte sahen normal aus und schmeckten wahrscheinlich auch so. Aber sie schienen anders zu sein als die Ernte aus einem Garten. Eine magische Schöpfung.

„Sie sind nicht echt", stellte ich fest.

Er grinste. Er teilte meine Zurückhaltung nicht und pflückte eine Tomate und eine Paprika. „Für mich sehen sie echt aus." Er ging mit dem Selbstvertrauen und der geschmeidigen Anmut eines Wandlers in die Küche und demonstrierte dabei keinerlei Selbsterhaltungstrieb. Anstatt vor der Gefahr davonzulaufen, sprintete er geradewegs darauf zu. Denn magisch hergestelltes Essen zu essen fiel für mich in die Kategorie *Gefahr*.

Als er in die Küche ging, beobachtete ich ihn mit einem ähnlichen Blick ehrfürchtiger Faszination, den er mir zuvor zugeworfen hatte. Er holte Eier aus dem Kühlschrank. Nachdem er das Essen gewaschen hatte, untersuchte er es gründlich.

„Es fühlt sich normal an und riecht auch so", sagte er, nachdem er mit den Fingern über die Schale gerieben und daran geschnuppert hatte. Er schnitt ein Stück von der Paprika und der Tomate ab und kaute beides langsam, bevor er berichtete: „Sehr aromatisch. Wie frisch aus dem Garten."

Es ist mir egal, ob sie wie Ambrosia von Gordon Ramsey schmecken, ich esse meine seltsamen magischen Kreationen nicht.

Nachdem er die Tomate und die Paprika getestet hatte, bereitete er unter meiner aufmerksamen Beobachtung ein Omelett zu.

„Hast du Angst?", fragte er und hob den Blick von der Pfanne.

„Wovor?"

„Deinen neuen Fähigkeiten? Die habe ich noch nie gesehen. Zumindest nicht hier. Du musst dir darüber im Klaren sein, dass die Leute dir gegenüber sehr misstrauisch sein werden, wenn sie sie erst einmal entdeckt haben."

„Ich habe keine Angst."

„Hmm. Es wird wahrscheinlich von Vorteil für dich sein, wenn du ein besserer Lügner wirst. Ich höre die Unsicherheit in deiner Stimme." Seine Augen hoben sich wieder zu meinen, und er schenkte mir ein freundliches Lächeln, das es mir schwer machte, ihn mir als einen Mackenzie Valley-Wolf vorzustellen. Ich wusste, dass hinter den sanftmütigen goldbraunen Augen eine Person lauerte, die viel tödlicher war, als sie zu sein vorgab. Sonst wäre er nicht Ashers Wahl gewesen.

„Hör auf so aufmerksam zu sein", zischte ich.

Seine Augen leuchteten vor unterdrücktem Lachen.

„Ich habe keine Angst, ich mache mir nur Sorgen. Die Leute waren schon früher fasziniert und hatten Angst vor meiner Magie. Aber da hatte ich keine Magie, es sei denn, jemand hat sie mir geliehen. Ich war eine potenzielle Bedrohung, keine echte. Das ist jetzt nicht mehr so. Ich will nicht als so große Bedrohung angesehen werden, dass sie das Bedürfnis verspüren, mich zu eliminieren", gab ich zu.

In einer höflichen und zivilisierten Welt taten wir alle so, als ob solche Dinge nicht passierten. Aber Bedrohungen und Probleme, die nicht eingedämmt werden konnten, wurden eliminiert. Es war das Opfer, das gebracht wurde, um ein anständiges und zivilisiertes Leben zu führen.

Daniel ließ das Omelett auf einen Teller gleiten und behielt mich weiter im Auge, während er sich einen Bissen in den Mund schob. Ich wartete gespannt. Nichts.

„Magie funktioniert bei dir nicht, also glaube ich nicht, dass du ein guter Tester bist", stellte ich fest.

Er aß noch mehrere weitere Bissen und hielt dann inne, nur sein Mund verzog sich. Sein Kopf schoss hoch, er sah in Richtung der Tür und ging darauf zu, um sie zu öffnen. Er formte mit den Lippen, dass es Cory war. Wandler waren besser als Kameras.

Cory glitt an Daniel vorbei, den Kopf in einer dramatischen, sentimentalen Zurschaustellung von Bedauern gesenkt. Dann hob er leicht den Kopf und sah mich mit traurigem Hundeblick an, als er sagte: „Ich hätte nicht gedacht, dass ich der Grund dafür sein würde, dass Asher sich einmischt."

Jemand braucht Schauspielunterricht. Er wollte vielleicht nicht der Grund sein, aber er war definitiv glücklich mit der Intervention.

„Es ist in Ordnung. Ich bin dankbar für die Hilfe", gab ich zu und nahm ihm damit jegliche Schuldgefühle, die er vielleicht empfunden hatte, weil er der Grund war. Cory wich von Daniel zurück, der in seine Distanzzone eingedrungen war, während er ihm den Teller mit dem Omelett und einer Gabel reichte.

„Das musst du probieren", sagte er.

Cory sah mich an und wartete auf eine Erklärung, aber Daniel kam mir zuvor. „Es ist aus dem Gemüse gemacht, das sie gezaubert hat."

Cory sah auf den Teller. „Paprika und Tomaten sind Obst." Daniels Augenrollen nach zu urteilen, gefiel ihm die Korrektur nicht, was nur zur Folge haben würde, dass Cory es tun würde, wann immer er die Gelegenheit dazu bekam.

Ohne zu zögern, schnitt er ein Stück ab und aß es, bevor ich Einwände erheben konnte. Er schob sich noch einen Bissen in den Mund und gab Daniel den Teller zurück. Einige Augenblicke lang beobachtete ich ihn. Wir beide taten das.

„Was? Erwartet ihr, dass ich mich in einen Frosch verwandle oder so?", fragte er, ging weiter ins Wohnzimmer und betrachtete den Rest des Obstes.

Ich wusste nicht, was mich erwarten würde, da ich immer noch meine neuen Fähigkeiten und die tatsächlichen Auswirkungen dessen, was ich jetzt tun konnte, unter einen Hut bringen musste. Daniel aß den Rest des Omeletts auf, packte seine Sachen zusammen und erinnerte uns, bevor er ging, daran, dass er nur einen Anruf entfernt sei, falls wir ihn brauchten.

Sobald er außer Hörweite war, reichte ich Cory die Skizze, die Asher angefertigt hatte. „Ich muss in Mephistos Sammlung nachsehen, ob er das hier hat."

Cory nahm es, starrte es einen Moment an, runzelte die Stirn und drehte es in alle Richtungen. „Ich habe keine Ahnung, was das ist", gab er zu.

„Ich auch nicht, aber ich werde es für den Zauber zum Entfernen von Magie brauchen."

Ich berichtete schnell von meinem Gespräch mit Asher, dass er mir den Zauber gegeben und das dafür benötigte

Objekt gezeichnet hatte. Cory bemühte sich nicht, sein Unbehagen angesichts der Kriegserklärung zu verbergen.

„Erin, das ist wirklich besorgniserregend. Asher hat nicht Unrecht, Nolan könnte ein Opfer werden."

„Ich habe nicht vor, das zuzulassen."

„Erin –"

Ich unterbrach ihn. „Cory. Ich habe nicht die Absicht, dass –"

Die Tür flog auf, ich prallte gegen die gegenüberliegende Wand und Cory rechts von mir. Wir fielen zu Boden. Ich versuchte, mich aufzurappeln, und blinzelte, als ich Fabians geschmeidige, beschwingte Schritte in Corys Richtung gehen sah. Keine Spur einer Verletzung. Wie konnte er hier sein? Mit Magie? Ohne Verletzungen? Ich wusste die Antwort. Elizabeth. Ich spürte die Last des Versagens und der Angst und zwang mich, aufzustehen, um zu Cory zu gelangen, der aufgestanden war und Abwehrmagie auf Fabian schleuderte. Wahrscheinlich war er noch immer desorientiert vom Aufprall, also wich Fabian mit Leichtigkeit aus. Seine schnellen, unbeeinträchtigten Bewegungen wurden damit beantwortet, dass ich eine Kugel auf ihn warf. Sie prallte in das Schutzfeld. Das Feld richtete sich auf und verschwand wieder, als er auf Cory zuging, dessen Magie gegen das Feld wirkungslos war. Fabian verhöhnte mich mit einem wehmütigen Grinsen über meine Bemühungen, das Feuer in den Mikrosekunden zu erwidern, in denen er das Feld zusammenbrechen ließ. Jedes Mal, wenn meine Magie in das Feld krachte und sich in der Luft auflöste, flammte Wut in mir auf. Bei meinem nächsten Vergeltungsschlag musterte Fabian mich mit eiskalten Augen, bevor er sie mir entriss und auf Cory lenkte. Der Schild fiel und Eis traf Cory in schneller Folge auf die Brust, hämmerte auf ihn ein, bis er zurückwich und gegen die Wand sackte. Einer der Eiszapfen verletzte Cory im Gesicht. Fabians Angriff auf Cory verschaffte mir einen Vorteil, und ich rammte Fabian mit harter Magie in die

Seite, sodass er zu Boden stürzte und nur knapp den *adligatura*-Kreis verfehlte. Er erholte sich schnell, aber ich konnte eine weitere Magiesalve abfeuern, der er auswich, indem er auf die Seite sprang, die Cory am nächsten war, und das Schutzfeld errichtete.

„Feigling", knurrte ich.

Unbeeindruckt von dem Schlag verdunkelte sich sein Grinsen. Wen hasste ich mehr, Elizabeth, weil sie den Zauber umgangen hatte, oder Fabian, weil er davon profitierte?

Jedes Mal, wenn er sich bewegte, wurde ich daran erinnert, dass er weder verletzt noch geschwächt war. Wir behielten einander wachsam und vorsichtig im Auge. Cory, der immer wieder nach Luft schnappte, offensichtlich verletzt vom Eis, behielt Fabian im Auge und wartete auf eine Chance.

Sie kam. Ich feuerte eine Kugel ab, die Fabian an der Schulter traf und ihn aus dem Gleichgewicht brachte, doch seine Lippen bewegten sich schnell, und eine schwarze Wolke zog über Cory, der einen wirkungslosen Angriff auf Fabian startete, bevor er zu Boden fiel. Er schloss die Augen vollständig. Ich wartete darauf, dass sich seine Brust hob und zeigte, dass er noch atmete. Es geschah nicht. Mein Herz raste. *Bitte, Cory, atme. Bitte atme.* Ich stürzte auf ihn zu und blieb stehen, als Fabian sich mit einem Messer über Cory beugte und es auf seine Kehle richtete.

Fabian schloss sich wieder in das Feld ein. Ich hasste es, wie geschickt er es einsetzte. In meinen Augen war er immer noch ein Feigling, aber ich erkannte widerwillig sein Können an.

„Wird er weiterschlafen oder wirst du den Tod für ihn wählen? Die Entscheidung liegt ganz bei dir."

„Er sieht nicht so aus, als ob er schläft", knurrte ich und ballte meine Fäuste so fest, dass die Nägel in meine Handfläche schnitten. Wenn Cory tot war, würde Fabian ihm folgen.

Ich sah Cory nicht atmen, doch mein abgehackter Atem erfüllte den Raum. Corys lebloser Körper hatte noch Farbe. Aber von dort, wo ich stand, konnte ich keine anderen Anzeichen von Leben erkennen. Wut brandete durch mich, als ich seinen Körper musterte und mit verschwommenen, wütenden Augen nach Lebenszeichen suchte. Fabian drückte seine Hand auf Corys Brust, und nach einer schnellen Bewegung seiner Lippen erfüllte ein Surround-Sound von Lebensgeräuschen den Raum: das gleichmäßige Pochen von Corys Herzschlag und das langsame, rhythmische Rauschen seines Atems. Es war unangenehm und überwältigend, es in dieser Intensität zu hören, und es ließ mich Wandlern und Vampiren gegenüber Mitgefühl empfinden.

Fabian zog die Augenbrauen hoch, und ich wusste, dass er mich fragte, ob das genug Beweis war, dass er noch lebte. Es war zweifelhaft, ob ich mehr bekommen würde. Wieder bewegte er die Lippen, und alles wurde still.

„Schlaf oder Tod, Erin?"

„Du kennst die Antwort, spiel nicht den Dummen", zischte ich.

„Weiß ich sie?", forderte er mich heraus. „Ich habe keine Ahnung, wie du denkst und was du wirklich glaubst. Du behauptest, dass dir dieser Hexenmeister wichtig ist, aber ist das wirklich so? Deine Worte scheinen keinen Wert zu haben, genauso wenig wie deine Versprechen. Du hast zugestimmt, dass es deine Pflicht ist, die Gemeinschaft zu beschützen, und du hast diese Pflicht verletzt. Du bist ein Elf –"

„Ein *Viertel*elf." Etwas, das ihnen sonst wichtig war, schien plötzlich belanglos zu sein.

Verachtung verzog seine Lippen. „Du hast uns angegriffen, ohne deine Pflicht zu berücksichtigen oder daran zu denken, wie wir auf einen solchen Verrat reagieren würden. Du warst dir doch sicher bewusst, dass dein Hexenfreund der Preis dafür sein könnte?"

Ich erwiderte seinen Blick. „Was hast du gedacht, dass dein Verrat kosten würde? Glaubst du, er sollte ungeahndet bleiben?“

Seine Miene wurde finsterer, und der Blick, den er auf mich gerichtet hatte, schärfer. „Soll der Hexenmann schlafen oder sterben, Erin?“

„*Schlafen*“, stieß ich durch zusammengebissene Zähne hervor.

Er stand auf und straffte die Schultern. Er richtete seine volle Aufmerksamkeit auf mich, aber ich wandte meine Cory zu.

„Das ist kein typischer Schlafzauber.“ Keiner, den ich je gesehen hatte. Cory schien in einem Zustand zu sein, der dem Tod näher war als dem Schlaf, und ich wollte ihn nicht zu lange in diesem Zustand haben.

„Du hast nur minderwertige Magie beherrscht. Natürlich sieht das anders aus. Wenn du nicht abtrünnig geworden wärst, hättest du viel von mir lernen können.“

„So wie du das formulierst, bin ich sicher, dass du dich als Opfer siehst. Du hast meine Schwester bedroht und Mephisto und die Jäger weggezwungen. Du warst der Erste, der sein Versprechen gebrochen hat, und jetzt bist du wütend, weil ich etwas dagegen unternehme? Was ist mit *deiner* Pflicht mir gegenüber?“

Sein Grinsen erreichte seine Augen und verfinsterte sie. „Die der Gemeinschaft. Du hast eine Verpflichtung gegenüber den Elfen. Als du dich nicht daran gehalten hast, habe ich getan, was nötig war. Anstatt Dankbarkeit –“ Er runzelte die Stirn, vermutlich, weil er sich an meinen Angriff erinnerte. „– hast du Gewalt gegen mich gewählt.“

Etwas, das ich zu Ende bringen wollte. Sein Blick glitt zu der geballten Faust an meiner Seite, das Einzige, was mir half, mich zurückzuhalten. Zaubersprüche gingen mir durch den Kopf; ich wollte den tödlichsten für ihn. Aber ohne ein ergänzendes magisches Objekt gab es keine tödlichen Zaubersprüche.

„Kannst du einem Waffenstillstand zustimmen?", fragte er.

Nein, ich wollte keinen Waffenstillstand mit ihm. Ich wollte ihm wehtun. Ihn töten. Ihm Gewalt antun und ihn zwingen, mir zu sagen, wie er meinen Zauber umgangen hatte. Ich wollte Gewalt. Hemmungslose Gewalt. Ich wollte keine Diplomatie, aber das war es, was ich in diesem Moment brauchte. Ich zügelte meine Gefühle und atmete mehrmals tief durch. Ich nickte, konnte meine Antwort jedoch nicht in Worte fassen, weil es eine Lüge war.

Ich würde ihm zuhören, und sobald ich eine Gelegenheit zur Vergeltung bekäme, würde ich sie nutzen.

„Das war ein ziemlich wirksamer Zauber, den du bei mir angewendet hast. Elizabeth und die anderen hatten nichts, um ihn zu kontern." Sein Grinsen wurde breiter. „Elizabeths Versagen war unerwartet." Sein Eingeständnis war von kühler Enttäuschung geprägt. „Einen Weg zu finden, es rückgängig zu machen, hat meine Fähigkeiten auf eine Weise auf die Probe gestellt, mit der ich nie gerechnet hätte. Ohne Magie musste ich mich darauf verlassen, dass Elizabeth den Zauber ausführt." Das brachte mir einen vernichtenden Blick ein.

Er hat es geschafft! Fabian hatte einen Dämon getötet, indem er ihn menschlich gemacht und zu Tode hatte altern lassen. Ich sollte seine Fähigkeiten niemals unterschätzen. Ich würde diesen Fehler nicht noch einmal machen.

„Ich bin fasziniert von den vielen Arten, auf die du mich herausforderst."

Ich bin fasziniert von den vielen Arten, auf die ich dich bestrafen will. Obwohl ich es schaffte, die Bemerkung für mich zu behalten, konnte ich es nicht aus meinem Gesichtsausdruck verbannen.

Er gab einen Laut von sich, als er mein Gesicht sah,

bevor er nachdenklich wurde und den Blick senkte. Als er wieder zu mir aufsah, waren seine Augen abschätzend und voller Spekulationen. „Ich nehme an, du hattest eine Möglichkeit, den Zauber rückgängig zu machen, oder hattest du vor, mich für immer in diesem Zustand zu lassen?"

Ich nickte.

Er grunzte. „Natürlich hattest du das." Seine Zunge befeuchtete seine Lippen, als er sich mir langsam näherte. Sein gieriges Interesse wurde stärker und die Linien seines Lächelns wurden glatter. Die Mühe, die er sich machte, um seine Augen weicher wirken zu lassen, entging mir nicht, aber ich durchschaute die Täuschung. „Sollen wir unsere Notizen austauschen?", fragte er. Fabians Fähigkeiten, die sich als besser erwiesen hatten als die von Elizabeth, waren deutlich zu sehen. Neugier übermannte mich. Ich wollte seine Stärken und seine Schwächen kennenlernen. Ich hatte fälschlicherweise geglaubt, dass seine Fähigkeiten im Zauberweben und sein begrenztes magisches Wissen der Grund für sein Interesse an Elizabeth waren.

„Erzähle", drängte ich.

Ein schattenhaftes Grinsen huschte über sein Gesicht. „Natürlich werde ich es erzählen. Aber nur, wenn du zustimmst, mir den Zauber zu verraten, mit dem du es heraufbeschworen hast." Ich hatte auf gar keinen Fall vor, ihm diese Informationen zu geben. Dass ich sie von Benton erhalten hatte, war auch nichts, was ich ihm sagen wollte. Fabian war zynisch und gründlich genug, um einen erfundenen Zauberspruch nicht ohne Test zu akzeptieren.

Er hatte den Originalzauber nicht, um ihn zurückzuentwickeln oder umzukehren, also waren seine Zauberkünste beeindruckender, als ich ihm je zugestehen würde. Ich konnte eine Menge von Fabian lernen, aber es war die damit verbundenen Opfer nicht wert.

Sein Grinsen wurde breiter. „Der Mangel an Vertrauen

zwischen uns wird unser Untergang sein, nicht wahr?“, räumte er ein.

„Du hast den Grundstein dafür gelegt. Ich kann dir nicht vertrauen. Ich werde dir nicht vertrauen.“

Mit einem nachdenklichen Blick nickte er. „Um es zu verdienen, muss ich wohl etwas opfern“, gab er zu. Ich beobachtete ihn aufmerksam, während seine Momente des Schweigens zu einer Phase des Nachdenkens wurden.

„Du und Elizabeth werdet nie Verbündete sein“, stellte er leise fest. „Sie ist ziemlich talentiert und weiß viel, aber ich sehe etwas in dir, das ich in ihr nicht sehe. Du wirst doch nicht von Machtgier getrieben, oder?“

„Ich werde nicht von Machtgier getrieben, aber du schon.“

Er schüttelte den Kopf. Schließlich steckte er das Messer weg und hob beschwichtigend die Hand. „Ich verstehe, warum du das glaubst. Du kennst unsere Geschichte und die Rolle deiner Mutter bei unserer Beinahe-beinahe-Ausrottung. Mein Wunsch, eine tatsächliche Ausrottung zu verhindern, lässt mich wie ein Monster erscheinen, das sehe ich ein, aber vielleicht kann ich dich dazu bringen, die Situation durch meine Augen zu sehen. Kannst du aufgeschlossen genug sein, um zuzuhören?“

Ich trat näher und betrachtete seinen sanften, wehmütigen Blick und die Art, wie sein Körper sich bei meiner Annäherung entspannte, als wäre es eine Kapitulation.

„Sprich weiter“, drängte ich.

„Ich habe den Eid gebrochen, den du dem Dämon gegeben hast, nicht wahr?“, erinnerte er mich.

„Ja, durch Täuschung und die Verwendung meines Blutes. Das hätte ich vorher wissen sollen. Stattdessen hast du mich und den Dämon ausgetrickst.“

„Vielleicht. Aber ich weiß, dass es immer jemanden geben muss, der bereit ist, die Last der Grausamkeit und Unmoral zu tragen, um den Leuten, die ihm wichtig sind, Frieden zu schenken. Um sie vor solchen Dingen zu schützen. Du siehst es als einen Akt der Bosheit, obwohl es genau das Gegenteil war. Es wäre dumm von mir, nicht zuzugeben, dass ich unterschätzt habe, was du der Gemeinschaft bringen könntest. Ich habe einen Fehler bei meiner Einschätzung gemacht."

Was für ein Bullshit. Ich schwieg, als er den Kompost dick auftrug, in der Wahnvorstellung, ich sei naiv genug, darauf hereinzufallen.

„Was hast du unterschätzt?"

„Dich. Mein wichtigstes Ziel hätte sein sollen, dich um jeden Preis zu beschützen, sogar vor Elizabeth. Ich hätte deine Freunde und Familie genauso hoch schätzen sollen, wie du es tust. Jetzt bin ich bereit, das zu tun."

Er musterte mich und wartete darauf, dass ich etwas sagte. Ich musste meine Wut und meinen Ekel angesichts seines offensichtlichen Versuchs, mich zu manipulieren, zügeln, und die geringe Mühe, die er sich dabei gab, war verdammt beleidigend. Sollte ich mich seinem sanften Ton, seiner vorgetäuschten Nabelschau und seinen Plattitüden beugen? Ich widerstand dem Drang, zu sehen, wie es sich anfühlte, ihm meine Faust ins Gesicht zu rammen.

„Und was wird diese neue Position unter den Elfen sein? Was verlangt sie von mir?"

„Nichts. Keine Opfer deinerseits, sondern meinerseits. Elizabeth. Wenn ich zwischen euch beiden wählen muss, wähle ich dich."

Mein Mund stand offen, und eine neue Welle des Ekels durchströmte mich. Ich starrte ihn mit weit aufgerissenen Augen voller Schock und Abscheu an und nicht mit Ehrfurcht, für die er es offenbar hielt. Fabian war viel skrupelloser, als selbst ich vermutet hatte. Ich schloss den Mund, holte Luft und schluckte die Beleidigung hinunter, die ich ihm zu gern an den Kopf geschleudert hätte, und ließ ein kleines Lächeln über meine Lippen gleiten. Meine Bemühungen waren überzeugend, denn er erwiderte es.

„Die anderen werden das nicht als Verrat ansehen?", fragte ich.

Nach mehreren Momenten nachdenklichen Schweigens sagte er in einem warmen, honigsüßen Tonfall: „Du hast deinen Eid, uns zu beschützen, vielleicht nicht ernst genommen, aber die anderen schon. Mir wurde unsere Sicherheit und unser Übergang zu einem Leben unter den anderen, die Magie besitzen, übertragen. Die Fähigkeit, unseren Schutz effizient zu gestalten, ist meine Priorität. Wir werden nicht zur Beute werden oder an unserem eigenen Untergang mitschuld sein, wie die anderen Elfen. Es müssen harte Entscheidungen getroffen werden. Sie werden es nicht als Verrat, sondern als notwendiges Übel betrachten."

Trotz meiner Bemühungen zeigte sich ein Teil meiner Gefühle, was ihn die Stirn runzeln ließ.

„Für jemanden, der dem Wandlerrudel so nahe steht wie du, bin ich überrascht, dass du immer noch so naiv bist. Alphas tun alles, was nötig ist, um ihr Rudel zu schützen. Ich habe es selbst gesehen und unzählige Geschichten über ihren rücksichtslosen Einsatz dafür gehört. Glaubst du, dass ihre Rudelmitglieder sie als Verräter betrachten?"

Während meines vorwurfsvollen Schweigens war er noch näher gekommen. Ich erweckte den Eindruck entspannt und voll auf das Gespräch konzentriert zu sein. Das lockerte ihn und seinen angespannten Gesichtsausdruck. Er neigte den Kopf, als würde er meine Akzeptanz studieren. Indes warf ich verstohlene Blicke auf das Messer, das an seiner Hüfte steckte, und suchte nach Schwächen, die ich ausnutzen könnte. Ich versteifte mich, als sein Finger über meine Hand streifte und sich langsam an den Puls herantastete. Eine sanfte, flehende Berührung, die meine Haut kribbeln ließ. Die Wärme in seinen Augen glitt über meine Haut. Ich trat einen Schritt zurück. Er schenkte mir ein schüchternes Lächeln, das um Verständnis warb.

Wofür flehte er mich um mein Verständnis an? Dafür, dass er ein schäbiges, korruptes, manipulatives Stück Abschaum war? Das verstand ich sehr gut.

„Erin, antworte mir bitte. Glaubst du, dass ihr Rudel sie als Verräter betrachtet?" Fabian verglich absichtlich Äpfel mit Birnen. Ich konnte mir nicht vorstellen, dass Asher oder sein Rudel einander aus irgendeinem Grund verraten würden. Die Wandler taten es zum Schutz; Fabian tat es aus Machtgründen. Es war nicht dasselbe. Er benetzte seine Lippen, während er auf eine Antwort wartete. Jede Spur von Grausamkeit war verschwunden, und wenn ich es nicht besser wüsste, wäre ich von der Wärme seines Gesichtsausdrucks, seiner Körpersprache und dem sanften Klang seiner Stimme getäuscht worden. Stattdessen sah ich ihn als den aalglatten Meistermanipulator, der er war.

Ich wich seiner Frage aus, weil ich sie nicht beantworten konnte, ohne ihn wegen des abgedroschenen Blödsinns zur Rede zu stellen, und stellte meine eigene. „Bin ich Teil dieses notwendigen Übels? Sicherlich könnte es Anlass zur Sorge sein, dass du Malifics Tochter Elizabeth vorziehst?"

„Überhaupt nicht. Es hat etwas sehr Symbolisches, dass Malific uns fast ausgerottet hat und ihre Tochter der Grund dafür ist, dass wir zu einer Macht unter den anderen werden." Seine Stimme wurde sanfter. „Aus diesem Grund bitte ich dich zu verstehen, dass ich das Opfer von Elizabeth bringe. Kannst du ein weniger teures, aber genauso bedeutendes Opfer bringen? Wirst du den Schleier geschlossen lassen? Nur dann können wir wirklich florieren."

Allein der Gedanke daran versetzte mir einen Stich. Ich vermisste Mephisto, und Fabians Bitte, nicht mehr zu versuchen, den Schleier zu öffnen, war zu viel. Selbst wenn ich optimistisch oder naiv genug gewesen wäre, seinem Vorschlag zuzustimmen, konnte ich es nicht. Sein erwartungsvoller Blick entfachte meine Wut, denn er war der Grund, warum Mephisto weg war. Er hatte mir einen Teil meines Lebens genommen, den ich noch nicht einmal vollständig erkundet hatte. Ich fühlte mich verlassen.

„Mephisto und die Jäger dort gefangen lassen?"

Er schüttelte den Kopf. „Sie dort lassen, wo sie hingehören. Es gibt keine Elfen mehr im Schleier. Die Jäger sind dort mit all ihrer Macht. Auf ihre Art glücklich."

„Und hier werdet ihr dominanter leben", fügte ich hinzu.

„Wir. Erin, du weißt, wozu die Jäger fähig sind. Ist es falsch, dass ich den Komfort von Sicherheit will?"

„Sie haben hier gelebt, ohne irgendjemanden zu belästigen. Warum glaubst du, dass sich das ändern würde?"

„Geschichte."

Ein Schauer lief mir über den Rücken, als ich zu Corys reglosem Körper hinübersah. Wenn Fabian mir nicht erlaubt hätte, seinen Herzschlag zu hören, hätte ich ihn für tot gehalten. „Wie habe ich seine Atmung und seinen Herzschlag gehört?"

„Ein Zauber. Ich werde ihn dir geben." Ein weiterer Versuch, mich zu manipulieren. Er verriet mir den Zauber und ich führte ihn aus und war schnell überwältigt von all den Geräuschen um mich herum. Als ich mich auf Corys Herzschlag und Atmung konzentriert hatte und mir sicher war, dass sie normal waren, beendete ich den Zauber.

„Du weißt viel über Magie, aber ich kann dir noch mehr beibringen. Wir können uns gegenseitig helfen und die Fähigkeiten des anderen verbessern", drängte er. „Wir könnten ein Team sein."

Er drehte sich um und sah Cory an. Ein dunkler Schimmer legte sich über sein Gesicht, den er schnell verschwinden ließ, und er kehrte zu dem gekünstelten, edlen Lächeln zurück, das mich ihn noch mehr verachten ließ. „Cory und Madison werden mit der gleichen Hochachtung behandelt, die wir dir entgegenbringen."

„Ich werde deine Grüße ausrichten." Ich riss sein Messer aus der Scheide und schnitt ihm die Kehle durch. Er reagierte schnell, doch es reichte nicht aus, um den oberflächlichen Schnitt an seinem Hals abzuwehren. Er verschwand und tauchte nur wenige Meter von der Tür entfernt wieder auf, jedoch außerhalb der Grenzen der *adligatura*-Sigille, die immer noch da waren, obwohl Cory und Daniel darüber getrampelt waren. Fabian wischte mit seinem Fuß darüber und brach den Kreis, während er das Blut abwischte, das seinen Hals hinunterlief. Seine Lippen zitterten vor Wut. Ein gefährlicher, kalter Ausdruck dominierte sein Gesicht, und wenn Blicke töten könnten, wäre ich tausendmal gestorben.

„Du hast deine Entscheidung getroffen, und ich habe vor, sie zu einer zu machen, die du bereuen wirst. Ich habe dir ein Bündnis angeboten, doch jetzt wirst du um Gnade betteln." Er war verschwunden, bevor ich antworten konnte.

11

Ich rannte zu Cory und versuchte, den Schlafzauber aufzuheben. Ich brauchte mehrere Variationen eines Umkehrzaubers, bevor er aufwachte. Träge und lethargisch blieb er am Boden liegen, mit dem Rücken gegen das Sofa gelehnt. Seine Haut war blass und kalt.

„Im Moment seid du und Nolan die einzigen Elfen, die ich mag, und verdammt, ich hasse Fabian", knurrte er nach ein paar Minuten, als ich ihm alles erklärt hatte, was zwischen mir und Fabian vorgefallen war. Sein Ekel und seine Wut waren greifbar, da er Fabians Bereitschaft, Elizabeth zu verraten, mit derselben Abneigung und Feindseligkeit betrachtete, die ich empfand. Fabian konnte man nicht trauen.

Es dauerte fast eine Stunde, bis Cory und seine Magie sich vollständig erholt hatten. Er versicherte sich, dass er nicht unter Nachwirkungen litt, und verbrachte eine weitere Stunde damit, Gegenstände im Raum zu bewegen, Schutz-zauber zu errichten und Kissen und weiche Gegenstände aggressiv gegen die Wand zu schleudern. Ich vermutete, er wünschte, er würde stattdessen den Elfenbesucher, der ihn verzaubert hatte, gegen die Wand schleudern.

„Schade, dass du ihn nicht getötet hast." Wut schwang in seiner Stimme mit.

„Ich habe es versucht", sagte ich schulterzuckend. Die Scham über unsere wahren dunklen Wünsche ignorierten wir, weil unsere Priorität darin bestand, den Gegenstand zu finden, der nötig war, um die Illusion der Elfen zu zerstören.

Auf der Fahrt zu Mephistos Haus, um nach dem Gegenstand in Ashers Skizze zu suchen, machte ich im Kopf eine Liste aller anderen Leute, die ihn haben könnten.

Cory drehte das Bild immer wieder und blinzelte es an. „Mir gefällt, dass dieses Bild eine komplette und totale Katastrophe ist", bemerkte er, als ich in die Auffahrt einbog.

„Was?" Ich erstickte fast an meinem Lachen.

„Geben wir es zu. Manchmal nervt es, dass Asher ein bisschen zu … er scheint einfach zu perfekt zu sein."

„Perfekt? Arrogant, herrschsüchtig, kriminell, skrupellos –"

„Ist er wirklich skrupellos?", warf Cory ein. „Er sagt den Leuten ziemlich genau, was er tun wird. Schamlos. *Hey, ich bin kurz davor, dieses oder jenes Gesetz zu brechen, um mein Rudel zu schützen. Du kannst versuchen, was dagegen zu tun, wenn du willst. Ich begrüße jede Anstrengung, die du in dieser Hinsicht unternimmst.*"

„Das Maß an Selbstvertrauen, wenn er das tut, ist pure Arroganz und Selbstgefälligkeit."

Corys Mund verzog sich, als er nachdachte. „Vielleicht. Ich glaube, dass ich durch meine Beziehung mit Alex Sympathie für den Teufel empfinde", gab er zu. „Seine Bewunderung für Asher färbt auf mich ab."

„Er ist sehr geschickt, und seine Fähigkeiten sind der Grund, warum ich vielleicht Erfolg haben könnte. Ich muss gegenüber den Leuten, mit denen ich zu tun habe, immer einen klaren Kopf bewahren. Ich weiß, wozu Asher fähig ist, und im Moment stehe ich auf der richtigen Seite. Und genieße die Vorteile. Aber wenn ich jemals auf der anderen

Seite stehe, wäre er das ultimative Problem. Das darf ich nicht vergessen.“

„Genau wie mit Landon“, erinnerte mich Cory. Ich hatte vielleicht versucht, Landons Drohung abzutun, aber Cory hatte es nicht getan. Ich sah ihn an. Er hob beschwichtigend die Hand. „Okay, ich lasse es für den Moment auf sich beruhen. Aber, Erin, nur, weil du seine Drohung ignorierst, wird sie sich nicht in Wohlgefallen auflösen.“

„Ich weiß. Ich werde einen Weg finden. Ein Problem nach dem anderen“, sagte ich, schloss das Haus auf und ging direkt in den Raum mit den magischen Objekten.

Nach einer Stunde Suche hatten wir alles, was dem Bild ähnelte, in einer Tasche verstaut. Asher würde das richtige Objekt identifizieren müssen. Ich hatte überlegt, ihn in den Raum zu lassen, aber es fühlte sich wie eine Verletzung von Mephistos Privatsphäre an. Wie ein Eindringen in meine Welt mit Mephisto.

***

„Was macht sie hier?“, fragte Cory, als wir Wendy vor meiner Tür auf- und abgehen sahen und sie ab und zu klopfte, als gäbe es eine Hintertür, durch die ich wie von Zauberhand in die Wohnung gelangen könnte. In den wenigen Minuten, die wir zusahen, wurde ihr Klopfen immer gereizter und hartnäckiger. Sie hatte mehr als ein Dutzend Mal angeklopft, als wir aus dem Auto stiegen und auf sie zugingen.

Ohne ihren theatralischen Umhang und ihre arrogante Aura sah sie nicht ganz wie sie selbst aus. Sie trug ein einfaches, weites Shirt mit einem Top darunter und eine himmelblaue Bleistifthose und sah aus wie eine Frau am Rande des Nervenzusammenbruchs. Als wir ankamen, schob sie ihre dunkle, runde Brille an ihrer Stupsnase empor. Sie seufzte genervt und strich sich ihr zotteliges dunkles Haar aus dem Gesicht, das sichtlich gerötet war.

Wendys angstgeplagter Gesichtsausdruck wich Neugier, als sie die Tasche bemerkte, die Cory auf der Schulter getragen hatte. Sie erhob sich auf die Zehenspitzen, um einen Blick in die kleine Öffnung im Reißverschluss zu werfen, die daher rührte, dass sie zum Zerreißen gefüllt war. Diese Frau war in jeder Situation eine Opportunistin.

Cory sorgte dafür, dass sie die magischen Objekte nicht sehen konnte.

Wendy mochte an meiner Tür harmlos aussehen, aber ich würde nicht vergessen, dass der selbsternannte „Maestro der Magie" schwarze Magie praktizierte, während sie Deals mit Dämonen schloss, Landon um mehrere Millionen Dollar erpresst und dasselbe mit Asher versucht hatte. Sie war eine Bedrohung.

„Wendy, was willst du?", fragte ich und lenkte ihre Aufmerksamkeit wieder auf mich. Ich öffnete die Tür, um sie hereinzulassen, obwohl sie ablehnend den Kopf schüttelte. Cory ging hinein, um die Tasche verschwinden zu lassen.

„Du musst zu mir kommen", flüsterte sie panisch und sah sich besorgt um, als vermutete sie, dass sie verfolgt wurde.

„Warum? Was ist los?"

„Ich muss es dir zeigen." Sie ging in Richtung Parkplatz und war schon einige Meter gegangen, bevor ihr auffiel, dass ich ihr nicht folgte. Wir hatten nicht die Art von Beziehung, dass ich ihr ohne Erklärung folgen würde. „Erin", zischte sie mit messerscharfer Stimme. „Ich habe dir, ohne zu fragen, aus dem Reich der Dämonen geholfen."

Das war ein interessantes Spiel mit der Wahrheit. Sie hatte mir geholfen, nachdem ich sie mehrmals angefleht hatte, und sie hatte ganz deutlich gemacht, dass sie im Gegenzug einen Gefallen, vielleicht sogar mehrere erwartete. Einer mächtigen, habgierigen Hexe mit fragwürdigen Moralvorstellungen würde ich nicht blind folgen.

„Was ist los?", fragte ich, und mein Ton war so streng, dass sie meine Frage unmöglich ignorieren oder denken konnte, es sei verhandelbar.

„Es ist nichts, was ich beschreiben kann. Du musst es sehen." Es entstand eine lange Pause. Sie sah sich um und runzelte die Stirn zur Tür. „Du erwartest doch nicht die Fee, oder?", fragte sie und meinte damit Madison. Der Anflug von Widerwillen in ihrer Stimme machte deutlich, dass sie hoffte, dass dem nicht so war.

Ich kniff die Augen zusammen. Sie kam schnell auf mich zu und sah sich nochmal um. „Du musst mir dein Wort geben, dass du sie da raushältst. Sie darf unter keinen Umständen da reingezogen werden."

„Hat das etwas mit den Feen zu tun? Ist es was Illegales, Wendy?"

„Ich brauche dein Wort."

Ich interpretierte das als Ja. Was auch immer die Situation war, die Frage war jetzt, wie schlimm sie war. Mir fielen all die Dinge ein, in die mich diese ständig Praktizierende schwarzer Magie hineinziehen könnte.

Großartig. Als hätte ich nicht schon genug Probleme.

„Ich kann nur versprechen, dass ich mein Bestes tun werde, sie da rauszuhalten, aber meine Hilfe begleicht alle Schulden, die ich dir gegenüber habe. Du wirst nie wieder zu mir kommen, um Hilfe zu verlangen. Wir sind quitt."

„Nein, du musst das in Ordnung bringen. Dann ist die Schuld erledigt", sagte sie. „Und alles – und ich meine wirklich alles – wird an diesem Tag beglichen sein." Ihre subtile Drohung war mir nicht entgangen. Obwohl ich nicht wollte, dass die ganze Welt erfuhr, was ich war, wusste ich, dass es unvermeidlich war. Aber ich wollte, dass es zu meinen Bedingungen geschah.

„Ich verstehe." Die Kühle in meiner Stimme diente als Warnung. Ich sollte mir nicht noch mehr Feinde machen, aber ich würde mich nicht von ihr erpressen lassen oder zulassen, dass die Informationen, die sie besaß, zu einer

Keule wurden, die sie schwang, wann immer es ihr passte, um ihren Willen durchzusetzen. „Ich werde dir hinterherfahren." Ich steckte meinen Kopf in die Wohnung, um Cory einzuladen, mitzukommen.

„Du kannst Cory auch dort lassen, wo er ist", verlangte sie, bevor sie zu ihrem Auto eilte.

Für jemanden, der Hilfe brauchte, war sie verdammt wählerisch, was die Quelle ihrer Hilfe anging. Ihr Beharren, ihn nicht mitkommen zu lassen, ließ mich glauben, dass eine andere Hexe die Situation nicht gutheißen würde.

Wendy ließ sich am besten als unnötig dramatisch beschreiben. Und als wir ihr Haus betraten, schmückte sie sich mit ihrem Mantel. Er wehte theatralisch hinter ihr her, während sie mich durch ihr ordentliches zweistöckiges Haus führte. Magie, Tannin, Salz und Eisenkraut lagen in der Luft. Ich folgte ihr die Treppe hinauf. Sie öffnete die Tür zu dem, was ich für ihr Gästezimmer hielt, und ich riss die Augen auf, als ich die Frau sah, die friedlich auf dem Bett schlummerte.

„Warum zum Teufel ist Adalia in deinem Haus …" Ich stockte, als ich nähertrat, weil ich nicht sehen konnte, ob sich Adalias Brust hob und senkte, um festzustellen, ob sie atmete. Es gab keine Bewegung, als die Königin des Seelie-Hofes, Madisons Hof, reglos in Wendys Gästebett lag.

„Was zur Hölle, Wendy?!"

„Ich bin vor drei Tagen aufgewacht und habe sie so gefunden", platzte sie mit zitternder Stimme heraus. Ihre kühle Fassade war verschwunden, Panik und Angst waren in jeden Zentimeter ihres Gesichts eingraviert. Es schien, als wäre all die Kraft, mit der sie ihre Emotionen unter Kontrolle gehalten hatte, in Stücke gerissen worden. „Ich lasse meine Türen nicht offen, also hat derjenige, der sie so zurückgelassen hat, meine Schutzzauber durchbrochen und sie unentdeckt hierher gebracht." Sie sprach so schnell, dass ich sie kaum verstehen konnte.

Ich stupste die Königin an. Sie bewegte sich nicht. Aber

ich konnte kleine Bewegungen ihrer Brust sehen, und ihr Puls war schwach, aber spürbar. Sie war am Leben.

„Sie ist in einer Art Schlafzustand. Ich habe jeden Zauber ausprobiert, der mir eingefallen ist, um sie zu wecken, aber es ist keine Hexenmagie." Sie begann, auf- und abzugehen. „Ich habe sogar verstärkte Magie verwendet." Ihre ausweichende Art, *dunkle Dämonenmagie* zu sagen. Ich musste einen Weg finden, sie davon abzuhalten, das weiter zu tun. Sie musste gemeldet werden. Aus dieser Praxis konnte nichts Gutes hervorgehen. Wenn der Schleier dauerhaft geschlossen werden konnte, dann musste das auch mit dem Dämonenreich möglich sein.

Als ich Adalias komaähnlichen Zustand sah, musste ich an den Medul-Zauber denken, den ich im *Mystic Souls* gesehen hatte. Es gab zwei bekannte Ausgaben dieses Buchs; Asher hatte eines, und ich hatte das andere. Wie war jemand an den Zauber gekommen?

„Ich habe alles benutzt, wozu ich Zugang hatte. Alles." Sie zeigte auf zerbrochenes, blaugrünes Glas. „Es hat die Fähigkeit, die meiste Magie nachzuahmen. Ich dachte, es könnte sie aufwecken." Ihre Stimme war vor Panik um eine Oktave gestiegen. „Es wurde während der Beschwörung zerstört, sodass ich den Zauber nicht vollenden konnte. Auf ihr liegt ein Schutzzauber, der alles zerstört, was dagegen verwendet wird." Sie nahm sanft den Arm der Königin, drehte ihn um, um den Unterarm freizulegen, und sprach einen Zauber. Ein ineinandergreifendes Halbmondsymbol leuchtete auf und verschwand dann wieder.

Das war definitiv ein Schutzzauber.

„Was willst du von mir?"

„Ich weiß, dass sie nach ihr suchen. Nimm sie mit. Sag Neri, dass sie in deinem Haus gefunden wurde. Ich darf nicht mit ihrem Verschwinden in Verbindung gebracht werden. Das würde einen Krieg anzetteln, mitgegenseitiger Vernichtung, und mein Zirkel würde mich verstoßen und mich ohne

Unterstützung oder Verteidigung zurücklassen. Die Feen würden mich töten."

Offensichtlich hatte ich viele Teile dieser Geschichte verpasst. Die Feen waren nicht die nettesten Leute auf dieser Welt – sie hatten ein Arroganzproblem, das dem der Vampire in nichts nachstand. Aber sie waren auch nicht unvernünftig. Zumindest meistens nicht. „Ich bin sicher, wenn du Neri erklären würdest, was passiert ist, würde er Verständnis haben, solange du ihm deine Hilfe anbietest."

Sie schüttelte heftig den Kopf und presste die Lippen so fest aufeinander, dass sie fast verschwanden, während die Farbe aus ihrem Gesicht wich. Es war unangenehm, diese Seite von ihr zu sehen; normalerweise war sie so von sich überzeugt und geradezu aufdringlich selbstsicher.

Ich warf einen Blick auf Adalia. Sogar im Schlaf war sie eine majestätische Schönheit.

„Ich darf damit in keiner Weise in Verbindung gebracht werden." Als Wendys Hände ihr Gesicht bedeckten, erwartete ich Tränen. Sie stieß nur ein langes, verzweifeltes Schluchzen aus. Ich zog ihre Hände weg und sah ihr in die Augen.

„Wendy, wenn ich dir helfen soll, muss ich alles wissen."

Sie winkte mich zur Tür hinaus, und ich folgte ihr die Treppe hinunter in die Küche, wo sie ihren Umhang ablegte. Ihr durchtriebenes Auftreten war verschwunden, und in ihrem derzeitigen Zustand schien es zweifelhaft, ob es wieder zum Vorschein kommen würde.

„Tee?", fragte sie und verfiel in ihren englischen Akzent, der zu kommen und zu gehen schien, je nachdem, was ihr gerade in den Sinn kam. Ich nickte und beobachtete schweigend, wie sie die losen Blätter aus der Dose nahm und den grünen Tee aufbrühte.

Als sie sich mit dem Tee zu mir an den Tisch setzte, konnte ich in ihrer Miene sehen, dass sie damit beschäftigt war, die Geschichte zu bearbeiten. Sie trank einen Schluck und sah dann aus dem Schiebefenster in den Garten, als ob ich davon so fasziniert sein könnte, dass ich die Frage vergaß.

„Wendy?", sagte ich.

„Ich habe einen Levox in meinem Besitz", sagte sie. Ich hatte davon gehört; sie funktionierten wie ein magischer Diffusor und reagierten schlecht auf starke Magie. Es war eher ein Partygeschenk der Magie. Das letzte Mal, als ich einen im Einsatz gesehen hatte, hatte eine Hexe einen Zauberkurs für Menschen gehalten und ihn benutzt, um die Teilnehmer davon zu überzeugen, dass sie zauberten, indem sie mit ihren Fingerspitzen glitzernde Worte in die Luft schrieben. Niedlich, aber harmlos. Was magische Gegenstände anging, waren sie ziemlich harmlos. Levox standen nie auf der Liste der verbotenen magischen Gegenstände und waren so zerbrechlich, dass die meisten Zauber sie unbrauchbar machten.

Ich zuckte die Achseln.

„Sie sind eigentlich nichts, wovor man Angst haben müsste, aber ich habe einen Zauber gefunden, der ihre Integrität bewahrt und es mir erlaubt hat, die Luft mit Eisen anzureichern. Kein anderes Element, ich habe sie alle ausprobiert."

Ich spürte, wie sich meine Lippen verurteilend verzogen. Sie wandte den Blick ab.

„Bist du zufällig auf den Zauber gestoßen, oder hast du viel Zeit darauf verwendet, ihn zu erfinden?"

„Magie fasziniert mich. Ich bin gut im Zaubern und habe umfassende Kenntnisse. Ich werde nicht zulassen, dass du mir das vorwirfst."

„Ich werfe dir nicht deine Neugier vor, sondern weise dich nur darauf hin, dass du sie in der Vergangenheit eingesetzt hast, um Schaden anzurichten." Darüber hinaus war sie gierig, manipulativ, und Erpressung schien ein Merkmal ihrer Persönlichkeit zu sein. „Was hat das mit den Feen zu tun, Wendy?"

Sie presste die Lippen zusammen. Ich durchbohrte sie mit einem Blick, der eine Antwort verlangte.

„Eisen schränkt ihre Magie ein. Es schien etwas zu sein, das die Feen nicht in meinem Besitz haben wollten, also habe ich ihnen die Möglichkeit gegeben, es mir abzukaufen."

Ich fluchte leise. „Wie viel?"

„Vier Millionen", flüsterte sie und beeilte sich dann, zu ihrer Verteidigung hinzuzufügen, „das können sie sich leisten."

„Hast du nichts aus der Sache mit Landon gelernt? Du bist fast gestorben, das ist dir doch klar, oder? Er wollte dich umbringen. Warum bist du so verdammt gierig?"

„Die Feen sind zivilisierter als die Vampire, und sie haben das Geld."

Ich musste meinen Kiefer aktiv entspannen, um sprechen zu können, und meine Hände in meinem Schoß ballen. Gewalt sollte nicht die Antwort sein, aber Wendy eine schallende Ohrfeige zu verpassen, schien die Antwort auf *etwas* zu sein.

„Sie haben sich geweigert und sich auf die Suche nach allen Levox gemacht. Es sind nicht so viele. Ich glaube, es gibt noch drei andere. Ich habe das Vierte. Es geht nicht nur um das Objekt, sondern auch um das Bedürfnis." Sie trank einen Schluck aus ihrer Tasse. „Sie wollten es nicht bezahlen. Nicht einmal einen niedrigeren Preis aushandeln. Und" – sie gestikulierte mit der Hand in Richtung der Treppe, die zum Gästezimmer führte – „waren so unvernünftig, von mir zu erwarten, dass ich ihnen den Zauber übergebe und nie wieder davon spreche."

„Hast du nie ganz normale Höflichkeit im Umgang mit anderen gelernt?" Ich stand auf und beugte mich über sie. „Was du getan hast, war absolut abscheulich."

„Abscheulich", keifte sie. „Das ist extrem. Der Betrag, den

ich verlangt habe, war nicht unvernünftig. Die Feen können es sich leisten.“

Ich schnaubte. „Es würde nicht nur die Seelie betreffen, sondern alle Feen.“

„Sie sind die Stärksten und der Hof ist in der Lage, meiner Bitte nachzukommen.“

„Bitte? Das war keine Bitte. Es war Erpressung.“ Ich stand auf und ging im Zimmer auf und ab, um die Energie abzubauen, die in mir pulsierte. Ich fuhr mir mit der Hand durchs Haar, Hitze strahlte von meiner Kopfhaut aus. Wut vibrierte in mir, weil ich es schon wieder mit jemandem zu tun hatte, der Madison in Gefahr gebracht hatte.

„Ich übernehme keine Verantwortung für Adalia.“

„Ich kann den Zauber, der sie in diesem Zustand hält, nicht brechen. Ich habe alles versucht. Du hast viel mehr Ressourcen als ich. Und“ – ihr Gesicht wurde rot – „Mephisto reagiert nicht auf meine Anrufe.“

„Warum versuchst du, ihn zu kontaktieren?“

„Er ist ein Sammler und hat gute Beziehungen. Ich wollte den Zauber gegen Hilfe eintauschen.“

Bei diesem Bullshit konnte ich leicht zwischen den Zeilen lesen. Als die Feen sich geweigert hatten, sie zu bezahlen, wollte sie ihn Mephisto anbieten, so wie sie es mit dem *Amber Crocus* getan hatte, mit dem man Vampire töten konnte und das sie gezüchtet hatte, um sie zu erpressen. Ich weigerte mich, ihr irgendeinen Raum für Täuschungen zu geben, und stellte sie zur Rede.

Die Spur von Scham und Reue, die sie für einen flüchtigen Moment gezeigt hatte, war verschwunden und wurde durch Empörung ersetzt. „Ich bin talentiert und weiß eine Menge. Warum sollte ich nicht davon profitieren?“, spie sie.

„Niemand hat gesagt, dass du das nicht solltest. Aber ich nehme an, dass du den Zauber nicht allein erfunden hast. Du hast dunkle Magie praktiziert. Du bist also nicht *so* talentiert, du bist skrupellos und unmoralisch.“

„Aber ich war nicht diejenige, die im Reich der Dämonen gefangen war“, zischte sie, stand auf und baute sich vor mir auf, um ihren Vorwurf zu untermauern.

„Dann viel Glück mit dieser Situation“, sagte ich und wandte mich zum Gehen.

„Neri wird mich umbringen, wenn ich mit dem, was mit Adalia los ist, in Verbindung gebracht werde.“

„Da bin ich mir sicher. Und qualvoll wird es auch sein. Er könnte versuchen, einen Weg zu finden, dich zurückzuholen, nur um das Vergnügen zu haben, dich nochmal zu töten. Wenn sie stirbt, wird dein Zirkel einen Krieg ausfechten müssen. Der Zirkel könnte gewinnen, aber du wirst sicher verbannt.“

Ich hatte andere Sorgen als eine Hexe, die regelmäßig schwarze Magie praktizierte und die Moral eines geldgierigen Mafioso hatte.

„Bitte“, sagte sie, als ich die Tür öffnete. Sie hielt meine Hand fest und senkte ihren Kopf in einer unterwürfigen Geste, bei der mir unbehaglich wurde. Wendy war verzweifelt. Verzweifelte Leute taten verzweifelte Dinge, um sich selbst zu retten. Ich wollte nicht, dass ihre Verzweiflung dazu führte, dass sie den Zauber an jeden verkaufte oder eintauschte, der behauptete, ihr helfen zu können. Daraus konnte nichts Gutes entstehen.

„Ich werde helfen, aber ganz sicher nicht umsonst. Ich bin dir was schuldig dafür, dass du mich aus dem Reich der Dämonen befreit hast, aber was das mit sich bringen wird, begleicht mehr als jede Schuld, die ich dir gegenüber habe. Damit begleiche ich nicht nur die Schuld, sondern ich will auch den Zauber und einen Blutschwur, dass du nie wieder Zauber wirken wirst, die anderen Übernatürlichen schaden könnten. Du wirst aus keinem Grund mehr Dämonen beschwören. Du wirst nur noch natürliche Magie praktizieren.“

„Wie ich meine Magie praktiziere, kannst du mir nicht

vorschreiben." Der letzte Rest von Arroganz und selbstgefälliger Empörung bäumte sich auf.

„Normalerweise würde mich das einen Dreck scheren, aber du bist eine Bedrohung, und du bist skrupellos – und das kommt von jemandem, der mit den Zwielichtigsten der Zwielichtigen gearbeitet hat. Und selbst unter ihnen bist du noch immer ziemlich schlimm."

Die Beleidigung kam nicht an. Wie bei den meisten tut es nur weh, wenn einem die Quelle etwas bedeutete. Wendy mochte mich wahrscheinlich genauso wenig wie ich sie. Ich war nur ein Mittel zum Zweck.

Sie presste die Lippen zu einer schmalen Linie zusammen, während sie alles unterdrückte, was sie mir sagen wollte. Es tobte in ihren Augen und funkelte bedrohlich.

„Sind wir uns einig?", fragte ich.

Sie sah mich nachdenklich an und dachte so lange über meine Bedingungen nach, dass ich vermutete, sie würde ablehnen und ihr Glück woanders versuchen. Wenn es die anderen Feen gewesen wären, hätte sie es vielleicht riskiert. Aber Neris Verehrung für Adalia war allgemein bekannt. Ich war überrascht, dass er nicht die ganze Stadt in Brand setzte, um nach ihr zu suchen.

Sie neigte kaum den Kopf, um zu nicken.

„Ich brauche ein Video von den Malen, und sie muss hierbleiben. Cory und ich werden zurückkommen, damit du den Eid unterschreiben kannst."

Sie warf mir einen bösen Blick zu. Dachte sie etwa, ich würde ohne einen unterschriebenen Eid anfangen, daran zu arbeiten? Sie war niemand, mit dem ich jemals eine Vereinbarung per Handschlag eingehen würde.

Es war eine extreme Vereinbarung, und ich hatte kein gutes Gefühl dabei, sie in ihrer Not auszunutzen, aber angesichts der Richtung, die sie eingeschlagen hatte, ersparte ich ihr damit zukünftige Probleme. Und rettete vielleicht sogar ihr Leben.

12

Als ich Wendys Haus verließ, warf ich einen Blick auf mein Telefon, um die zahlreichen Benachrichtigungen über entgangene Nachrichten und Anrufe zu überprüfen. Es gab sogar eine Voicemail. Alle von Madison. Kurze, prägnante SMS: „Wo bist du?" „Was ist los?" „Ruf mich an!" „Ich kann diese Situation nicht stoppen." Welche Situation? Kryptische Nachrichten, die offensichtlich in Eile oder unter wachsamen Augen verschickt worden waren. An Wendys Tür wurde mir ganz kalt, als Madisons verzweifelte Stimme mich warnte, dass Neri glaubte, ich hätte mit Adalias Entführung zu tun und dass die Feen hinter mir her waren. So viele Fragen gingen mir durch den Kopf, wie ich damit in Verbindung gebracht worden war. Hatte Wendy es getan, um zu verhindern, dass sie selbst verdächtigt wurde? Das traute ich ihr zu.

Bevor ich Madisons Anruf erwidern konnte, hörte ich sie. „Wendy Hoffster und Erin Jensen, ich muss mit euch sprechen." Madisons professionell strenge Stimme begleitete das Klopfen an der Tür. Ich murmelte einen Fluch und dachte nur an einen Versuch, mit Adalia wegzuwynden. Obwohl ich mir nicht sicher war, ob es funktionieren würde, machte ich mich auf den Weg zum Gästezimmer.

„Erin, komm zur Tür!" Madisons flehende Stimme war die subtile Aufforderung, die Dinge nicht noch schlimmer zu machen.

„Wendy, mach die Tür auf, sonst wird sie aufgebrochen", befahl Madison, als niemand reagierte.

Wendy sah mich an und wartete auf eine Antwort, was mir klarmachte, dass sie mir nichts angehängt hatte. Sie war genauso verwirrt wie ich. Mein Blick huschte zur Hintertür, aber ich konnte eine schattenhafte Gestalt durch die Vorhänge sehen. Flucht war keine Option.

„Geh aufmachen", formte ich mit den Lippen.

Sie bewegte sich im Schneckentempo, und jede Farbe wich aus ihrem Gesicht, als Neris Stimme verlangte, dass die Tür aufgebrochen wurde. Es lag solch greifbare kalte Grausamkeit darin, dass es keinen Zweifel daran gab, dass er von Adelias Anwesenheit im Haus wusste.

Wendy zog die Tür einen Spaltbreit auf, sodass ich nur einen versperrten Blick auf Madison und Neri erhaschen konnte. Er stieß die Tür weiter auf, und uniformierte Feenwachen strömten ins Haus. Einer zielte mit einem Pfeil auf Wendys Brust, ein anderer auf meinen Kopf. Neris messerscharfer Blick wanderte über mich und dann zu Wendy. Sein Körper zitterte vor kaum zurückgehaltener Wut. Madison und Mitglieder der Supernatural Task Force strömten hinterher und befahlen den Feenwachen, ihre Waffen zu senken. Sie gehorchten nicht.

Magie und heftige Spannung überfluteten den Raum.

„Ich werde Sie nicht noch einmal auffordern", sagte Madison zu den Wachen. Neri nickte, und sie senkten ihre Waffen, sodass die STF die Führung übernehmen konnte. Die Hände der STF-Magier waren so positioniert, dass sie mich mit Magie unterwerfen konnten. Zwei Wandler der Supernatural Task Force standen da, zweifellos zwischen den

Befehlen, die sie von Asher erhielten, und ihren Pflichten als STF-Agenten hin- und hergerissen. In ihren Gesichtern war deutlich zu erkennen, dass sie mit Neris Team zurechtkommen mussten, das nur darauf brannte, seinen Zorn ausschließlich an mir auszulassen, und das Ziel der STF, denjenigen zu finden, der Adalia entführt hatte, und wahrscheinlich auch Ashers Befehl, mich um jeden Preis zu beschützen. Ich beneidete sie nicht um ihre Situation.

„Wo ist sie?", fragte Neri mit zusammengebissenen Zähnen.

„Wer?" Wendy antwortete mit einer Unschuld, die mich getäuscht hätte, wenn ich die Wahrheit nicht gewusst hätte. Ich hielt meine Augen auf die Leute vor mir gerichtet, um sie nicht mit ehrfürchtigem Unglauben anzustarren. Wendys Fähigkeit zu lügen war eines Soziopathen würdig. Sie war eine größere Bedrohung, als ich vermutet hatte.

„Neri, du kannst sie nicht befragen. Du willst, dass das richtig gemacht wird?"

Madison zuckte zusammen, als er seinen Zorn auf sie richtete. „Erin und diese Hexe sind an Adalias Entführung beteiligt. Du hast Erin zu oft beschützt. Wenn sie involviert ist, wie kann ich dann darauf vertrauen, dass du keine Mühen gescheut hast? Es waren *meine* Quellen, die herausgefunden haben, wo Adalia ist."

„Ich habe gern geholfen", sagte Elizabeth mit zuckersüßer Stimme, als sie in den Raum glitt. Meine Hände ballten sich so fest, dass meine Nägel sich schmerzhaft in meine Handflächen bohrten. Mein Magen zog sich zusammen bei der geheuchelten Verbeugung, die sie vor Neri machte. Er wusste nicht, dass sie Fabian noch vor wenigen Tagen geholfen hatte, die Androhung des Todes aller Feen als Verhandlungsinstrument einzusetzen.

„Ihr alle habt mich vielleicht verleugnet, aber ich würde euch nie dasselbe antun. Die Sicherheit der Feen wird mir immer wichtig sein. Und die der Königin, das Wichtigste.

Sucht nach der Königin! Sie ist hier bei ihnen in großer Gefahr", sagte Elizabeth und runzelte die Stirn. Sie zeigte auf Wendy. „Diese hier macht Geschäfte mit Dämonen und verstößt damit gegen die Regeln ihres Zirkels. Sie hat ihren natürlichen Praktiken den Rücken gekehrt. Sie praktiziert dunkle Magie. Ihr Zirkel ist darüber informiert und auch über ihre Verbindung mit Erin. Ich glaube, sie hat einen Pakt mit einem Dämon geschlossen, um den Körper der Königin zu bekommen. Er braucht nur den Körper." Sie winkte abwertend in meine Richtung. „Ich vermute, die hier wird die Magie nehmen."

Das sah schlimm aus. Schrecklich. *Fuck!*

„Können wir das Haus durchsuchen?" Nur sehr wenige STF-Gesetze spiegelten die menschlichen Gesetze wider, doch dieses war eines. Unrechtmäßige Durchsuchungen waren nicht erlaubt, aber die Bitte abzulehnen stank nach Schuld.

„Ich will meine Zirkelälteste."

„Ihre Älteste wurde kontaktiert, bevor wir hergekommen sind", sagte einer der Hexenmeister der STF, bevor er den Blick senkte. „Sie hat eine Beteiligung abgelehnt."

Wendy holte schwer Luft. Sie stand ohne Zirkel da und würde keine der damit verbundenen Vorteile genießen.

Neri knurrte verächtlich und drängte sich an mir und Wendy vorbei, gefolgt von seinen Wachen. „Ich muss mich nicht an diese lächerlichen Regeln halten. Wenn Adalia hier ist, erteile ich euch die Erlaubnis, um euer Leben zu flehen."

Sie schwärmten aus und gingen Madisons Einwänden zum Trotz zielstrebig durch die Räume. Ihre Augen waren emotional und zeigten die verschiedenen Szenarien, die ihr durch den Kopf gingen und wie jedes davon mich, ihre Karriere und das Gleichgewicht der übernatürlichen Gemeinschaft beeinflussen würde. Als ihr Blick schließlich in meine Richtung wanderte, hielt ich ihn fest und schüttelte den Kopf, in der Hoffnung, meine Botschaft rüberzubringen: *Ruiniere nicht deine Karriere und deinen Ruf bei Neri für mich.*

„Haben wir deine Erlaubnis, das Haus zu durchsuchen?", fragte Madison erneut.

Die Niederlage hatte Wendys Gesicht verfinstert und von der Frau, mit der ich zuvor zu tun gehabt hatte, fehlte jede Spur. „Mir egal", brachte sie mit leiser, heiserer Stimme hervor.

Madison und ihr Team folgten den Wachen, und das Haus füllte sich mit Lärm und Chaos. Neri kam mit Adalia in den Armen zurück, begleitet von einer Explosion von Flüchen und Gewaltandrohungen.

„Was ist los mit ihr?", wollte er wissen und legte Adalias reglosen Körper behutsam auf das Sofa.

„Ich weiß es nicht", antwortete Wendy leise und saugte damit alle Feindseligkeit und Wut aus mir heraus. Ich konnte sie nicht treten, während sie am Boden lag, und wir steckten gemeinsam in dieser Situation, verbunden durch eine Intrige, die unsere Vergangenheit ausnutzte.

„Es ist ein Zauber, um ihre Magie abzuzapfen, damit sie von jemand anderem verwendet werden kann", erklärte Elizabeth und navigierte um alle herum. „Darf ich?" Sie spielte immer noch die Ehrfürchtige vor den Feen und bat um Erlaubnis, Adalia berühren zu dürfen.

Sie sprach einen Zauberspruch, der das Zeichen, dass ich zuvor gesehen hatte, sichtbar machte. „Die Person, die ihre Magie absaugt, wird dasselbe haben. Erin, deinen Arm."

Ich streckte meinen Arm ohne zu zögern aus, überzeugt, damit meine Unschuld zu beweisen. Nachdem sie den Zauberspruch gesprochen hatte, strich eine eisige Brise um mein Handgelenk und enthüllte ein identisches Zeichen. Es war ein vertrauter Schimmer, den ich bei Fabians Berührung gespürt hatte. Der schüchterne Blick, den er mir zugeworfen hatte, war eine Täuschung gewesen. Es war nie darum gegangen, um Verständnis zu bitten, sondern darum, eine

Falle vorzubereiten für den Fall, dass ich ihn abwies. Elizabeth hatte keine Ahnung, dass dieser heimtückische Plan eine Folge meiner Ablehnung seines Angebots war, sie zu opfern. Buchstäblich.

„Ich denke, ich kann das rückgängig machen. Darf ich es versuchen?" Natürlich konnte sie ihn rückgängig machen, denn sie war die Architektin des Zaubers.

Elizabeth ging auf die Knie und bat mit viel Getue um verschiedene Zutaten. Mit dem, was Wendy in ihrem Haus hatte, und dem, was der Magier und die Hexen dabeihatten, hatte sie alles, was sie brauchte. Augenblicke später löste sich durch die Anrufung des Zaubers goldene Glut von Adalias Körper, als würde sie entfesselt. Die Zeichen lösten sich von meinem Arm und schlossen sich dem Zeichen von Adalias Arm an, wanden sich umeinander und verschwanden. Sie rührte sich, wachte aber nicht auf. Ihre Atmung beschleunigte sich merklich, und die Blässe wich aus ihrem Gesicht, was ihre Schönheit und Lebendigkeit erahnen ließ.

„Ich hatte nichts zu tun –" Wendys Verteidigung wurde unterbrochen, als Neri sich auf sie stürzte, sie gegen die Wand drückte und ihr ein Messer an die Kehle drückte. Ein Rinnsal Blut quoll von der Spitze, die sich in ihre Haut drückte, und lief ihren Hals hinunter.

„Wolltest du meine Königin einem Dämon übergeben?", knurrte er.

„Nein. Überhaupt nicht. Ich gebe dir mein Wort."

„Dein Wort bedeutet nichts", zischte er. Er zog die Klinge zurück, um noch mehr Schaden anzurichten, als ein Wandler schnell seinen Arm packte. „Lass mich los, Wolf!" Das Gift, das er in das Wort *Wolf* legte, war ein weiser Ersatz für das abscheuliche Ding, das er ihn nennen wollte.

„Neri, wenn du sie tötest, wirst auch du verhaftet. Da ihre Älteste nicht mehr beteiligt ist und sie nicht länger dem Zirkel angehört, kann das keine Angelegenheit zwischen dem Zirkel und dem Hof sein", erinnerte ihn Madison. Es sah nicht so aus, als ob es Neri interessierte, und in seinen Augen war weder Nachdenken noch Berechnung. Nur Zorn. Er würde sich nicht mit ihrem Tod allein zufriedengeben. Auch meiner würde der Preis sein. Ich vermutete, dass Madison ebenfalls eine Form der Bestrafung und Meidung allein durch ihre Verbindung mit mir erleiden würde.

„Töte sie. Dann töte mich als Nächste und du wirst im Stygian landen. Daran führt kein Weg vorbei, und alles wäre umsonst gewesen. Du rettest deine Königin nur, um nicht bei ihr zu sein", sagte ich.

Sein Blick schoss in meine Richtung. Es spielte keine Rolle, denn unser Tod hatte oberste Priorität.

„Hört auf!", rief Adalia und setzte sich auf. Sie sah ihr Nachthemd an, dann ließ sie den Blick durch das Zimmer schweifen, um zu verstehen, und hatte einen Moment der Erkenntnis, als sie Elizabeth sah. Ich bemerkte, dass Elizabeths Hände um Adalias Arme geschlossen waren. Sie sollte in keiner Weise Kontakt mit ihr haben.

„Elizabeth, ich habe Fragen", sagte Madison und winkte sie zu sich.

Ärger huschte über ihr Gesicht, und mit großer Mühe gelang es ihr, ihn zu unterdrücken. „Natürlich."

Neri hatte Wendy losgelassen, die sich den Hals rieb und mit der Wendung der Ereignisse rang.

„Wie kommt es, dass Sie in diese Sache verwickelt sind?", fragte Madison.

„Sie wissen, wer ich bin." Nicht die Halbelfe/Fee-Nemesis, sondern die Frau in Schwarz, die Kleidung, die sie wieder gewählt hatte, als wüsste sie, dass ihre Rolle Teil der Ermittlungen sein würde. „Die Leute kommen zu mir, wenn sie Hilfe brauchen. Ich glaube, Sie haben keine Ahnung, wie sehr die Leute Erin fürchten. Sie kann den Tod verursachen. Sie hat schon zuvor getötet." Sie richtete ihre Aufmerksamkeit auf mich. „Ich hoffe, sie wird diesmal angemessen für ihre Taten bestraft."

„Fahren Sie fort", drängte Madison in die andere Richtung. „Können Sie mir die Namen der Leute nennen, die bei Ihnen Schutz vor Erin gesucht haben?"

„Ich lege großen Wert auf meine Diskretion. Angesichts der Menge, die sich draußen versammelt hat, und der Publizität, die das hier erzeugen wird, bin ich mir ziemlich sicher, dass sie sich melden werden." Natürlich würde sie der Ansporn sein.

„Sie müssen verstehen, ich brauche diese Namen, um Ihre Aussage zu überprüfen", sagte Madison, um Zweifel zu säen. „Ich muss Ihnen nicht sagen, dass es falsche Behauptungen geben wird, wenn Dinge sensationalisiert werden, wie es hier der Fall sein wird. Ich brauche Ihre Kooperation – zum Wohle der Ermittlungen."

Elizabeths zuckersüßes Lächeln wäre entwaffnend gewesen, wenn keine Drohung dahinter gewesen wäre. „Natürlich." Aber sie nannte keine Namen, und es war offensichtlich, dass sie nicht die Absicht hatte, es zu tun.

„Um Magie von Adalia abzuzapfen, müsste Miss Jensen Magie besitzen, um den Zauber auszuführen. Wie hat sie eine solche Leistung vollbracht, ohne Magie anwenden zu können?", widersprach Madison.

Elizabeth zuckte mit den Schultern. „Vielleicht sollten Sie das sie fragen. Aber Sie haben dasselbe gesehen wie Neri. Sie war an Adalia gebunden und hat ihr Magie abgezapft. Ihr Einfallsreichtum ist erstaunlich. Das ist Ihnen doch sicher bewusst."

„Ich verlange, dass sie verhaftet werden", polterte Neri.

Ich wollte darauf hinweisen, dass es unvermeidlich war, dass Wendy und ich verhaftet würden, und dass das nichts mit seinem Geschrei und seinen großspurigen Forderungen zu tun hatte.

Mit einem bedauernden Blick nickte Madison den Beamten zu. Das war nicht ihre Abteilung, und sie war nur beteiligt, weil sie eine Fee war und Neris es verlangt hatte. Sie war aus der Ermittlungsabteilung befördert worden und leitete nun ihre eigene. Dies war ein Fall, der große Aufmerksamkeit erregte. Sie musste sich strikt an die Regeln halten und ihn dem Leiter der Ermittlungsabteilung für schwere Verbrechen übergeben. Entführung und magischer Mord waren schwere Verbrechen.

Verdammt. Ich war am Arsch.

Wendy wurden Iridium-Handschellen angelegt. Zwei Hexen standen neben mir und sahen Madison fragend an.

„Wenn sie Adalia Magie entzogen hat, dann sollte sie jetzt keine Magie haben", sagte Madison. Wir tauschten einen Blick aus. „Es ist besser, wir gehen auf Nummer sicher. Iridium-Handschellen."

Elizabeth biss die Zähne zusammen, konnte aber nichts sagen oder tun, um sie zu drängen, Palladium zu verwenden, das laut Literatur nur gegen eine ausgestorbene Gruppe von Wesen eingesetzt wurde. Warum sollte sie so etwas aus heiterem Himmel vorschlagen?

Sie erhielt ein wohlverdientes Grinsen von mir, als mir meine Rechte vorgelesen wurden und ich abgeführt wurde. Wenn nötig, konnte ich entkommen. Es war Plan D oder sowas in der Art. Als Flüchtling zu leben war jedoch nicht gerade das, was ich tun wollte.

Eine Menschenmenge hatte sich versammelt und starrte mich zum zweiten Mal in meinem Leben an. Neri warf mir wütende Blicke zu, als sie mich zum Auto führten, und Fabian tauchte mit zynischer Freude im Gesicht aus der Menge auf. Ich versteifte mich, als ein Cop mich anstieß, ins Auto zu steigen, und sah Neri in die Augen.

„Ich habe das nicht getan, aber ich werde herausfinden, wer es war. Und ich werde diejenigen dafür bezahlen lassen." Ich schwor es Neri, aber es war für Fabians Ohren bestimmt. Meine Worte bedeuteten Neri nichts, der weder von meiner noch von Wendys Unschuld überzeugt war. Seine Rache wurde aufgeschoben, bis er wusste, welche Konsequenzen ich erleiden würde.

Wendys teilnahmsloser Blick sprach nicht von einer unschuldigen Person, sondern von einer, der es egal war, was passierte. Angst musste sie dazu getrieben haben. Wenn wir für schuldig befunden wurden, würden wir ins Stygian gehen, ein übernatürliches Gefängnis, das für diejenigen reserviert war, deren Verbrechen nicht mit der Unterstützung ihrer Sekte geahndet und reduziert werden konnten oder die von ihrer Sekte ausgestoßen worden waren und nicht mehr ihre Unterstützung hatten. In vielen Fällen hielten sie einen für unverbesserlich und wollten nichts mehr mit einem zu tun haben. Sie machten einen zum Opferlamm für PR oder um wütende Menschengruppen zu besänftigen, die sich über ein Verhalten aufregten, und als Beweis, dass Übernatürliche für ihre Verbrechen zur Rechenschaft gezogen wurden. Die Magier hatten mich nie für sich beansprucht, selbst als der Rest der Welt dachte, ich sei ein Todesmagier. Götter und Elfen waren unbekannt. Ich war allein. Wendy auch.

Ich werde dich töten. Das stille Versprechen stand mir ins Gesicht geschrieben. Fabian sah es und spürte wahrscheinlich meine pulsierende Wut, obwohl es nicht ausreichte, um sein zufriedenes Grinsen zu vertreiben, als ich im Streifenwagen saß. Er sah mir in die Augen, als der Wagen losfuhr. Ich konnte nicht alle Worte verstehen, die er sagte, aber ich hörte zwei davon. „Betteln" und „Gnade".

Jemand würde um Gnade betteln, aber sicher nicht ich.

13

Die Handschellen waren gegen einen Iridiumreif um meinen Arm getauscht worden, als ich dem leitenden Ermittler des MMC – *Major Magical Crimes* – Department, gegenübersaß, einem Wandler, der Lügen erkennen oder zumindest selbst leichte Veränderungen meiner Vitalfunktionen wahrnehmen konnte. Er sah aus, als wäre er Mitte bis Ende vierzig, was kein wirklicher Indikator für sein Alter war. Wandler alterten langsamer und sahen nie wirklich ihrem Alter entsprechend aus. Ein paar Falten in seiner gebräunten Haut. Mehr als zwei Meter groß und massig. Auch wenn er einen knitterfreien Anzug trug, schien er sich alles andere als wohl darin zu fühlen. Ich wusste nicht viel über ihn, außer, dass er ein Bärenwandler war, was nicht zu übersehen war. Bärenwandler waren selten und schlossen sich normalerweise nicht den Wolfs- oder Löwenrudeln an. Wenn es wenige einer Art gab, wie bei den Ursidae und Equidae, konnten einzelne Tiere einer Nebengruppe angehören, entschieden sich aber oft dagegen. Die STF stellte sie gern ein, weil sie keinem Rudel verpflichtet waren.

„Das ist ein Entgegenkommen meinerseits, keine Verpflichtung", erinnerte er Madison, als sie sich neben ihn

141

setzte. Es war mehr als ein Entgegenkommen: Madison kam herein, um mir mitzuteilen, dass mein Anwalt unterwegs war. Ich hatte bis zu ihrer Ankunft geschwiegen. In der Stimme des Wandlers lag ein Vorwurf. Die Anschuldigungen und das Misstrauen gegenüber der Abteilung wurden lästig. Madisons Miene machte es schwierig, sich auf den Wandler zu konzentrieren, der mich verhörte, und nicht zu versuchen, sie wegen der Situation zu trösten.

Meine Aufmerksamkeit richtete sich auf die Fessel an meinem Arm. Während der Wandler dieselben Fragen wiederholte, die er mir in den letzten zehn Minuten gestellt hatte, antwortete ich. Er warf einen Blick in Madisons Richtung, da ihm bewusst war, dass sie der Grund für meine Kooperation war. Ich war mit meinen Antworten vorsichtig.

Seine finstere Miene verschwand schnell, wurde jedoch nicht durch Lesbares ersetzt. Er musterte mich ein paar Minuten lang, nachdem ich zum dritten oder vierten Mal darauf bestanden hatte, dass jemand versuchte, mir das anzuhängen. Er lehnte sich entspannt in seinem Stuhl zurück, seine Finger hinter dem Kopf verschränkt, und seine scharfen karamellbraunen Augen auf mich gerichtet. „Wie wurden Sie hereingelegt, Erin?"

Ich hatte keine Ahnung, und während ich in der Zelle gewartet hatte, hatte ich krampfhaft versuchte, es herauszufinden. Hatten sie den Pflanzenzauber verwendet? Hatte Elizabeth Kontakt zu Adalia gehabt und den Zauber auf sie und Tage später Fabian auf mich angewendet? Wie lange hatten sie daran gearbeitet, mich so hereinzulegen? Ich wollte auch Antworten, und ich konnte sie im Gefängnis nicht bekommen.

Die unbeantworteten Fragen gingen mir durch den Kopf, während ich überlegte, ob ich die Existenz der Elfen, meine Beziehung zu ihnen und Fabians und Elizabeths Entschlossenheit, mich zu vernichten, offenlegen sollte. Wenn überhaupt, würde das begründete Zweifel wecken und einen alternativen Verdächtigen aufzeigen.

„Ich weiß nicht", gab ich zu. „Aber ich muss es herausfinden."

„Sie wollen Detektiv spielen?"

„Wenn Sie es nicht tun, muss ich", erwiderte ich und bereute es sofort, als er mich ansah, als wäre ich ein Fisch und er bereit, sich in seinen Grizzly zu verwandeln.

„Das wird weiter untersucht", sagte Madison und erntete einen finsteren Blick vom Wandler.

„Natürlich wird es weiter untersucht, aber die Beweise, die wir haben, scheinen nicht zu Ihren Gunsten zu sprechen. Das ist Ihnen egal, oder? Sie leben nach anderen Regeln." Seine Worte wurden schärfer und sengender. Seine Lippen pressten sich zu einer schmalen Linie zusammen, als er mich abschätzend ansah. „Ich habe mehrere Anrufe von Asher bekommen." Das half mir natürlich überhaupt nicht. „Glauben Sie, dass sein ungerechtfertigtes Anspruchsdenken auch Ihnen zusteht?"

„Bei allem Respekt. Ihre Beziehung zum Rudel hat nichts damit zu tun, warum sie hier ist", protestierte Madison.

Sein tiefes Grollen durchbrach die Stille. „Ich habe kein Anspruchsdenken", sagte ich. „Ich will Gerechtigkeit. Wollen Sie nicht, dass der oder die Richtige gefunden wird?"

„Ah", murmelte er. „Natürlich haben wir nicht die Richtige, oder?"

„Sie zaubern nicht, also wissen Sie nicht, wozu manche Praktizierende fähig sind", sagte ich.

Er nickte langsam. „Ja, aber ich habe" – er blickte demonstrativ auf seinen Notizblock – „Elizabeth interviewt und sie scheint zu glauben, dass Sie sich Magie geliehen haben, um den Zauber auszuführen. Hatten Sie kürzlich mit Adalia Kontakt?"

„Nein."

Er sah wieder auf seine Notizen und runzelte die Stirn,

als ob meine Antwort seinen Informationen widersprach. Die Befragung ging weiter, bis Van, der Anwalt der Wandler, eintraf, alle weiteren Fragen unterband und mir erklärte, wie unklug es sei, irgendetwas zu sagen.

Van ging neben mir her, als wir nach meiner Kautionsanhörung zu seinem Auto gingen. „Ihre Kaution ist höher als alles, was ich je für einen meiner Klienten erwirken musste. Ich schätze, unschuldig bis die Schuld bewiesen ist, bedeutet diesen Leuten nichts.“

Die hohe Kaution war zweifellos durch den *Vorfall* und den Einfluss, den Neri hatte, motiviert. Ich war so damit beschäftigt, wie sehr ich dem Rudel jetzt verpflichtet war, dass ich erschrak, als Van seine Hand auf meinen Rücken legte und mich auf die draußen stehenden Beamten zusteuerte. Sie behielten uns misstrauisch im Auge, als er sein Handy herauszog und einen Anruf tätigte.

„Der Fahrer wird uns hier treffen“, sagte er zu mir. Dann folgte ich seinem Finger, als er auf die beiden finster dreinblickenden Feen zeigte, die in der Richtung standen, aus der wir gekommen waren.

Das würde mein Leben sein, bis ich bewiesen hatte, dass ich nichts mit Adalias Entführung zu tun hatte. Wenn sie die Geschichte glaubten, dass ich ihre Magie abgezapft hatte, um sie einem Dämon auszuliefern, würden sie Rache wollen.

Ich begegnete ihrem kalten Blick. Wenn sie erwarteten, dass ich Angst hatte, irrten sie sich.

„Fordern Sie sie nicht heraus“, flüsterte Van. Als Mensch hatte er es meistens mit Wandlern zu tun. Es war nie eine gute Idee, einem Wandler in die Augen zu starren, doch bei Feen war es ein Zeichen von Standhaftigkeit. Aufrichtigkeit.

„Sie werden es nicht als Herausforderung betrachten. Ich bin nicht schuldig.“

„Oder sie werden es so interpretieren, dass Sie sich mit Ihrem Verbrechen wohlfühlen. Das Einzige, was in dieser

Situation helfen wird, sind echte Beweise", sagte Van und nickte zu dem Auto, das gerade vorgefahren war.

Meine Tür schwang auf, bevor ich die Schlüssel aus meiner Tasche holen konnte. Auf dem Weg in meine Wohnung stieg ich über den großen Wolf, der vor meiner Tür ruhte. „Hallo, Daniel", begrüßte ich ihn.

„Madison hat mich über das meiste aufgeklärt", sagte Cory und trat zur Seite, um mich und den Wolf hereinzulassen. „Sie versucht zu beweisen, dass es Elizabeth war."

„Und Fabian", fügte ich hinzu und erklärte meine Vermutungen über seine Rolle.

Daniel trabte mit der kleinen Tüte im Maul vorbei, die neben dem riesigen Geschöpf winzig wirkte. Er verschwand im Badezimmer und beherzigte die Schelte, die ich ihm am Vortag erteilt hatte, weil er im Wohnzimmer gewandelt und allen seine Weichteile gezeigt hatte. Als er in zerknittertem T-Shirt und Jogginghose wieder herauskam, schenkte er mir ein mitfühlendes Lächeln.

„Du hast einfach kein Glück, oder?", sagte er.

„Sieht so aus", gab ich schulterzuckend zu. Aber wenn das Schicksal mir keines geben wollte, beschloss ich, es selbst zu tun.

„Ich muss mit Asher reden", sagte ich und sah mich nach der Tasche mit den magischen Objekten um, die wir aus Mephistos Sammlung geholt hatten.

Asher hatte weder auf die beiden SMS, die ich hinterlassen hatte, noch auf meine Anrufe geantwortet, aber Daniel hatte eine Idee, wo er zu finden war. Er fuhr uns zu einem großen Haus im Ranch-Stil, vor dem eines der Autos parkte, die ich Asher hatte fahren sehen.

Dass sich Türen öffneten, bevor ich meine Ankunft durch Klopfen ankündigen konnte, war etwas, an das ich mich nie gewöhnen würde, egal, wie oft es passierte. Im Haus begrüßte uns Asher mit einem starren Lächeln und einem tiefen Seufzer, von dem ich sicher war, dass er das Ergebnis des Umgangs mit der Bewohnerin des Hauses war. Miss Harp saß in einem bequemen Ledersessel und sah sich eine Gerichtsshow an, die ich nicht kannte. Sie nippte an einer Tasse, von der ich wusste, dass darin mehr Kahlua als Kaffee war, und gab sich alle Mühe, Dr. Marisol Reyes zu ignorieren, die Angehörige eines anderen Rudels, die mit dem von Asher zusammenarbeitete, um herauszufinden, warum Miss Harp so auf den Vollmond reagierte.

„Ist einer dieser Gegenstände das Ding, das Elizabeth während des Zaubers benutzt hat?" Ich reichte ihm die Tasche und teilte meine Aufmerksamkeit zwischen Asher, der die Tasche durchsuchte, und Miss Harp, die besonders an mir interessiert zu sein schien, um Dr. Reyes zu ignorieren.

„Ich wünschte, ich könnte nach Hause gehen", sagte sie zu mir.

„Das ist dein Zuhause", brummte Asher zurück.

„Ich werde hier gefangen gehalten", beschwerte sie sich. Als ich mich umsah, sah ich eine modern-rustikale Einrichtung. Weicher Teppich, cognacfarbenes Sofa, das hübsch zum schokoladenbraunen Ledersessel passte. Eingebaute Bücherregale voller Bücher von Klassikern bis zu Populärromanen. Das dunkle, gewachste Holz war eine warme Ergänzung. Ein Steinkamin an einer Wand trug zur entspannten Atmosphäre bei. Ich strich mit meinen Händen über eine der weichen Decken, die über das Sofa drapiert waren. Bei der Einrichtung von Miss Harps neuem Zuhause war viel Wert auf Komfort gelegt worden, bis hin zu dem riesigen Fernseher, der den größten Teil der Wand vor dem Sessel einnahm, wo Miss Harp vermutlich am liebsten saß. Auf einem Tisch neben dem Sessel stand ihre Tasse mit ihrem Kahlua/Kaffee, ein Kindle und mehrere Bücher lagen in der Nähe auf einem leicht erreichbaren Regal.

Ich bin sicher, dass die anderen Räume genauso sorgfältig eingerichtet waren. Die Küche war aufgeräumt. Gekalkte Eichenschränke, Holzbalken, teure Geräte und einzigartige Lampen hinterließen bei mir den Eindruck, dass es bei der Küche mehr um Aussehen ging als darum, jemals darin zu kochen. Ein Hauch von Eukalyptus lag in der Luft.

Asher sortierte die Gegenstände, während ich mich auf den Weg zu Miss Harp machte.

„Arme Gefangene. Das Leben hier muss hart sein“, neckte ich sie. Sie wollte eine Grimasse schneiden, sah mich dann jedoch ernst an. Sie setzte sich auf, begegnete meinem Blick und musterte mich lange Zeit schweigend.

„Was ist los, Erin?“ Die Sorge und Aufrichtigkeit verblüfften mich. Meine Antwort fiel mir nicht leicht.

„Nichts, es ist alles im Griff.“

Meine Antwort wurde mit einem Stirnrunzeln quittiert, ihr Blick wanderte zu Asher, der einen Gegenstand aus der Tasche begutachtete. Sie war immer noch nicht überzeugt und griff nach meiner Hand. „Wo ist dein Freund?“ Miss Harp war kein Fan von Mephisto, obwohl sie seine Anwesenheit in meinem Leben akzeptiert hatte. Sie hatte mich vor ihm gewarnt, aber es schien, als wäre das von ihrer Warte als Gründerin, Präsidentin und Vizepräsidentin von Team Asher gekommen.

„Er ist we- er wurde mir weggenommen.“ Es mochte Wortklauberei gewesen sein, aber es bedeutete mir viel. Er war nicht aus eigenem Antrieb gegangen; er wurde weggedrängt. Sie bemerkte das Stocken in meiner Stimme und schenkte mir ein mitfühlendes Lächeln.

„Ich habe keinen Zweifel, dass du ihn zurückbekommst.“ Ich hätte nie gedacht, dass Miss Harp die Cheerleaderin war, die ich brauchte. „Dieser Blick. Ich mag ihn nicht.“

Ich grinste. „Ich habe einen Blick?“

„Ja. Ich mag ihn nicht. Dich in diesem Zustand zu nerven, verdirbt mir den Spaß. Es gefällt mir nicht.“

„Ah, ich sehe, Sie haben die Asher-Schule des *ich will dich sicher und glücklich, weil es mir gefällt* besucht", neckte ich.

„Es war keines von diesen", unterbrach Asher unser Gespräch. Bevor ich aufstehen konnte, nahm Miss Harp nochmal meine Hand und drückte sie aufmunternd, um die Enttäuschung zu lindern, die ich nicht verbergen konnte.

„Ohne den Namen des Objekts zu kennen, kann ich nicht in anderen Quellen danach suchen", gab ich mit einem genervten Seufzen zu. Ich hatte Madison ein Foto der Skizze geschickt und sie gefragt, ob sie eine Idee hätte, was es sein könnte. Sie antwortete, dass sie keine Ahnung habe, aber die anderen in ihrem Team fragen würde. Asher betrachtete die Zeichnung weiter, einen Bleistift in der Hand, und fügte weitere Details hinzu, die bei der Identifizierung nicht halfen.

„Was kommt als Nächstes?", fragte Cory, nachdem Asher gegangen war, um mit Dr. Reyes zu sprechen, die neben Miss Harp kniete und eine scharfe, geflüsterte Diskussion führte. Asher mischte sich in die Diskussion ein, sein Gesichtsausdruck zeigte die intensive Beherrschung eines Geiselunterhändlers. Miss Harps Gesicht war wie üblich trotzig. Ich war mir sicher, dass es nicht nach Ashers Nase laufen würde.

„Ich muss mir eine Lösung überlegen", sagte ich und scrollte durch die Notizen über den Zauber, die ich auf meinem Handy gespeichert hatte. Das gemurmelte Gespräch zwischen den Wandlern und Miss Harps Antworten waren eine Ablenkung, die ich nicht ganz ausblenden konnte. Die Worte waren unverständlich, aber wenn der Ton ein Hinweis war, würden sie zu keiner Einigung kommen. Gelegentlich hob Miss Harp ihre Stimme so weit, dass ich verstand, dass es in der Diskussion darum ging, dass sie sich aktiv verwandelte.

„Wandler", flüsterte ich kopfschüttelnd.

„Was?", fragte Cory. Ich sagte ihm, er solle warten, und rief nach Asher. Nach einem kurzen, abschätzenden Blick schloss er, dass es sich um eine Diskussion handelte, die Privatsphäre erforderte, und führte mich durch das Haus in ein kleines Büro, wo er geduldig wartete, bis ich sprach.

„Ich will dir die Elfenmagie geben“, brachte ich aufgeregt heraus.

Cory und Asher tauschten einen besorgten Blick.

„Das Objekt, mit dem Elizabeth Wandlern außerhalb des Schleiers magische Immunität verliehen hat, hat dir und Sherrie einfach die Möglichkeit gegeben, ihre Magie zu nutzen, um derselben Tierfamilie Immunität zu gewähren. Das ist in dieser Situation irrelevant. Du musst die Magie nicht nutzen. Sei das Gefäß, um die Elfenmagie aufzubewahren. Wandler können Magie nicht nutzen. Niemand würde vermuten, dass es eine Person ist, die die Magie aufbewahrt.“

Asher strich sich über die Haare des leichten Bartschattens, der sich auf seinem Kiefer bildete, er runzelte die Stirn und seine Haltung wirkte unsicher. Ich konnte es ihm nicht verdenken.

„Bist du sicher, dass das funktioniert?“

„Magie ist nie hundertprozentig. Aber ich bin mir sicher genug“, sagte ich.

„Was ist sicher genug?“, fragte Asher, nachdem er Cory noch einmal angesehen hatte und offensichtlich nach Reaktionen suchte.

„Was ist das Schlimmste, das passieren könnte, wenn es schiefgeht?“, fragte ich. „Nichts. Entweder es geht schief und die Elfen behalten ihre Magie, oder es funktioniert und ich bekomme meinen Vater, rehabilitiere meinen Namen bei den Feen und lasse Elizabeth und Fabian die Gerechtigkeit zukommen, die sie verdienen.“

„Okay“, sagte Asher.

Ich blinzelte, als ich sah, wie schnell er zustimmte. Vielleicht war die Verzweiflung in meiner Stimme der Grund für seine schnelle Antwort. So oder so, ich war dankbar dafür.

14

Wir hatten nicht den Luxus der Zeit, und der Überraschungseffekt war meine nützlichste Waffe. Wir versammelten uns eine Meile von den Grenzen von Havenage. Die Mitglieder des Rudels waren gleichmäßig in Menschen- und Wandlergestalt aufgeteilt und wurden von dem eigenartigen hyperaktiven Fuchs begleitet, der zuvor bei mir zu Hause aufgetaucht war.

„Er ist ein ausgezeichneter Späher. Niemand wundert sich über einen herumstreunenden Fuchs, und wir können sein Bellen hören", antwortete Asher auf meine hochgezogene Augenbraue. Wie alle Wandler war der Fuchs größer als sein natürliches Gegenstück, wirkte aber inmitten riesiger Wölfe immer noch klein und deplatziert.

„Sobald du Havenage sehen kannst, such bitte meinen Vater. Ich werde mir Elizabeth vornehmen und ..."

„Ich mir Fabian", mischte Cory sich ein. Er hatte Fabian nie gemocht und alles, was Fabian getan hatte, hatte seine Verachtung nur verstärkt.

Asher schickte den Fuchs zum Auskundschaften los. Als ich näher an Asher herantrat, um den Zauber auszuführen, konnte ich Dr. Reyes' Missbilligung spüren. Ihr Umgang mit Asher und dem Rudel ließ mich annehmen, dass sie nicht nur vorübergehend hier sein würde, besonders, nachdem er sie gebeten hatte, während des Zaubers da zu sein. Ich konnte mir keine Situation vorstellen, in der sie gebraucht werden würde, Asher jedoch schon. Es war eine Erinnerung daran, dass gewisse Positionen im Rudel besondere Privilegien hatten. Ein Alpha wird immer Vorschläge und Ratschläge annehmen, hat aber das letzte Wort.

Während ich mich darauf vorbereitete, den Zauber auszuführen, schob sich Dr. Reyes langsam heran, um Asher das silberne Armband um sein Handgelenk zu legen, damit er nicht heilen konnte, sobald ich ihm den Schnitt zugefügt hatte. Sie blieb dicht bei ihm und lächelte mich angespannt an. „Wenn irgendwas schiefgeht, will ich es schnell abnehmen können, damit er wandeln kann."

Ich nickte, schnitt ihm mit dem Messer in den Finger und dann in meinen. Ich hielt seine Hand und rezitierte eine Variation des Zaubers, den Elizabeth verwendet hatte, um den Wandlern magische Immunität zu verleihen und Sherrie und Asher die teilweise Nutzung ihrer Magie zu ermöglichen. Jetzt würde er einem Wandler erlauben, ein Kanal für mich zu sein. Tränen traten in meine Augen, und mein Körper spannte sich an, als die Magie von mir ausging. Nach Momenten ohne erkennbare Veränderungen oder Wirkung wurde Ashers Griff um meine Hand fester als ein Schraubstock. Seine Augen weiteten sich.

„Asher!", rief ich. Unfähig zu antworten, sank er zu Boden. Kalte, räuberische Wolfsaugen wurden scharf. Die entsetzlichen Geräusche, die ihre Körper machten, wenn sie ihrer tierischen Hälfte nachgaben, zerrissen die Luft. Normalerweise wandelten sie so schnell, dass es oft unbemerkt blieb, aber es in Zeitlupe zu sehen, sah schmerzhaft aus.

„Machen Sie sofort alles rückgängig, was Sie getan haben!", verlangte Dr. Reyes und ging neben Asher in die Hocke, der sich mitten in seiner Verwandlung am Boden wand und versuchte, sie wegzustoßen. Sein Gesicht verzog sich zu einer schmerzerfüllten Grimasse, und ich konnte nicht erkennen, ob er versuchte, das Wandeln zu unterbinden oder zu beschleunigen. Dr. Reyes wich seinen wilden Tritten aus, als sie versuchte, ihm das Armband umzulegen. Cory riss sie zurück, gerade als Asher in seinen Wolf schoss und das Armband von seinem Körper flog. Ich sprang gerade rechtzeitig zurück, um nicht von dem massiven Körper vor mir umgerissen zu werden. Der Wolf brach keuchend zusammen, seine Augen fest zusammengekniffen.

„Machen Sie es rückgängig!", verlangte Dr. Reyes erneut. Ich ging langsam auf ihn zu, meine Stimme war ruhig und sanft, und erklärte ihm, was ich tun musste. Ich redete weiter beruhigend auf ihn ein, während ich das Messer in die Pfote des Tiers stach und den Zauber rückgängig machte. Nachdem das letzte Wort der Anrufung gesprochen war, schmolz seine Wolfsgestalt dahin, und ein nackter, sichtlich erschöpfter Asher lag vor mir.

Es dauerte ein paar Minuten, bis er die Kraft aufbrachte, aufzustehen. Cory benutzte Magie, um ihn schnell zu bekleiden, bevor ich es konnte. Das Rudel in Tiergestalt bildete einen Halbkreis um mich und Cory; die in Menschengestalt bildeten eine Barriere zwischen mir und Asher. Alle Augen richteten sich auf mich. Aggressive Augen. Rachsüchtige Augen. Ich hob die Hände und trat mehrere Schritte zurück, um nicht über die Wölfe zu stolpern.

Asher blinzelte mehrmals, die verwirrte Wut wich aus seinen Augen und hinterließ einen besorgten Ausdruck. Das Rudel sah ihn an und versuchte zu ergründen, wie gut oder schlecht es ihm ging. Es ging ihm offensichtlich nicht gut, weil sie darauf reagierten, während sie ihn, ihren Alpha, vor einer potenziellen Bedrohung schützten.

Mir entging Corys gequälter Gesichtsausdruck nicht, als Alex vor ihm stand und ihn von Asher abschirmte. Beziehungen waren egal, denn sie sahen mich als Bedrohung. Es war schwierig, darin nicht eine gewisse Beleidigung zu sehen, aber Cory sah am Boden zerstört aus. Es wurde noch schlimmer, als Alex stoisch blieb.

„Geht's dir gut?", fragte Dr. Reyes mit sanfter Stimme. Die Stelle, an der sie vor Ashers Wandeln gestanden hatte, positionierte sie jetzt ein paar Meter von ihm entfernt und durch eine Wand aus Wandlern ausgesperrt.

„Mir geht's gut." Seine raue, krächzende Stimme sprach vom Gegenteil. Er schob sich an den schützenden Körpern vorbei und lächelte mich angespannt an. Auf seiner Stirn war immer noch ein Schweißfilm, und seine Atmung hatte sich noch nicht wieder normalisiert. Ich hatte ihn noch nie so in Bedrängnis gesehen. Dr. Reyes durfte sich ihm nähern. Ihre Finger berührten seine. Augenblicke später war ich überrascht, als er seine Finger ausstreckte und sie locker um ihre schloss. Sein gequälter Gesichtsausdruck verschwand. Seine Atmung normalisierte sich schnell wieder, und er richtete sich auf, der Asher, den ich kannte. Die Reaktion blieb auch Cory nicht verborgen. Er runzelte die Stirn, während er Alex einen fragenden Blick zuwarf. Einen, der unbeantwortet blieb. Alex' Gesichtsausdruck blieb asketisch, seine Haltung beschützend, und seine Augen hatten eine räuberische Intensität, die ich bei ihm nicht gewohnt war.

„Du konntest dich nicht zurückverwandeln, oder?", fragte Dr. Reyes und stellte sich vor ihn, ihre Finger immer noch locker verbunden. Sie hatte mir den Rücken zugewandt, ein klares Zeichen, dass sie mich von dem Gespräch ausschließen wollte.

„Nein." Es war keine Betonung oder Emotion in seiner Stimme, aber ich konnte mir vorstellen, wie beängstigend es ausgerechnet für ihn war, seinen Wolf nicht unter Kontrolle zu haben.

„Es tut mir so –“

Er hob eine Hand, um mich zu stoppen. „Du musst dich nicht entschuldigen. Ich habe zugestimmt, obwohl ich wusste, dass es Risiken geben könnte.“ Eine Einstellung, die die anderen offensichtlich nicht teilten, auch wenn sie es höflicherweise nicht sagten, obwohl es ihren Mienen deutlich anzusehen war.

Ashers Kopf schnellte nach rechts, und schließlich kam der Fuchs in Sicht, der sich in einen Mann von etwa eins fünfundsiebzig verwandelte, schlank, mit ebenso scharfen und fuchsartigen Gesichtszügen wie sein Fuchs und zerzaustem, glänzendem kastanienbraunem Haar. Seine dunkelbraunen Augen leuchteten verwirrt.

„Was ist passiert? Der Schutzzauber begann zusammenzubrechen. Ich konnte eine Wohnsiedlung und Leute sehen, und dann hat er sich abrupt wieder aufgerichtet.“

Wenn er es gesehen hatte, dann hatten die Bewohner von Havenage es auch bemerkt.

Das Überraschungsmoment war weg.

„Wir mussten den Zauber unterbrechen“, erklärte ich ihm. Der Fuchswandler sah auf die angespannte Wand aus Wandlern, die immer noch schützend in Ashers Nähe standen. Dann zu Dr. Reyes’ Position neben Asher, deren Lippen zu einer starren Linie zusammengepresst waren.

„Was jetzt, Erin?“, fragte Asher, bevor er den Wandlern ein Zeichen gab, die sich widerstrebend zerstreuten. Seine Frage weckte in mir wieder einmal den Wunsch, Mephisto an meiner Seite zu haben. Wenigstens hätte ich dann eine weitere Quelle der Magie, die sich mit Schutzobjekten auskannte, und ich hätte eine Chance gegen die Elfen. Und ihn. Ich wollte ihn und die Zuversicht, die er mir gab. *Meine Halbgöttin.* Seine Stimme hallte in meinem Kopf wider und ließ mich ihn mehr vermissen als die Allianz und Hilfe, die er mir bot. Es war er. Ich vermisste *ihn*.

„Wir müssen uns neu gruppieren. Ich muss versuchen, das Objekt zu finden, das du beschrieben hast, oder etwas Ergänzendes. Das ist vielleicht die einzige Option, die ich habe."

Asher zögerte, als erwarte er, dass ich meine Meinung ändere.

„Ich bin sicher", sagte ich.

Er schickte alle weg. Die Wandler verwandelten sich und stiegen in die SUVs, mit denen sie gekommen waren, und er fuhr mit Dr. Reyes in seinem Auto davon.

„Alles okay?", fragte ich Cory, der neben mir stand und den wegfahrenden Fahrzeugen hinterhersah. Auf seinem Gesicht lag ein Ausdruck von vollkommener Verwirrung und Verrat. Er und Alex hatten nur Gelegenheit gehabt, einander kurz zum Abschied zuzuwinken, bevor er in den Lincoln gestiegen war.

Er runzelte die Stirn. „Sie sind verdammt großtuerisch, nicht wahr?", sagte er schließlich.

„Wandler neigen dazu, aufzufallen, wenn sie irgendwo ankommen", bemerkte ich, als ich das schwarze Auto mit den abgedunkelten Fenstern und Reifen betrachtete, von denen ich annahm, dass sie pannensicher waren. Die Türen schienen schwerer zu sein als die üblichen für dieses Modell, vermutlich schusssicher.

„Einen Wandler zu daten hat viele Vorteile. Sie sind intensiv – mit all ihrer Zuneigung, ihrem Beschützerinstinkt und ihrer Liebe", sagte ich.

Er nickte, aber er sah grimmig aus, und ich wollte unbedingt ein Grübchen auf seinem Gesicht sehen. Die zeigten sich nur, wenn es ein echtes Lächeln war, und würden bestätigen, dass ich seine Stimmung gehoben hatte. Aber ich dachte nicht, dass das so bald passieren würde.

„Ich habe gerade die Nachteile kennengelernt", flüsterte er und drehte sich um, um zum Auto zu gehen. Ich eilte hinüber und stieg auf der Beifahrerseite ein. Wenn Cory es nicht schaffen konnte, seine Gefühle umzulenken, war Autofahren für ihn die zweitbeste Lösung.

Er schwieg, während er zu meiner Wohnung fuhr, und gab mir Zeit, mich mit dem Problem zu befassen. Madison hatte nicht auf meine SMS von vorhin geantwortet. Ich hoffte, das bedeutete, dass sie noch suchte. Die STF hatte auch eine Auswahl an magischen Objekten, Einsatzgruppen und Abteilungen, die ich nicht hatte. Obwohl sie dem vielleicht Priorität einräumen wollte, war es zweifelhaft, dass es Priorität hatte. Sie war damit beschäftigt, Schadensbegrenzung zu betreiben, nachdem ihre Schwester mit einem Mord in Verbindung gebracht worden war – ohne je entlastet worden zu sein, auch wenn wir jetzt die Wahrheit kannten. Es war Nolan gewesen. Und jetzt war ich die Hauptverdächtige bei der Entführung der Feenkönigin, was mit Sicherheit das Werk von Fabian und Elizabeth war.

Corys Schweigen war vielleicht freundschaftlich, aber sein finsterer Blick war es nicht.

„Er hat Asher beschützt", sagte ich. „Ich weiß, es ist schwer, nicht beleidigt zu sein oder es persönlich zu nehmen. In diesem Moment warst du eine gesichtslose Bedrohung. Du würdest dasselbe für mich tun."

„Das würde ich. Mein Verstand versteht das. Es sind meine Emotionen, die das Problem haben. Abstrakt betrachtet scheint Rudeldynamik nicht so eindeutig, aber in Wirklichkeit ist sie es. Es geht immer darum, das Rudel um jeden Preis zu schützen." Er lächelte schief. Das war genau der Grund, warum ich nie mit Asher zusammen sein konnte. Abstrakt betrachtet schien es möglich, aber ich hatte gesehen, wie es auf vielen Ebenen funktionierte, und es hätte für mich nie funktionieren können. Es schien, als überlegte Cory, ob es für ihn funktionieren würde.

Madisons Antwort, dass sie keinen Namen für das Objekt hatte und auch nichts finden konnte, das ihm ähnelte, zwang mich dazu, in meiner Wohnung auf- und abzugehen, während Cory meine Bewegungen von einem Ende zum anderen verfolgte und gelegentlich die Notizen und Zauberbücher auf dem Tisch durchsah.

„Miss Harp ist die Antwort", sagte ich und blieb abrupt stehen. Bevor er mir eine Frage stellen konnte, fing ich an zu plappern. „Der Zauber hat funktioniert. Ihre Schutzzauber begannen zu versagen. Ich musste den Zauber wegen seiner Wirkung auf Asher rückgängig machen, und das war der einzige Grund, warum es nicht funktioniert hat. Magie wirkt auf sie nicht auf dieselbe Weise. Sie kann nicht wandeln." Ich öffnete meine Tür, das Telefon in der Hand, bereit, Asher anzurufen, als Cory mich aufhielt.

„Solltest du länger darüber nachdenken?"

„Warum? Cory, ich würde Miss Harps Leben niemals in Gefahr bringen. Sie kann nicht wandeln. Ich habe nicht viele Optionen, und den Luxus von Zeit habe ich auch nicht. Wenn ich meinen Namen nicht reinwaschen kann, wird Neri versuchen, mich umzubringen. Ich weiß, du hast bemerkt, dass die Feen uns beobachtet haben, als wir reingekommen sind."

Er nickte nachdenklich. Ich würde ständig unter Beobachtung stehen. Ich könnte nie sicher sein, ob sie auf einen verwundbaren Moment lauerten oder einfach nur Pläne schmiedeten. Meinen Namen reinzuwaschen und den Elfen ihre Magie zu nehmen, war von gleicher Bedeutung. Er nickte erneut und ließ meine Hand los. Er rieb sich nervös den Kiefer und seufzte zittrig.

„Ich schätze, sie kann nicht menschlicher sein", bemerkte er mit leichter, luftiger Stimme. Ich nahm an, dass mehr dahintersteckte. Miss Harp war eine Freundin des Rudels und würde als solche beschützt werden. Alle Probleme, die mit ihr auftraten, würden sich auf Alex auswirken und möglicherweise eine weitere Belastung für die Beziehung zwischen Alex und Cory darstellen.

Ich legte beruhigend eine Hand auf seine. „Ich bin zuversichtlicher, es mit ihr zu machen, als ich es bei Asher war. Dass sie so eine Anomalie ist, wird sich zu unserem Vorteil auswirken. Ich würde ihr niemals wehtun.“

„Ich weiß, dass du das nicht tun würdest.“

15

„Nein, finde einen anderen Weg." Asher ließ keinen Raum für Diskussionen. Kalte, intensive Augen starrten mich von meinem Handybildschirm aus an.

„Ich verstehe, was –"

„Nein, das tust du nicht. Ich konnte mich nicht zurückverwandeln, Erin. Ich hatte meinen Wolf nicht unter Kontrolle", blaffte er. Die Wut und Frustration, die er mühsam im Griff hatte, waren in seiner Stimme hörbar. Er seufzte. „Ich hatte noch *nie* keine Kontrolle. Sogar mit dem Animanten konnte ich meinen Wolf kontrollieren."

Sein Ton hatte etwas von seiner Schärfe verloren, war aber genauso angespannt wie zuvor.

„Sie wandelt nicht", stellte er fest. „Was, wenn es sie dazu zwingt zu wandeln?"

„Das wäre das Worst-Case-Szenario. Lass uns annehmen, das passiert. Was ist schlimm daran? Du und Dr. Reyes habt gesagt, dass Wandeln sie vielleicht vor den schlimmen Nebenwirkungen bewahren würde, die aus dem Nichtwandeln entstehen. Du wärst da, um das Wandeln zu beschleunigen und ihr dabei zu helfen."

Er atmete laut ein und langsam aus, sein Gesichtsausdruck wurde nachdenklich. Könnte das mein und sein Problem lösen?

„Die Entscheidung muss sie treffen. Aber sie muss vollständig informiert sein. Sie muss alles wissen, Erin."

Okay.

Miss Harp hörte sich die Informationen an, als ich ihr alles erklärte, angefangen bei meiner Suche nach meinem Vater, meiner Rückkehr zur Magie, der Entdeckung, wer ich war, bis hin zu der Entführung der Feenkönigin, die mir in die Schuhe geschoben worden war. Sie stellte relevante Fragen und zeigte Mitgefühl, und ich war überrascht, ihre Augen ein paarmal glitzern zu sehen. Obwohl ich wollte, dass sie zustimmte, wollte ich nicht, dass es aus Mitleid geschah.

„Ich hätte gern Ihre Hilfe, aber bitte tun Sie es nur, weil Sie sich dabei sicher fühlen, und nicht, weil Sie Mitleid mit mir haben", schloss ich. „Ich werde mir was anderes einfallen lassen, wenn Sie sich dagegen entscheiden."

„Geh nie in den Verkauf, denn darin bist du wirklich schlecht." Sie sah Asher an. „Wer beendet einen Verkaufsvortrag so?" Sie schnaubte und schüttelte den Kopf.

Ihr Gesicht verzog sich nachdenklich, während sie auf ihrem Sessel hin und her schaukelte. Ich wusste, warum Asher da war, sogar Sherrie, die Alpha der Löwenwandler. Miss Harp war eine Katzenwandlerin, und wenn etwas schiefgehen sollte, wäre es zwingend nötig, dass Sherrie da war. Es war Dr. Reyes' Anwesenheit, immer nur Zentimeter von Asher entfernt, die mich wunderte.

Trotz der anfänglich antagonistischen Beziehung zwischen ihr und Miss Harp schien Dr. Reyes sie genauso beschützen zu wollen wie Asher.

„Könnte ich sterben?" Miss Harp sprach die Frage aus, die sich bestimmt jeder stellte.

„Magie birgt immer Risiken. Ihre Sicherheit und Ihr Leben haben für mich Vorrang. Sollten Sie zustimmen und ich irgendwelche Anzeichen von Schmerz oder etwas Ungewöhnlichem sehen, werde ich sofort aufhören.“

Ihr Gesichtsausdruck erlaubte keine Schlüsse, während wir auf eine Antwort warteten. „Werden Sie zu diesem Rudel wechseln?“, fragte sie Dr. Reyes.

Sie blinzelte mehrmals bei der Frage. „Ich bin nicht sicher, was das mit dieser Situation zu tun hat.“ Ihr Blick huschte zu Asher, bevor er wieder zu Miss Harps fragendem Gesicht zurückkehrte.

„Das hat es nicht. Sie haben das Gespräch abrupt unterbrochen, als Sie mich haben kommen hören, und ich möchte die Antwort wissen. Wenn Sie uns also die Antwort auf die Frage geben, kann ich ihre beantworten.“

Cory schnaubte, bevor er sein Lachen schnell mit einem Husten überspielte. *Miss Harp wird immer Miss Harp sein.* Daran führte kein Weg vorbei. „Erin wird eine Antwort brauchen. Ihr Problem ist dringender als das, das Sie ansprechen“, erwiderte Dr. Reyes und warf ihr einen scharfen, wölfischen Blick zu. Eine seltene Erinnerung daran, dass sie sich wahrscheinlich in erster Linie als Raubtier und erst in zweiter Linie als Ärztin sah.

Miss Harp dachte noch ein paar Minuten lang nach und wollte gerade etwas sagen, als Asher zuerst das Wort ergriff. „Ich habe Erin die Hilfe des Rudels angeboten, nicht deine. Ich habe meine Zweifel, was diese Sache angeht“, gab er mit einem entschuldigenden Stirnrunzeln zu. „Ich glaube nicht, dass du das Risiko eingehen solltest.“

„Wirklich? Ich hatte keine Ahnung, dass du so denkst, da du es so gut versteckt hast“, spottete Miss Harp. „Ich will helfen. Aus keinem anderen Grund als dem,“ – Sie schnitt eine Grimasse. – „Dass das Glück nicht immer auf deiner Seite sein kann, Erin. Ich kenne Neri und seine Mätzchen sehr gut. Er wird dich töten, bevor du dir Sorgen um die

Elfen machen musst. Ich will nicht, dass du stirbst“, gab sie zu.

„Danke.“

„Was macht dir Sorgen?“, fragte Sherrie Asher.

„Dass sie wandelt und es schmerzhaft ist. Oder dass sie unfähig ist, ihre menschliche Gestalt wiederzuerlangen, falls sie sich tatsächlich verwandelt.“ Ein gehetzter Ausdruck huschte über sein Gesicht. Ich hatte unterschätzt, wie traumatisch es war, seinen Wolf nicht unter Kontrolle zu haben.

Miss Harp starrte mich an und dachte über die neuen Informationen nach, bevor sie ihre Aufmerksamkeit Sherrie zuwandte.

„Dann lasst uns sehen, ob ich wandeln kann.“

Asher und Dr. Reyes starrten sie sprachlos mit offenen Mündern an.

„Einfach so? Sie haben immer alle Diskussionen über das Wandeln abgewürgt, wenn jemand darüber gesprochen hat“

„Wir haben genug darüber gesprochen. Ich wollte mich nicht mit dem Wandeln befassen, sondern es einfach nur tun. Jetzt ist alles anders.“

Ich formte ein *Danke* mit den Lippen, mir völlig bewusst, dass sie das Risiko für mich einging. Sie strafte mich mit einem scheltenden Blick. Asher ging zu ihr und flüsterte ihr etwas zu. Sie folgte ihm in den Raum, den wir zuvor für die Unterhaltung genutzt hatten. Minuten später kamen sie zurück, doch seinem Gesichtsausdruck konnte ich nichts entnehmen.

„Kannst du versuchen, sie zu wandeln? Sie hat noch nie gewandelt, und das sollte als eine Situation behandelt werden, in der sie in der Übergangsphase feststeckt.“

„Asher.“ Sherrie, die die emotionslose Maske durchschaute, lächelte ihn beruhigend an. „Ich werde mich um sie kümmern, denn sie ist meine.“ Damit erinnerte sie ihn daran, dass Miss Harp genau genommen eine Katzenwandlerin war und er ohne sein gutes Verhältnis zu Miss Harp nicht hier wäre. Asher hatte mir nicht verraten, welche Art von Wandlerin Miss Harp war, und die Interaktion weckte mein Interesse.

Auf meinen fragenden Blick lächelte Asher. „Löwe", sagte er. Das erklärte Sherries Verhalten. Alphas beschützten ihre Leute, aber dass Miss Harp wie sie eine Löwenwandlerin war, verstärkte Sherries Instinkt, sie vor Schaden zu bewahren.

„Sie wollten nie Ihre Tiergestalt ausprobieren?", fragte ich verblüfft. Sherrie genoss ihre Tiergestalt und den Schock, den sie auslöste, wenn sie als Löwin den Block entlangschlenderte. Aus diesem Grund konnte ich die Proteste, Befürchtungen und Probleme, die Menschen mit Wandlern hatten, nachvollziehen.

„Ich hatte nie den Wunsch."

Es ging ihr nicht darum, sich selbst zu helfen. Miss Harp tat es für mich. Wieder wurde mein dankbarer Blick mit einem vernichtenden beantwortet. Ich wandte mich von ihr ab.

„Das Wandeln muss jetzt angestoßen werden. Es ist besser, vorbereitet zu sein, als damit konfrontiert zu werden, wenn Magie im Spiel ist." Alle Augen richteten sich auf mich und Cory, die Eindringlinge, die dieser intime Moment zwischen Wandlern nichts anging. Dr. Reyes nickte verständnisvoll und ging. Als wir keine Anstalten machten zu gehen, wurden wir kurzerhand dazu aufgefordert.

„Wir können nicht einmal im Haus sein?", klagte Cory, als wir uns auf den Weg zum Auto machten. „Wie ich schon sagte, Wandler sind verdammt eingebildet."

„In diesem Fall verstehe ich es. Sich zum ersten Mal zu verwandeln ist ein sehr komplexer Moment. Während des Wandlungsprozesses – wenn Miss Harp das mit Sherries Hilfe kann – sind sie in einem sehr verletzlichen Zustand. Das ist nichts, was man mit Außenstehenden tun will. Ich bin ziemlich überrascht, dass Asher dabei sein darf", stellte Alex klar, als er aus dem Auto, das neben meinem geparkt hatte, ausstieg.

Cory und ich blieben abrupt stehen, als wir an das übernatürliche Gehör der Wandler erinnert wurden. „Mir wurde gesagt, dass du hier bist, und ich dachte, wir sollten reden", erklärte er als Antwort auf Corys fragenden Gesichtsausdruck. Alex fuhr sich mit den Fingern durchs Haar, und es fiel ihm offensichtlich schwer, Cory in die Augen zu sehen. Als er Cory zu seinem Auto führte, musste ich mich zwingen, nicht mitzugehen. Auf Alex' untypische Nervosität hin fragte ich mich, ob er Schluss machen oder sich versöhnen wollte, und ich wollte meinen Freund beschützen.

Ich presste die Lippen zusammen und unterdrückte, was ich sagen wollte: *Brich meinem Freund nicht das Herz.*

Corys Gespräch mit Alex, während sie im Auto neben mir saßen, wirkte tiefgründig. Ich warf verstohlene Blicke in ihre Richtung und versagte kläglich bei meinem Versuch, ihre Lippen zu lesen, die sich kaum zu bewegen schienen. Ich war gezwungen, mich auf ihre nonverbale Kommunikation zu verlassen, um Hinweise darauf zu bekommen, was vor sich ging. Alex' Kuss auf Corys Wange: War er besänftigend, eine Entschuldigung oder ein Abschied? Dass Cory Alex' Haar streichelte, konnte mehrere Dinge bedeuten: Seine Typ-A-Persönlichkeit konnte das Gespräch nicht fortsetzen, während Alex' Haare zerzaust waren? War es Verständnis? Akzeptanz einer Trennung?

Ich war kurz davor durchzudrehen und ging meine Zauber auf meinem Handy durch, scrollte durch Bilder der vielen Gegenstände, die ich im Laufe der Jahre gefunden hatte, für den Fall, dass ich etwas übersehen hatte, das Ashers Zeichnung ähnelte. Was mich dazu brachte, über die zweite Unsicherheit nachzudenken. Miss Harp. Konnte sie wandeln? Und wenn ja, wie würde sich das auf den Zauber auswirken? Ihre Anomalie machte sie zur besten Kandidatin dafür. Wenn Sherrie sie dazu bringen konnte zu wandeln, konnte sie sie auch wieder zurückbringen.

Als Asher an der Haustür erschien und mich zu sich winkte, löste sich die Spannung etwas. Nach einem kurzen Blick auf Alex und Cory, die Asher ebenfalls gesehen hatten, aber ihr Gespräch fortsetzten, machte ich mich auf den Weg zum Haus, wo ich mit einem leeren Blick empfangen wurde.

„Sie kann nicht wandeln, weder aktiv noch passiv", sagte Asher. Ich hörte Enttäuschung in der Wärme seiner Stimme, aber auch, dass er hin- und hergerissen war. Wenn sie nicht wandelte, würde das meinem Zauber helfen, aber sie würde während des Vollmonds weiter leiden.

„Wann willst du den Zauber wirken?", fragte Sherrie.

„Heute." Wir hatten das Überraschungsmoment bereits verloren, aber vielleicht würde ein zweiter Angriff am selben Tag unerwartet kommen. Es würde ihnen keine Zeit für Sicherheitsvorkehrungen lassen.

Mit einem Nicken begannen er und Sherrie zu telefonieren und Nachrichten zu verschicken. Miss Harp trank weiter ihren „Kaffee".

Während wir auf die Pläne warteten, kam Cory zurück, Alex dicht – sehr dicht – hinter ihm. Seine Hand auf Corys Rücken gab mir die Beruhigung, die ich brauchte. Meine Erleichterung schien mir wohl nicht anzusehen gewesen zu sein, denn ich erhielt eine Nachricht von Cory. *Zwischen uns ist alles gut. Mehr als gut. Lass uns später reden.*

16

In derselben Formation wie zuvor, doch mit doppelt so vielen Leuten und zusätzlich den Katzenwandlern, war ich dankbar für die Armee. Ich wiederholte meine Bitte, dass alle am Leben blieben, einschließlich Elizabeth und Fabian. Die Anweisung, Kindern nicht wehzutun, musste nicht gegeben werden. Wandlern waren die Jungen extrem wichtig, eine Bezeichnung, die sie allgemein verwendeten. Menschenjunges, Hexenjunges, Magierjunges. Eine Beschreibung, die erst in den späten Teenagerjahren nicht mehr benutzt wurde.

Sie standen weit genug vom Schutzzauber entfernt, dass der Abstoßungszauber kaum spürbar war. Sherrie stand auf der einen Seite von Miss Harp und der angespannte Asher auf der anderen. Asher war begabt darin, seine Gefühle zu verbergen, aber jetzt schien er nicht dazu in der Lage zu sein. Es blieb weder dem Rudel noch Sherrie verborgen. Von Zeit zu Zeit strich Dr. Reyes mit dem Finger über seine Hand, während sie ihm kein tröstendes Lächeln schenkte. Als sie sich vorbeugte, um ihm etwas zuzuflüstern, schweifte Miss Harps Aufmerksamkeit ab.

„Bleiben Sie nun oder nicht?", fragte sie, woraufhin Dr. Reyes' Nasenrücken und Wangen rot wurden. Eine unangenehme Stille breitete sich aus, während die Frage unbeantwortet blieb.

Dr. Reyes' offensichtliches Unbehagen brachte mich dazu, Miss Harp das silberne Armband entgegenzuhalten, das Asher während des Zaubers getragen hatte. „Ich weiß, dass Sie nicht wandeln können, und Sie haben keine Anzeichen dafür gezeigt, dass Sie ähnliche Selbstheilungskräfte haben wie sie, aber wir sollten auf Nummer sicher gehen. Der Schnitt muss den gesamten Zauber über offenbleiben."

Während ich den Zauber ausführte, beobachteten alle Miss Harp, die Asher und Dr. Reyes mit zusammengekniffenen Augen ansah und wenig Interesse an den Beschwörungen zeigte. Die Magie floss aus mir heraus; der unbestreitbare Verlust fühlte sich wie ein Schatten an. Miss Harps Hände schlossen sich fester um meine, als ihr Körper von Licht eingehüllt wurde. Asher holte Luft und hielt sie an. Sherrie beobachtete mich, und ich konnte die kollektive Aufmerksamkeit der Wandler auf mir spüren. Das Leuchten wich einer Art silbernen Patina. Schließlich begann ein Hin und Her. Miss Harps zierlicher Körper absorbierte und stieß sie ab. Da ich nicht länger die Kontrolle über das Verhalten des Zaubers hatte, sah ich wie die anderen mit gebanntem Interesse zu. Ich spürte die Abwesenheit meiner Elfenmagie. Ich würde den Verlust später betrauern. Die Zeit verging, während die silberne Patina in Miss Harp schmolz. Ihre Beine gaben nach, und sie verlor die Balance. Asher hielt sie fest, bevor sie fallen konnte. Dr. Reyes war neben ihm und untersuchte sie. Soweit ich es beurteilen konnte, schien es ihr gut zu gehen, sie war jedoch erschöpft, was Dr. Reyes schnell bestätigte, und die Wandler wandten sich dem Fuchsgebell zu.

Auf Ashers Anweisung brachte ein Wandler Miss Harp zu einem Auto und fuhr mit ihr weg, während wir uns auf den Weg in die jetzt sichtbare neue Welt machten. Havenage war frei zugänglich. Wir wurden von einer kleinen Gruppe bewaffneter, sehr verwirrter Elfen begrüßt. Harte Augen richteten sich auf die Wandler. Eine Kugel aus Richtung eines Hauses sauste an einem der Katzenwandler vorbei, der aus dem Weg tauchte, um nicht getroffen zu werden. Die Kugel traf einen Wolf am Bein. Er stieß einen scharfen Laut aus, stolperte mitten im Schritt und ging zu Boden. Alex kehrte aus seiner Wolfsgestalt in seine Menschengestalt zurück, um sich um das gestürzte Tier zu kümmern, während Asher sich umsah. Dann schoss er dorthin, wo die Kugeln herkamen. Kampfgeräusche, Schreie und Flüche hallten durch die Luft. Durch all den Lärm hörte ich das Elfenkind schreien, das von meinen runden menschlichen Ohren unbeeindruckt geblieben war. Pashas leise Stimme, die nach seinen Eltern rief, drang zu mir. Sie ließ mich mitten in meiner Suche nach Elizabeth innehalten. Ich drehte mich in seine Richtung, doch bevor ich ihn erreichen konnte, hatte Asher einen Umweg gemacht und rief nach jemandem, der den Schützen aufhalten sollte.

Er hob den kleinen Jungen hoch. „Ihm geht's gut!", rief Asher über seine Schulter. Asher fragte ihn etwas und als Pasha auf ein Haus zeigte, rannte Asher in diese Richtung, während ich den Atem anhielt und wartete, bis sie sicher dort angekommen waren. Dann rannte ich weiter zu dem Haus, in dem Nolan und ich untergebracht waren. Der Kugelhagel hörte plötzlich auf. Ein kurzer Schmerz durchfuhr mich, als ich daran dachte, was dazu geführt hatte, dass er endete. Ich schüttelte den Kopf, um die Gedanken zu verdrängen, und eilte zum Haus. Aus dem Augenwinkel sah ich, wie Sherrie herumwirbelte und nur knapp einem schwertschwingenden Elf auswich, den ich während meines Besuchs nicht gesehen hatte. Der Elf bewegte sich mit meisterhafter Präzision, als er auf Sherrie einschlug, der es jedoch gelang zu parieren, um jeden Treffer abzuwehren. Sie ließ sich fallen, schlug ihm aufs Bein und schaffte es, das heruntergefallene Schwert zu schnappen, den Elf hilflos zu machen und ihn zu warnen, sich nicht zu bewegen, während sie die Klinge der Waffe an seinen Hals drückte. Ich schwang herum, als weitere Schüsse fielen und einer der Wandler zu Boden sank. Ein anderer Wandler in Menschengestalt warf sich das riesige Wesen über die Schulter und rannte mit ihm in Sicherheit.

Asher kam aus dem Haus zurück, in das Pasha ihn geschickt hatte. „Geh", drängte Asher mich. Ich hatte Gewalt erwartet und dass die Elfen sich verteidigen würden, aber ich hatte nicht mit dieser Effizienz gerechnet. Magisch Veranlagte verließen sich in der Regel auf Magie, um sich zu schützen, was sie oft verwundbar machte, wenn sie ohne sie auskommen mussten. Diese Elfen schienen diese Einschränkungen nicht zu kennen.

Als mich etwas Hartes an der Schulter traf und ein stechender Schmerz durch meinen Arm schoss, stolperte ich. Ich wich dem zweiten Schlag des Schlagstocks aus, den Sanaa schwang. Ihr Gesicht war angespannt vor Entschlossenheit, und ihre Augen glühten vor Wut. Keuchend holte sie zu einem weiteren Schlag aus, dem ich auswich, indem ich ihr eine magische Kugel in die Brust schleuderte. Die Wut machte sie hartnäckiger, ich musste mehrere weitere Kugeln auf sie abfeuern, die immer größer wurden. Eine unerbittliche Salve warf sie zu Boden. Sie rappelte sich in eine sitzende Position auf, aber ihr Kampfgeist war gebrochen, zurückblieb widerstrebende Kapitulation. Ihre Augen flatterten vor Wut. Jegliches Mitgefühl oder Verständnis, das sie mir in der Vergangenheit entgegengebracht hatte, war verschwunden. Ich war so schrecklich, wie Elizabeth mich dargestellt hatte.

„So viel Talent und Magie, und du verwendest sie gegen uns?" Die Enttäuschung und das Mitleid, die in ihren Worten mitschwangen, schnitten tiefer, als ich erwartet hätte.

„Ihr habt mir keine Wahl gelassen", versuchte ich zu erklären, aber sie wies es mit einer Handbewegung ab.

„Uns alle für die Sünden von Fabian und Elizabeth zu bestrafen, zeigt deinen Mangel an Urteilsvermögen und Gnade. Du und Malific werdet immer Grausamkeit wählen. Für Leute wie dich gibt es keinen anderen Weg." Sie ergab sich der Trostlosigkeit und der Niederlage und ließ sich wieder ins Gras sinken. Obwohl sie nicht mehr gegen mich kämpfte, hatte sie einen mächtigen letzten Schlag versetzt. Schuldgefühle und Scham überholten Rache und Vergeltung. Ihre Worte schmerzten auf eine Weise, die ich mir nie hätte vorstellen können. Auch wenn ich mir Elizabeths und Fabians Taten ins Bewusstsein rief, um zu rechtfertigen, was wir hier taten, blieb die Wahrheit: Ich würde in diesem Krieg vielleicht keine Opfer erleiden – aber die Elfen schon. Sie hatten ihre Magie verloren.

Ich schüttelte die Gefühle ab. Ich würde sie damit besänftigen, dass ich diejenigen bestrafte, die mich zu solch extremen Maßnahmen gezwungen hatten. Die beiden zu sehen würde die Flammen neu entfachen und diese Gefühle vertreiben. Ich rannte mit neuer Entschlossenheit auf das Haus zu und stürmte durch die Tür.

Ich fand Nolan und Elizabeth im Wohnzimmer. Ihre Hand schoss vor, um zu zaubern. Nichts geschah. Als sie begriff, dass sie keine Magie hatte, öffnete sich ihr Mund. Ein kleines Lächeln huschte über meine Lippen. Ich war mir sicher, als die anderen ihre Magie verloren hatten und der Schutzzauber um Havenage gefallen war, hatte sie etwas Trost darin gefunden, immer noch ihre Feenmagie zu haben. Und das wäre der Fall gewesen, wenn ich den Zauber nicht ein wenig abgeändert hätte, indem ich die Haare verwendet hatte, die ich ihr vom Kopf gerissen hatte. Es war nicht die Elfenmagie, die Miss Harp nicht vollständig aufnehmen konnte, es war ihre gewesen.

Es hatte länger gedauert, Elizabeths Magie zu nehmen, was ihr ein falsches Gefühl der Hoffnung gegeben haben musste, weiter Zugang zu ihr zu haben, während die anderen bemerkt hatten, dass ihre Magie weg war.

Emotionen flossen in Wellen über ihr Gesicht. Wut und Verwirrung loderten in ihrem Ausdruck. „Was hast du getan!?"

Falls es irgendwelche Zweifel gab, wollte ich sie beseitigen. „Dein Haar." Als ich den Zauber modifiziert hatte, hatte ich ihn nicht testen können. Ob er erfolgreich sein würde, war reine Spekulation, doch ich hatte nichts zu verlieren gehabt. Selbst wenn sie ihre Feenmagie behalten hätte, wäre sie deutlich schwächer als zuvor gewesen. Ich sonnte mich in dem Entsetzen, das meine magischen Fähigkeiten und mein Potenzial auf ihr Gesicht brachten.

Elizabeths Körper vibrierte vor Wut. Sie richtete ihren Zorn auf Nolan und zischte: „Das fällt letztendlich auf dich zurück. *Du* hast uns das angetan!" Das implizite Verständnis, das mit ihrer geschwisterlichen Zuneigung einherging, wurde von Elizabeths Wut weggespült. Mit einer schnellen Bewegung riss sie ein Messer aus der Scheide an ihrem Bein und stürzte sich auf Nolan. Ich traf sie mit einer magischen Kugel, die sie mehrere Meter entfernt zu Boden krachen ließ. Nolan hob schnell das verlorene Messer auf. Er hielt es vorsichtig in der Hand und blickte auf seine Schwester hinab.

„Ich übernehme die Verantwortung für Erins Taten." Er ging auf die Knie, das Messer noch immer in der Hand. „Und für alles, was du und Fabian getan habt. Wie ihr sie behandelt habt. Mich gegen meinen Willen hier festgehalten habt – *zu meinem Schutz*." Er schnaubte. „Du kannst nicht wirklich glauben, dass du diese Vergeltung nicht verdient hast. Der Verlust deiner Magie ist eine so viel geringe Strafe, als das, was du wirklich verdienst." Sein Blick wanderte zu dem Messer, seine Stimme zitterte, als er sprach. „Sie hat ihrer Gerechtigkeit Genüge getan. Liebe Schwester, welche Vergeltung hast du von mir verdient?" Anstelle einer Antwort schluckte sie, während sie seinen Blick festhielt. „Du wolltest mich gerade umbringen", sagte er, sein Schmerz so schwer und tief, dass er eine gequälte Grimasse auf sein Gesicht zwang. Der Schmerz hatte ihm jedes Mitgefühl genommen. Sein ungewohnt hartes, kaltes Verhalten war beunruhigend.

„Nolan", flüsterte ich, aber er tat, als hätte er mich nicht gehört.

„Elizabeth, was hast du verdient?" Seine Stimme war emotionslos und klang dünn wie Papier.

„Besseres. Wir alle verdienen Besseres, als von Malifics Tochter bestraft zu werden. Wir alle verdienen Besseres als dass Erin existiert. Und ich verdiene einen besseren Bruder." Ihre Worte schnitten tiefer als jedes Messer. Bevor er mit einem echten Schnitt zurückschlagen konnte, ergriff ich seine Hand, nahm ihm das Messer ab und steckte es in meine Tasche. Dann packte ich Elizabeths Arm und riss sie auf die Beine.

Sie schlug nach mir. Ich schlug mit gleicher Kraft zurück, so hart, dass ihr Kopf zurückschnellte. Ich packte sie am Hals und drängte sie gegen die nächste Wand, wo ich sie festhielt. Die magischen Funken, die aus meinen Fingern sprühten, zogen ihren Blick an. Sie weigerte sich, mir Angst zu zeigen, und nur ein flüchtiger Anflug huschte über ihr Gesicht.

Elizabeth rang nach Atem, als mein Griff fester wurde. Die Magie, die ich heraufbeschworen hatte, verlangte ihre Aufmerksamkeit.

„Ich habe immer noch Magie. Wie du schon gesagt hast, bin ich Malifics Tochter. Zwing mich nicht, dein Leben auf eine Weise zu beenden, die selbst ihresgleichen anwidern würde", stieß ich hervor, nur Zentimeter von ihrem Gesicht entfernt.

Die Drohung kam nicht an, denn sie wusste, dass sie ich sie brauchte, um meinen Namen bei Neri reinzuwaschen. „Sobald bekannt ist, dass du sie entführt hast, kann ich dir versichern, dass Neri es genießen wird, zuzusehen, während ich dich qualvoll töte. Du kommst mit mir, um meinen Namen reinzuwaschen."

Ich nahm meine Hand von ihrer Kehle, packte sie am Arm und zog sie zur Tür. Sie stemmte sich dagegen und holte mit der Faust aus, um mich zu schlagen. Ich fing ihre Faust ab und schlug ihr mit der Stirn gegen die Nase. Hart, aber nicht hart genug, um sie zu brechen. Ihre Augen füllten sich mit Tränen. Während sie durch den Schmerz abgelenkt war, landete sie mit einem Hüftstoß auf dem Rücken. Ich drehte sie um und holte die Kabelbinder, die ich mitgebracht hatte, aus meiner Gesäßtasche. Nachdem ich sie gefesselt hatte, zog ich sie wieder auf die Beine hoch. Ich bereitete mich darauf vor, dass sie sich fallen lassen würde, damit ich sie tragen musste, doch zu meiner Überraschung bewegte sie sich mit mir. Nolan blieb dicht hinter mir, seine Stirn verwirrt gerunzelt; ich wusste, dass sie ihm nicht erzählt hatte, was sie mir angetan hatte. Auf unserem Weg erzählte ich ihm, dass Fabian und Elizabeth mir Adalias Entführung in die Schuhe geschoben hatten. Er war nicht wirklich überrascht und nahm die Geschichte mit einem Kopfschütteln auf. Nichts, was ich hätte sagen können, hätte die Emotionen beruhigen können, die in ihm tobten, also behielt ich die Plattitüden für mich.

17

Am Eingang der Siedlung waren mehr Elfen zusammengetrieben, als ich von meinem Besuch in Erinnerung hatte. Einige von ihnen waren mit Kabelbindern gefesselt, andere saßen mit trostlosen Mienen am Boden. Die Einzigen, die nicht hier waren, waren Pasha und seine Familie.

„Sie sind im Haus. Ich wollte nicht, dass er das sieht", sagte Asher. Es waren deutlich weniger Wandler da. Mein Herz raste.

„Kein Grund zur Sorge, Erin. Ein paar wurden verletzt – nichts Ernstes, aber ich wollte, dass sie gehen und sich behandeln lassen. Zwei von ihnen wurden von Silberkugeln getroffen." Er starrte einen der Männer an, die mit Kabelbindern gefesselt waren. Erst dann bemerkte ich die abgerundeten Spitzen an den Ohren einiger von ihnen. Keine Magie, kein Glamourzauber. Jetzt sah ich mehr Mischlinge, die keine spitzen Ohren hatten. Die vollen Elfenohren kamen dort zum Vorschein, wo sie nicht von Haaren bedeckt waren. Arius war in seiner Koboldgestalt und trug ein Iridium-Armband, das zu groß war, um um seinem Handgelenk zu halten, und deshalb mit einem Kabelbinder an seinem Bein befestigt war, wo jemand seine Hose aufgerissen hatte, um es direkt auf seiner Haut zu platzieren.

„Ich bin zu ihm gekommen, bevor er sich verwandeln konnte. Wenn nicht, wäre es wahrscheinlich anders ausgegangen.“

„Kann er sich noch verwandeln?“ Ich war immer noch davon überzeugt gewesen, dass ein Großteil seiner magischen Fähigkeiten mit Elizabeth zusammenhing. Obwohl nichts, was er getan hatte, die These unterstützte, war ich neugierig, ob der Zauber sich auch auf ihn auswirkte. Ich ignorierte Arius’ Blick, der unsagbares Unheil versprach, wenn er freigelassen würde, und betrachtete die gefangenen Elfen.

„Fabian?“

„Wir können ihn nirgends finden“, erklärte Cory.

„Ich habe versucht, ihn anhand des Geruchs aus seinem Haus aufzuspüren, doch die Spur endete abrupt.“ Ashers Stimme war vor Ärger angespannt. Fabian hatte dafür gesorgt, dass sie ihn nicht verfolgen konnten. Ich war überrascht über den Teil von mir, der geglaubt hatte, er würde bei den anderen bleiben. Es bestätigte nur, dass er genau der illoyale Mistkerl war, für den ich ihn die ganze Zeit gehalten hatte. Die Behauptung, seine Missetaten seien zum Wohle der Gemeinschaft, war vollkommener Blödsinn.

„Was sollen wir mit ihnen machen?“, fragte Asher. Es war eine Frage, die er gestellt hatte, bevor wir Havenage betraten, und für die ich zu diesem Zeitpunkt noch keinen konkreten Plan gehabt hatte. Angesichts der Situation hatte ich immer noch keine Antwort. Sie wegzusperren kam mir grausam vor, jetzt, da sie keine Magie mehr hatten. Aber Wut und Rachedurst waren auf vielen Gesichtern deutlich zu sehen. Würden sie entsprechend handeln?

Ich ließ einen langen Blick über die Gefangenen schweifen und sah trotz ihrer Wut keine Bedrohung. „Lasst sie hier.“ Ich zeigte auf Arius. „Kannst du ihn festhalten, bis ich feststellen kann, wozu er jetzt noch fähig ist?" Die anderen hatten keine Magie mehr, und ich glaubte nicht, dass sie Elizabeth gegenüber dieselbe blinde Loyalität empfanden wie gegenüber Fabian. Arius schon. Ihn zurückzulassen würde garantieren, dass er entweder Rache nehmen oder versuchen würde, Elizabeth zu befreien. Oder beides. Es war sicherer, wenn er in unserer Obhut blieb.

„Du hast vor, uns so zurückzulassen? Ohne Magie?", forderte Sanaa mich heraus.

Ich nickte. Sie starrte mich wütend an.

„Finde Fabian, und ich werde es mir nochmal überlegen", sagte ich. Ich hatte Elizabeth, und wenn wir Fabian hätten, wären die größten Probleme weg. Sie würden sich zu viele Gedanken darüber machen, sich neu zu organisieren, als dass sie sich um mich sorgen könnten.

Sie schnaubte und starrte Nolan an meiner Seite an. Die Elfen hatten reichlich Schuldzuweisungen für ihn, und ihre prüfenden Augen verfolgten jede seiner Bewegungen. Wenn er nicht gewesen wäre, würde ich nicht existieren und Malific wäre nie befreit worden. Nachdem ich ihre Magie genommen hatte, war er ein Ausgestoßener. Seiner niedergeschlagenen Stimmung nach zu urteilen wusste er es auch. Es tat mir schrecklich leid um seinetwillen – unseretwillen.

„Fabian hat euch alle im Stich gelassen! Die Leute, deren Schutz ihm angeblich wichtig war, und trotzdem hat er euch verlassen. Wie könnt ihr weiter loyal sein?"

Sanaa verzog das Gesicht. „Er ist derjenige, der am ehesten einen Weg finden wird, uns unsere Magie zurückzugeben. Magie, die du gestohlen hast. Ich bin froh, dass er entkommen ist."

Ihre kultische Sprache hatte mir schon zuvor eine Gänsehaut über den Rücken gejagt. Jetzt fragte ich mich, ob da noch mehr dahintersteckte. Oder vielleicht war es das Ergebnis ihrer Wir-gegen-den-Rest-der-Welt-Mentalität.

„Ich will es nicht schlimmer machen, als es ist. So wird es

sein. Zumindest für den Moment. Betrachte es als einen Akt des Mitgefühls, dass wir euch hierlassen. Doch wenn mich einer von euch angreift, werde ich ihm oder ihr gegenüber nicht mehr so freundlich sein."

„Das nennst du Mitgefühl?", keifte Sanaa. Es war schwer zu sagen, ob diese neue angepisste Ader ihre wahre Persönlichkeit war oder das Ergebnis ihres Magieverlusts.

„Das ist der Grad an Mitgefühl, den ich euch entgegenbringen kann. Bring mir Fabian, ich werde euch eure Magie zurückgeben. Greif mich an, und du bist tot." Mit dieser Anweisung zog ich Elizabeth hinter mir her zu meinem Auto.

„Ich werde ein paar Wandler abstellen, die dich nach Hause begleiten werden", informierte mich Asher, als er mir aus Havenage hinaus folgte. Einer der Wolfswandler hob Arius mit einer Hand hoch. Ich wollte gerade ablehnen, aber es war eine gute Idee. Ich dankte ihm und musste Sherrie meinen Dank zurufen. Sie stieg in ihr Auto und tat das Geschehene und alle damit verbundenen Probleme mit einem Schulterzucken ab. Sie war eine widerwillige Verbündete und interessierte sich nicht so sehr für das, was als Nächstes passieren würde.

„Ich würde gern mit dir gehen", drängte Nolan, nachdem ich ihn angewiesen hatte, mit Asher zu gehen. Er hatte vielleicht seine Meinung bezüglich seiner Schwester geändert, aber ich fürchtete, dass das nicht lange anhalten würde. Elizabeth hatte versucht, ihn zu töten, und was auch immer mit den Elfen und ihr passieren würde, ich wollte ihn nicht noch mehr Grausamkeit und Finsternis aussetzen. Elizabeth und Nolan tauschten einen Blick. Seiner war zunächst stechend, dann war da nur noch Traurigkeit. Ich war mir sicher, dass seine Traurigkeit sich irgendwann in Reue verwandeln würde. Sein Rachedurst gegen Malific hatte ihn in eine prekäre Lage gebracht, und er war zum Ziel von Vorwürfen und Spott seitens der Elfen geworden. Widerstrebend ging er mit Asher, und ich schob Elizabeth auf den Rücksitz des Autos.

***

Elizabeths Todesblick bohrte sich in meinen Hinterkopf. Er war zu spüren, auch wenn ich ihn im Rückspiegel nicht sehen konnte. In ihrem magielosen Zustand wirkte sie winzig, aber ihre empörte Wut blieb so gewaltig wie ihre Selbstsicherheit. Zu wissen, dass der Auslöser meiner Probleme mit den Feen in meiner Obhut war, war befriedigend, aber ich wollte Fabian. Er hatte sich als der Gerissenste und Gefährlichste von allen erwiesen. Seine Loyalität irgendjemandem gegenüber war fragwürdig. Sanaas Worte gingen mir durch den Kopf. *Er ist derjenige, der am ehesten einen Weg finden wird, uns unsere Magie zurückzugeben.*

War es das, was er gerade tat? Wahrscheinlich. Er hatte einen Weg gefunden, meinen anderen Zauber aufzuheben. Mein einziger Trost war, dass niemand, der ihm freiwillig helfen würde, Magie besaß. Ich fuhr schneller zum Haus der Königsfamilie; meine Gedanken waren hin- und hergerissen zwischen Fabian, der Wiederherstellung meines guten Namens (na ja, mehr oder weniger) und der Vorfreude auf Mephisto. Letzteres nahm den Großteil meiner Gedanken ein. Es war eine Herausforderung, mich auf das zu konzentrieren, was ich erledigen musste. Mit der Elfenmagie war auch der Zauber verschwunden, der den Schleier geschlossen hatte.

Der Schleier ist offen.

„Du bist ganz die Tochter deiner Mutter", zischte Elizabeth und unterbrach meine Gedanken. Ich hatte mich darauf vorbereitet, die ganze Fahrt über beschimpft zu werden. Nachdem sie gefangen genommen worden und auf dem Weg war, die Konsequenzen ihrer Taten zu erfahren, erwartete ich, dass sie sich wie ein in die Enge getriebenes, tollwütiges

Tier benehmen würde. Sie konnte nicht körperlich um sich schlagen, also würde sie es mit Worten tun.

Die Hintergrundgeräusche der Fahrt bestanden aus Elizabeth, die mir sagte, dass sie Nolan hätte abweisen und ihm nie helfen sollen. Wut fraß jeden Anflug von Logik auf, als sie weiter darüber schwadronierte, dass sie sich wünschte, sie hätte mich getötet, als sie mich das erste Mal gesehen hatte, und dabei scheinbar vergaß, dass mein Tod durch Ians Hand der Grund war, warum Malific überhaupt entkommen war. Mich als Kleinkind zu töten, hätte ihre Flucht nur vorgezogen. Elizabeth schien am meisten an meiner Flucht aus dem Dämonenreich zu kauen zu haben. Ihre wütenden Worte wurden zu nichts weiter als unverblümten Drohungen und Gezeter, warum Wendy in diese Situation hineingezogen worden war. Sie würde für ihre Rolle an meiner Befreiung bezahlen.

„Ich hätte anfangen sollen, sie aufzunehmen, als sie anfing zu zetern", flüsterte Cory vom Beifahrersitz aus. „Dass sie jetzt zur Verantwortung gezogen wird, hat sie wirklich in den Wahnsinn getrieben."

Ich grunzte angesichts seiner Einschätzung und wusste, dass es tiefer ging. Es war mehr als das. Sie hatte keine Magie mehr. Dass ihr die Magie von der Person genommen worden war, die sie am meisten hasste, musste zu viel für sie gewesen sein. Ich hatte sie auf die schlimmste Weise besiegt.

Das Tor zum Haus der Königsfamilie öffnete sich langsam, und als das Auto die Auffahrt hinaufrollte, beobachteten uns Wachen mit schussbereiten Waffen. Ich hatte Neris Neugierde nicht gestillt, als ich ihn angerufen und ihm gesagt hatte, dass ich die Person hatte, die Adalia entführt hat, und in einer Viertelstunde da sein würde.

Mir war klar, dass das Ignorieren seiner Anrufe seine Neugier gesteigert und seine Wut noch mehr angeheizt haben dürfte. Das war, was ich wollte. Ich hatte vor, seine feurige Wut auszunutzen und ihn das tun zu lassen, was nötig war: Elizabeth töten.

Angesichts der tatsächlichen Aussicht darauf, zur Rechenschaft gezogen zu werden, tat Elizabeth, was ich schon in Havenage von ihr erwartet hatte: Sie ließ sich hängen. Da ich immer noch von den Zaubersprüchen, die ich zuvor gewirkt hatte, geschwächt war, schaffte ich es nicht, sie ohne ihre Kooperation aus dem Auto zu holen. Ich konnte nur das Eisenarmband um ihren Arm zuschnappen lassen und brauchte Corys Hilfe, um sie ins Haus zu bringen. Er zog sie aus dem Auto, warf sie über seine Schulter und trug sie hinein. Ich wurde von Wachen begrüßt, die nicht die Absicht hatten, mich hereinzulassen. Ich wusste, dass eine zu schnelle Bewegung oder das Versäumnis zu gehorchen, mit einem Pfeil in meinem Rücken enden könnte. Nicht von dem Wachposten an der Tür, sondern von denen, die auf dem Anwesen versteckt waren und von denen sie wahrscheinlich annahmen, dass ich sie nicht bemerkt hatte. Die Sicherheitsvorkehrungen waren seit meinem letzten Besuch verstärkt worden – niemand kam ohne ihr Wissen herein oder hinaus. Ich fragte mich, wie viel sie in Schutzzauber investierten. Ihre Unkenntnis der Elfenmagie würde sie immer verwundbar machen, und Elizabeth hatte außergewöhnliche Fähigkeiten. Sie hatte ihre Schutzzauber umgangen und war mit Adalia davongewyndet. Ich war mir nicht sicher, was sie sonst noch getan hatte, aber ich würde es herausfinden. Ich war überzeugt, dass Elizabeth schlau und geschickt genug war, um sogar Schutzzauber zu umgehen, die das Wynden verhinderten. Wenn sie es nicht konnte, konnte Fabian es. Sie waren das Power-Paar, das die Welt nicht brauchte.

Ich wurde von Neris steinerner Miene begrüßt, als Cory Elizabeth in dem Raum abstellte, in den wir eskortiert wurden. Ich stieß die unkooperative Elizabeth auf ihn zu.

„Wenn Sie jemanden wegen Adalias Entführung und dem Magieentzug töten wollen, dann ist das Ihre Schuldige."

Sein unsicheres Stirnrunzeln verwandelte sich in Abscheu. „Erin." Seine finstere Miene drückte seinen Unglauben besser aus, als seine Worte es vermochten. „Ich soll glauben, dass sie dahintersteckt? Deine Anklägerin? Diejenige, die meine Adalia gerettet und uns zu euch geführt hat?"

„Ja. Wenn du mir nicht glauben willst, frag sie."

„Sprich", forderte er Elizabeth auf.

Empört hob sie ihr Kinn, als sie ihm in die Augen sah. „Ich habe die Wahrheit gesagt. Wie du sehen kannst" – sie hob ihre gefesselten Arme – „wurde ich gegen meinen Willen hierher gebracht. Erins Verzweiflung, ungestraft ein rücksichtsloses und gesetzloses Leben zu führen, hat auch mich zu einem Opfer gemacht."

Es war nicht überraschend, dass sie ohne große Anstrengung lügen konnte. Neri glaubte ihr. Adalia stand auf der anderen Seite des Raumes, ihre elegante Anmut verriet keinen ihrer Gedanken. Ihr Gesicht war ausdruckslos, während sie zusah, wie sich alles entwickelte.

„Zwingt sie, die Wahrheit zu sagen", schlug ich vor. „Wenn sie nichts zu verbergen hat, wird sie einem Wahrheitszauber zustimmen."

Neris Miene wurde angesichts meines Vorschlags eines Zaubers, den er nicht ausführen konnte, finsterer.

„Ich kann ihn wirken", bot Cory an.

Neris Blick wanderte über Cory, während er Adalia zu sich winkte. Sobald sie in Reichweite war, verflocht er seine Finger mit ihren, als sehnte er sich verzweifelt nach Kontakt mit ihr. Seine Hingabe und Liebe zu seiner Frau hätte in mir ein warmes, wohliges Gefühl hervorgerufen, aber da sie die Quelle seines Zorns auf mich waren, waren sie so gefährlich wie eine Waffe.

„Magie lässt sich manipulieren, und du würdest alles tun, um deine Freundin zu beschützen. Werde ich die tatsächliche Wahrheit erfahren oder *Erins Wahrheit*?", knurrte Neri.

„Die absolute Wahrheit", versprach Cory.

Neri sah nicht überzeugt aus. Wenn diese Situation heute enden sollte, durfte es bei Neri keinen Zweifel mehr geben.

„Würdest du ihrem Wort unter dem Zwang eines Vampirs vertrauen?", platzte ich heraus. Es war die reinste Form der Wahrheitssuche, die keinen Zauber erforderte. Neri konnte die Fragen stellen, und die Antworten würden aus Elizabeth herausgeholt werden. Elizabeth warf mir einen hasserfüllten Blick zu.

Ich hielt meinen Blick auf das königliche Paar gerichtet und wartete auf eine Antwort. Ich weigerte mich, meine Aufmerksamkeit in Corys Richtung schweifen zu lassen, war mir jedoch völlig bewusst, dass er mir mit großen Augen einen warnenden Blick zuwarf. Neri würde nicht einfach irgendeinen Vampir verlangen, sondern *den Vampir*. Landon.

Neri stimmte mit einem Nicken zu. Augenblicke später verschwand er mit seinem Arm um Adalias Taille durch eine Tür auf der rechten Seite des Raumes, nachdem er uns mitgeteilt hatte, dass er mit Landon sprechen müsse. Elizabeth ließ sich auf das Sofa fallen und starrte auf ihre gefesselten Hände. Einst waren sie die Quelle großer Macht gewesen, jetzt waren sie nur noch Hände. In Abwesenheit des Königs und der Königin sah sie mich schweigend finster an, wenn sie sich nicht gerade im Raum umblickte, vermutlich auf der Suche nach einem Fluchtweg. Angesichts des Sicherheitsniveaus und ohne Magie oder übernatürliche Geschwindigkeit und Kraft war eine Flucht jedoch unmöglich.

18

Angst kroch mir den Rücken empor. Wir warteten schon seit über einer halben Stunde. Das ständige Eindringen der Sicherheitsleute, die den Raum betraten und verließen, ließ mich darüber spekulieren, ob Neri sich gegen die Wahrheitsfindung entschieden und stattdessen den nuklearen Weg gewählt hatte, alle möglichen Verdächtigen zu vernichten. Seine Vergangenheit überzeugte mich nicht, dass das keine mögliche Option für ihn war. Ich war sicher, dass ich jeden seiner Versuche überleben würde, obwohl ich dadurch klar zum Staatsfeind werden würde. Die beste PR der Welt würde mir nicht helfen.

Meine Bedenken wurden zerstreut, als Landon mit einer mühelosen, anmutigen Geste den Raum betrat, flankiert von Elon und Dallas. Sein Eintreten war das Stichwort für Neris und Adalias Rückkehr.

Landons Lippen zitterten bei dem Versuch, mir ein Lächeln zu schenken. „Erin", schnurrte er und kam auf mich zu, seine Stimme bar der Feindseligkeit, die er – da war ich mir sicher – fühlte. „Was für eine Überraschung, dich hier zu sehen", stieß er hervor und bekam endlich das Lächeln hin, an dem er verzweifelt gearbeitet hatte, seit er den Raum betreten hatte.

Ich hätte meinen linken kleinen Zeh darauf verwettet, dass meine Anwesenheit keine Überraschung war, aber ich spielte mit. Ich schenkte ihm ein Lächeln und begrüßte ihn mit einem enthusiastischen, festen Händedruck. Er nutzte meine Hand als Hebel, zog mich an sich und beugte sich zu meinem Ohr hinunter.

„Wenn du jemals all deiner weltlichen Besitztümer beraubt wirst, weiß ich, dass du immer deine Kühnheit bewahren wirst", zischte er. Landon, der sich Neris Aufmerksamkeit bewusst war, trat zurück. „Kann ich kurz mit Erin sprechen?", fragte er.

„Mir wäre lieb, wenn wir anfangen würden. Sie haben schon zu lange auf Antworten gewartet", sagte ich.

„Einen Moment bitte." Er fletschte die Zähne, drehte sich auf dem Absatz um und rauschte in einer dramatischen Demonstration von Geschwindigkeit und Beweglichkeit in den Flur. Cory wollte mir folgen, doch ich hob eine Hand, um ihn aufzuhalten.

Sobald ich im Flur stand und die Tür hinter mir geschlossen hatte, überwand Landon die Distanz zwischen uns in einem Wimpernschlag.

„Du hast Nerven", stieß er durch zusammengebissene Zähne hervor. Er verzog die Lippen und zeigte seine Reißzähne.

„Ich bin nicht diejenige, die dich hergerufen hat. Das war Neri."

„Soll ich glauben, dass du nichts damit zu tun hattest?"

„Sie wollen nicht, dass manipulierbare Magie im Spiel ist. Vampirischer Zwang war die einzige Möglichkeit, Antworten zu bekommen."

„Denke nicht einen Moment lang, dass ich das nicht als das sehe, was es ist. Eine Bitte um einen weiteren Gefallen. Mehr Schulden. Diese schamlose Unverfrorenheit!" Gewitterwolkenschwarze Augen blitzten, offenbar angesichts meiner *Unverfrorenheit*. Seine von überreizten Emotionen getriebenen Bewegungen waren fahrig. Es hätte mich amüsiert, doch dann verzog er wieder die Lippen und präsentierte seine Waffen. Ich wurde an die Gefahr erinnert. Bewaffnet mit einem Messer, das an meiner Hüfte hing, und Magie, die schnelle Reaktionen erforderte, fühlte ich mich sicher, war mir aber bewusst, dass ich beides einsetzen müsste, bevor er seine besten Waffen einsetzen konnte – seine Reißzähne und seine übernatürliche Geschwindigkeit und Stärke.

Er richtete sich auf, straffte die Schultern und ließ alle Emotionen aus seinem Gesicht verschwinden. Kalter, berechnender Stoizismus. Meine Unverfrorenheit hatte ihre Schockwirkung und den Charme verloren, den er zuvor darin gefunden hatte. Es war ein unansehnlicher Makel, den er anscheinend nicht ansehen konnte.

„Du brichst unsere Vereinbarung, ignorierst mein Bestehen darauf, sie einzuhalten und –"

„Du meinst die Drohung, die du vor meiner Tür hinterlassen hast?"

Er antwortete mit einem finsteren Blick. „Die Rosen? Kaum eine Drohung. Nur ein kleiner Anstoß, dich an deine Vereinbarung zu halten. Eine, die du ignoriert hast. Und jetzt willst du noch mehr Gefälligkeiten von mir, um deinen Namen reinzuwaschen?" Er fuhr sich mit den Fingern durchs Haar, und ging im Flur auf und ab. Er blieb immer wieder stehen, um mich anzusehen, und sein Mund öffnete und schloss sich wieder. Er schien unfähig, Worte zu finden, um seine fassungslose Abscheu in Worte zu fassen. Oder darüber nachzudenken, wie schnell er mich umbringen könnte.

„Ich habe dir mehr versprochen als zwei Nachkommen, und ich habe vor, mich daran zu halten. Aber wenn mein Name bei den Feen nicht rehabilitiert wird, werde ich nicht lange genug leben, um das zu tun. Ich kann das zwischen uns nicht in Ordnung bringen, wenn ich tot bin."

Er hielt inne, schnaubte leise und warf mir einen Blick über die Schulter zu, als er zurück ins Zimmer ging. Kurz bevor er es betrat, blieb er stehen, beugte sich zu mir hinunter und flüsterte: „Du *wirst* unsere ursprüngliche Vereinbarung einhalten. Es wird keine weiteren Diskussionen oder Verhandlungen geben."

Als wir ins Zimmer zurückkehrten, beruhigte Landons kühles Verhalten mir gegenüber Neri und nahm ihm die anfängliche Skepsis.

Elizabeth schaffte es, ein gewisses Maß an Selbstbewusstsein an den Tag zu legen, während ich ihre Fesseln löste. Ihre Zuversicht verschwand kurz, als Landon sich ihr näherte. Welcher Plan auch immer ihr dieses Selbstbewusstsein gegeben hatte, verschwand, als Landon ihr seine offenen Hände entgegenstreckte. Zu meiner Überraschung nahm sie sie, ohne zu zögern, als hätte sie nichts zu verbergen. Elizabeth warf Neri und Adalia einen Blick über die Schulter zu, bevor sie sich auf Landon konzentrierte und seinen Anweisungen folgte, während er sie langsam in den Zwangszustand versetzte.

Ihre Augen weiteten sich und wurden glasig. Sie atmete gleichmäßig, hielt ihre Aufmerksamkeit auf ihn gerichtet und wartete auf seine Fragen.

„Adalia ist vor fünf Tagen verschwunden. Hast du sie vorher gesehen?", fragte Landon.

„Ja, natürlich", antwortete sie.

„Wo?"

„Im Kelsey's."

„Erzähl mir von eurer Interaktion", drängte er.

„Es gibt nichts zu erzählen. Ich habe die Feenkönigin gesehen und sie begrüßt, wie es alle getan haben."

„Hast du sie berührt?"

„Ich habe sie begrüßt. Natürlich."

Landon neigte den Kopf, während er Elizabeth beobachtete, die schwerer atmete als zuvor. Ich konnte nicht feststellen, ob sie versuchte, gegen den Zwang anzukämpfen, oder ob sie sich bemühte, sich an die Ereignisse zu erinnern. Die einzige Möglichkeit, einen Zwang zu bekämpfen, bestand darin, eine Antwort nicht zu verweigern. Sie musste antworten.

„Ja, ich habe sie berührt. Ich habe sie begrüßt, indem ich ihre Hand berührt habe."

Verdammt, sie war vorsichtig mit ihren Worten. Wenn er nicht das Richtige fragte, würde sie es nie zugeben. „Das hat er nicht gefragt. Hast du einen Zauber auf Adalia gewirkt, als du ihre Hand zur Begrüßung berührt hast?", platzte ich heraus.

Landon und Neri starrten mich wütend an. Adalia rümpfte die Nase über meine Unhöflichkeit. *Scheiß auf Anstand, ich versuche, ein Geständnis zu bekommen.*

Elizabeth atmete langsamer und tiefer, aber sie antwortete nicht. Ich drängte Landon, die Frage zu wiederholen. Nach einem missmutigen Blick stellte er die Frage.

„Ja, ich habe einen Schutzzauber gesprochen. Wir müssen die Königin beschützen."

Ich eilte neben Landon. „Das war nicht die richtige Frage."

„Was genau ist die richtige Frage?", zischte er. Ich flüsterte sie ihm ins Ohr, weil ich Elizabeth keine Sekunde Zeit geben wollte, sich eine doppelzüngige Antwort auszudenken, die es schaffte, die Frage wahrheitsgemäß zu beantworten und sie gleichzeitig zu entlasten.

„War der Schutzzauber dazu da, die Königin zu schützen, oder um einen Zauber zu schützen, den du über sie gelegt hattest?", fragte er.

Elizabeth schluckte. „Ja, ich habe einen Schutzzauber gesprochen. Wir müssen die Königin beschützen", wiederholte sie.

„Wurde mir noch ein anderer Zauber auferlegt?", fragte Adalia mit scharfer Stimme. Elizabeth erschrak über die Wut in ihrer Stimme. Ihr kalter, bedrohlicher Ton schien Neri zu überraschen. Zu sehen, wie die gefasste und elegante Fassade vom besonnenen Herzen des Paares abfiel, schockierte alle. Ihr Blick schweifte durch den Raum, und sie betrachtete unsere Reaktionen. Mit einem ruhigen Lächeln forderte sie Landon auf, die Frage zu stellen.

Als er es tat, kämpfte Elizabeth gegen den Zwang an; ihr Körper zitterte, ihre Zähne waren zusammengepresst, als sie ihre Antwort zurückhielt. Nicht zu antworten war ein stillschweigendes Eingeständnis. So oder so war ich nicht mehr die Verdächtige.

Neri wollte jedoch ein Geständnis. Kaum gezügelte Wut ging von ihm aus, als er sich Elizabeth näherte. „Du wirst die Frage beantworten", forderte er.

Die vorgetäuschte Ehrfurcht, die sie zuvor zur Schau gestellt hatte, verschwand. Die Fassade fiel. Ihre Augen wurden wieder so kalt und unnachgiebig wie ich sie kannte. Sie wurde wieder zu der Kreatur, die mit Leuten, die zu ihr gekommen waren, um Hilfe zu erhalten, in böser Absicht Geschäfte gemacht hatte. Zu der Frau, die einen Deal mit Malific ausgehandelt hatte, um alle Elfen außer mir zu beschützen. Die Frau, die mich in das Dämonenreich verbannt und den Dämon bestraft hatte, der ihr geholfen hatte, weil ich entkommen war. Sie war kein schüchternes Mauerblümchen, sondern eine grausame Feindin.

„Ich muss verdammt nochmal nichts beantworten und weigere mich." Ihre scharfen Augen forderten Neris heraus. Das war nicht das, was mich interessierte; es waren die Berechnungen dahinter, die ich schon so oft gesehen hatte.

Die Stille war voller Anspannung. Die einzige Person, die einigermaßen amüsiert war, war Landon, der seine Belustigung hinter einem verkrampften Lächeln verbarg.

„Würdest du bitte die Frage beantworten?", fragte

Landon, und dunkle Freude ließ seine Stimme zu einem federleichten Singsang werden.

Elizabeth starrte ihn wütend an, offensichtlich gefiel es ihr nicht, die Quelle seiner Unterhaltung zu sein. „Ich habe Adalia verzaubert, aber ich hatte nicht die Absicht, ihr wehzutun." Elizabeths Atem wurde langsam und gleichmäßig. „Ich habe versprochen, Erin nie zu verletzen, aber sie ist gefährlich und wurde von Madison und dem Alpha der Wolfswandler beschützt. Du warst meine einzige Möglichkeit, dafür zu sorgen, dass sie aufgehalten wird." Wärme kroch in ihre Augen, als sie den Blick auf Adalia richtete.

Neris Gesicht färbte sich tiefrot. Wut brandete in stürmischen Wellen aus ihm heraus. Er blickte zur Tür und nickte einmal. Ein Pfeil zischte an mir vorbei und war nur Zentimeter davon entfernt, in Elizabeths Kehle zu dringen, als Landon ihn aus der Luft pflückte und mit einem Grinsen betrachtete.

„Nun, das ist unangebracht. Neri, sei wütend, wenn es sein muss, aber wirst du es dir versagen, die Wahrheit zu erfahren?"

„Was muss ich noch wissen? Sie hat Adalias Leben aufs Spiel gesetzt. Der Grund ist mir egal. Nichts, was sie vorbringt, kann das rechtfertigen. Die Königin darf niemals als Schachfigur benutzt werden. Niemals."

„Verständlich, aber um der Sicherheit der Feen und anderer willen, würdest du nicht gern wissen, wie jemand so Mächtiges zu solchen Maßnahmen gezwungen werden kann?" Landons Augen warfen mir einen verächtlichen Blick zu.

Adalia trat näher an Neri heran und legte ihm beruhigend die Hand auf die Wange. „Frag sie", wies sie Landon leise an.

Landon nahm sich Zeit, seine Fragen zu formulieren. „Warum denkst du, dass Erin für die Feen gefährlich ist?"

„Erin ist eine Bedrohung für alle. Im Umgang mit ihr ist stets Vorsicht geboten. Ich weiß genau, dass sie und

Mephisto an einem Zauber beteiligt waren, der alle Feen getötet hätte", erklärte sie. Es war keine Lüge. Ein Teil ihrer Antwort konnte als Meinung angesehen werden, aber der andere Teil war wahr, doch die Art, wie sie es formulierte, war höchst manipulativ. Die Erwähnung von Mephistos Namen steigerte meine Sehnsucht nach ihm. Ich hätte ihn in diesem Moment gern an meiner Seite gehabt.

Ich begegnete ihrem herausfordernden Blick. „Sie hat recht, aber lass den Teil nicht aus, dass du diejenige warst, die für die Erschaffung des Zaubers verantwortlich war, der das Leben der Feen in Gefahr gebracht hat." Ich trat näher, bis ich direkt vor ihr stand. Ich sah Neri und Adalia an. „Sie wollte mich zwingen, nach ihrer Pfeife zu tanzen, und als ich mich geweigert habe, hat sie einen Zauber benutzt, der alle Feen töten sollte. Es ist kein Geheimnis, dass Madison alles tun würde, um mich zu schützen, und du weißt sicher, dass ich dasselbe für sie tun würde. Wenn es Madison betrifft, betrifft es auch mich. Sie ist eine Fee. Also sind Feenprobleme auch meine Probleme. Das ist mein Schwur, denn ich werde Madison um jeden Preis schützen – und damit auch die Feen."

Elizabeths Gesicht wurde leichenblass, doch in ihrem Kopf drehten sich die Räder weiter. Sie hatte nicht den Luxus von Zeit, sich eine Antwort zurechtzulegen, und musste schnell kontern, um mich als ihren Feind darzustellen. Das war das Einzige, was sie retten könnte. Wer wenig zu verlieren hat, neigt dazu, am rücksichtslosesten zu handeln. „Ich wollte, dass sie mir gehorcht, wegen ihrer Elfenmagie."

Ein hörbares Keuchen kam von Neri und Adalia. „Elfen sind ausgestorben", entgegnete Neri.

„Das sind sie nicht. Nur verborgen. Erin scheint die Einzige zu sein, die ihre Macht besitzen will, seit sie ihre und meine Magie gestohlen hat." Sie zeigte das Eisenarmband an ihrem Handgelenk.

Ich hatte die Aufmerksamkeit aller. Eine Mischung aus Bewunderung, Angst und Neid. Ich wusste, dass hinter den Emotionen die Spekulationen darüber steckten, ob es besser war, mich als Verbündete zu haben oder für immer los zu sein. Ich hatte einem ganzen Volk die Magie genommen.

„Ich brauche das nicht“, fuhr Elizabeth fort. „Sie hat sie mir angelegt, um dich zu täuschen. Um zu vertuschen, was sie getan hat.“

Elizabeth sah vielleicht, dass das Ende nahe war, und war rücksichtslos, aber ich war es nicht. Ich hatte die feste Absicht, dieses Haus mit reingewaschenem Namen und in gutem Ansehen bei den Royals zu verlassen.

„Ich habe es getan, damit du niemanden mehr verletzen kannst. Einschließlich der Feen. Ich habe die Magie der Elfen genommen, weil sie Elizabeths rücksichtsloses Verhalten überhaupt erst ermöglicht haben, während sie im Schatten gelebt haben.“ Ich wandte mich zu Neri und Adalia um, meine Stimme ehrfürchtig und nachdenklich. „Ich bin eine Verbündete der Feen, weil ich meine Schwester immer beschützen werde. Ich habe alles für sie geopfert. Lasst mich offen sein. Ihr alle lebt, weil ich alles tun werde, um Madison zu beschützen.“ Ich hoffte, sie verstanden auch die tiefere Bedeutung: *Legt euch nicht mit Madison an.*

Ein langsames Lächeln breitete sich auf Adalias Gesicht aus, und Wärme erfüllte ihren Ausdruck. Sie nickte verständnisvoll. Ihre sanfte Eleganz wurde von dem engelsgleichen Blick überlagert, den sie mir, Cory und Landon zuwarf. „Das wissen wir zu schätzen. Wir sind froh, dass jemand so Bemerkenswertes wie du unser Wohlergehen im Sinn hat.“ Sie deutete eine Verbeugung an. „Danke, ich freue mich auf unser Wiedersehen.“

Mit ihrer Verabschiedung betraten drei uniformierte Feen mit Armbrüsten in der Hand den Raum. Landon nahm die Einladung zum Gehen dankbar an und verließ innerhalb eines Wimpernschlags den Raum. Cory brauchte einen

Moment, um zu verstehen, was gleich passieren würde. Sobald er es begriff, blieb ihm der Mund offenstehen. Als er seine Hand hob, um einen Angriffszauber auszuführen, gab ich ihm einen magischen Stoß, der stark genug war, um ihn aus der Reihe der Feen zu stoßen. Ich riss ihn zu mir, packte ihn am Arm und zog ihn aus dem Raum. Über meine Schulter blickte ich zu Adalia, die sich vor Elizabeth positioniert hatte. Was auch immer sie sagte, war kurz und prägnant. Dann trat sie aus dem Weg.

Als der erste Pfeil abgeschossen wurde, fiel Elizabeth mit einem gequälten Schrei auf die Knie. Sekunden später war ein Gurgeln zu hören. Ich wusste genau, wo der andere Pfeil sie getroffen hatte. Das würde sie auf keinen Fall überleben.

„Soll das ein Witz sein, Erin! Du willst nichts dagegen tun?"

„Und du auch nicht", sagte ich, packte seinen Arm wieder und zog ihn aus dem Haus.

Er wirbelte herum. „Sie werden sie töten."

„Ich gehe davon aus, dass sie schon tot ist."

Die Farbe wich aus seinem Gesicht, als er sich mit den Fingern durch die Haare fuhr. Er atmete mehrmals tief und langsam durch, um die Klarheit und Ruhe zu finden, die er dringend brauchte. „Ich weiß, du hast gesagt, dass du … dass du …" Er holte noch einmal Luft. „Ich weiß, dass du gesagt hast, dass du sie töten willst. Ich dachte nur, am Ende würdest du es nicht tun."

„Warum? Sie hätte Nolan in Havenage fast getötet." Diese für ihn neue Information ließ ihn scharf einatmen, und er schauderte, als er wieder ausatmete.

„Mit Elizabeth wäre immer etwas. Selbst ohne Magie hätte sie mir das Leben zur Hölle gemacht. Jetzt kann sie es nicht mehr. Meine Hände sind sauber."

„Du hast einen Mord nicht verhindert. Das hast du an deinen Händen", widersprach er. Ich würde mit seiner Enttäuschung leben, denn Elizabeths Tod war ein Pfad zum

Frieden und ein Schritt in die richtige Richtung, dass ich den Elfen ihre Magie zurückgeben konnte.

Doch Corys Urteil schmerzte, und trotz meiner Bemühungen, es zu verbergen, konnte ich es nicht. Nach einigen Augenblicken starren Schweigens in der Einfahrt stellte sich Cory vor mich und lächelte müde. „Wenn die Wut und Frustration verflogen sind, wirst du damit leben können, E?"

Ich nickte. „Ich werde wahrscheinlich noch besser damit leben können als heute. Das Einzige, was ich bedauern könnte, wäre, dass mein Gesicht nicht das Letzte war, das sie je gesehen hat."

Er drückte entschlossen meinen Arm, drehte sich um und marschierte zurück ins Haus. Augenblicke später wollte ich ihm folgen, blieb aber abrupt stehen, als ich sah, wie er von zwei der mit Armbrüsten bewaffneten Wachen hinausbegleitet wurde. Cory blickte finster drein, als sie ihn grob in meine Richtung stießen.

„Geht", befahl einer von ihnen. „Neri und Adalia erwarten, dass ihr nur zurückkommt, wenn ihr eingeladen seid."

Ich hatte das Gefühl, dass keiner von uns allzu ungeduldig auf eine Einladung warten sollte.

19

„Was zum Teufel war das, Cory?", fragte ich, als wir im Auto saßen und unsere Sicherheitsgurte anlegten.

Er schüttelte langsam den Kopf und sagte: „Trauma. Da führt kein Weg drum herum."

Wahrscheinlich, weil er gesehen hatte, was passiert war, als Elizabeths Körper von wer weiß wie vielen Pfeilen durchbohrt worden war.

„Nach dem Vorfall im Blose Chasm hat ein Teil von mir einfach nicht glauben können, dass Malific wirklich tot war. Irgendwie habe ich immer erwartet, dass sie zurückkommt. Jetzt bin ich zwar überzeugt, dass sie tot ist, aber ich wünschte, einer von uns hätte die Leiche gesehen. Ich fühle mich nicht wohl dabei, mich in dieser Sache auf dieses betrügerische Duo zu verlassen. Ich musste sicherstellen, dass Elizabeth wirklich tot ist, um endgültigen Seelenfrieden zu haben, ohne irgendwelche Zweifel", verriet Cory mit einem heiseren Flüstern.

Ich nickte verständnisvoll. Elizabeth hatte keine Magie, und sie hatte immer noch das Eisenarmband getragen. Wenn ihre Feenmagie zufällig doch noch da gewesen wäre, hätte sie sie nicht benutzen können. Ich hatte das Todesröcheln gehört, das sie beim zweiten Pfeil gemacht hatte. Ich wusste ohne Zweifel: Elizabeth war tot.

„Ich muss Fabian finden."

„Hast du einen Plan dafür?"

Ich schüttelte den Kopf und fuhr langsamer, während mein Blick immer noch über die malerische Aussicht schweifte, bis ich nicht mehr widerstehen konnte. Ich hielt das Auto an, sprang heraus und rannte in Richtung Wald, dicht gefolgt von Cory.

Während ich den Zauberspruch flüsterte, um den Schleier zu enthüllen, lächelte ich über die alternative Welt, die sich mir offenbarte.

„Er ist offen, oder?", fragte Cory, und Enttäuschung mischte sich in seine Worte. Den Schleier nicht sehen zu können, würde für ihn weiter ein Quell der Verbitterung sein.

Ich widerstand dem Drang, hineinzugehen und nach Mephisto zu suchen, und flüsterte: „Ja." Ich konnte die Sehnsucht in meinen Worten hören und wusste, dass sie Cory auch nicht entgehen würde.

„Sieht so aus, als solltest du nach Hause gehen, wo Mephisto zu dir zurückkehren könnte, anstatt wie ein Spinner im Wald herumzuhängen. Aber ich bin ein Lösungstyp und werfe hier nur mit Ideen um mich."

Er grinste, als ich ihm einen bösen Blick zuwarf. Er zog mich in eine Umarmung und flüsterte: „Du hast es geschafft." Stolz schwang in jedem Wort mit. Er drückte seine Stirn an meine und wiederholte es, als könne er es nicht glauben. Ein Teil von mir tat es auch nicht. Ich würde den Erfolg erst spüren, wenn ich Mephisto sah.

„Erin, geh nach Hause", drängte Cory und stieß mich in das Auto, als er sah, dass ich zögerte zu gehen. „Er wird kommen."

Wir mussten durch einen Flur voller Wandler navigieren. Ich wies alle bis auf zwei an, nach Hause zu gehen, was zu spöttischem Schnauben führte. Von Wölfen herablassend behandelt zu werden, war nie ein angenehmes Gefühl. Ich könnte mehrere Leben lang auskommen, ohne das nochmal zu erleben. Ich hatte gehofft, dass Mephisto bei meiner Ankunft in meiner Wohnung sein würde, aber meine Enttäuschung ließ sich nicht verbergen. Cory behielt mich besorgt im Auge, während er seine Sachen packte, um nach Hause zu gehen.

„Er ist erst ein paar Stunden offen“, erinnerte er mich und legte einen Optimismus an den Tag, den ich nicht mehr teilte. Meiner schrumpfte von Minute zu Minute.

Ich überlegte, auf Mephistos Ankunft zu warten, aber ich hatte noch dringende Angelegenheiten zu erledigen. Ich musste nach Miss Harp sehen und meinen Vater holen. Bei dem Gedanken, Nolan zu sehen, stiegen Schuldgefühle in mir auf. Ich musste ihn nicht nur bei Asher abholen, sondern ihm auch sagen, dass seine Schwester tot war. Darauf freute ich mich nicht.

Mit meiner schwindenden Zuversicht, dass Mephisto von der Öffnung des Schleiers wusste, beschloss ich, dass ich nach ihm suchen würde, wenn er bis zum Abend nicht zurückgekehrt wäre. Ein Abenteuer, auf das ich mich nicht freute, da er mich das erste Mal dorthin geführt hatte, wo ich annahm, dass er wohnte. Ich würde selbst einen Weg finden, mich zurechtzufinden. Ich musste ihn sehen.

Alle Gedanken an Mephisto wurden von Madisons unaufhörlichen Textnachrichten unterbrochen. Sie waren hartnäckiger, als ich es gewohnt war. Die meisten baten mich, das Chaos zu erklären, das dazu geführt hatte, dass sie von den Seelies einbestellt worden war. Nicht eingeladen, sondern einbestellt. Sie wollte das klarstellen, damit ich den Unterschied und die Gefahren erkannte, die mit Letzterem einhergingen.

Es gab zu viele Cluster, um sie zu besprechen, und ich

konnte sie nicht in einer einfachen Nachricht erklären. Ich hielt ein paar Blocks von Ashers Haus entfernt an und rief sie an. Madisons Antworten waren knapp. Sie klang abgelenkt, und ich nahm an, dass sie versuchte, sich mit den Problemen von Adalias Entführung und dem Befehl, zu den Royals zu kommen, auseinanderzusetzen. Wir verabredeten uns für später in meiner Wohnung.

Sie schien sich mehr Sorgen darum zu machen, dass sie einbestellt worden war als um die Cluster von Fucks und die Fülle an Mist, die in den letzten 24 Stunden passiert waren.

Du wirst schon klarkommen, dachte ich. Angesichts all dessen, was vor sich ging, war ich mir unleugbar sicher, dass sie nach ihrer Ankunft bei den Royals erkennen würde, dass sie in ihrer Gunst stand.

Meine Bemühungen, meine Miene ausdruckslos zu halten, als ich Ashers Haus betrat, schlugen fehl. Mein Erscheinen wurde mit einer Grimasse und einem mitfühlenden Seufzer quittiert. Stank ich nach Tod? Schlug mein Herz zu schnell, atmete ich zu langsam oder spürte er Trauer?

Nolan bemerkte Ashers Gesichtsausdruck, der als Übergang zu dem diente, was ich ihm sagen musste. Er verfolgte jeden meiner Schritte, atmete zittrig aus, und bevor ich mich neben ihn setzen konnte, verblasste das Licht in seinen Augen vor Kummer. Er flüsterte: „Nicht hier."

Er wandte sich von mir ab und stand auf, brachte ein knappes Lächeln für Asher zustande, während er mit langsamen, gemessenen Schritten das Haus verließ, als würde ihm jeder Schritt etwas nehmen. Da ich nicht wusste, ob er einfach Zeit brauchte oder Zeit ohne mich, nutzte ich die Gelegenheit, um mich über Miss Harp auf den neuesten Stand bringen zu lassen.

„Sie ist nicht weniger mürrisch", sagte Asher und teilte seine Aufmerksamkeit zwischen mir und der Tür auf, durch die Nolan gegangen war.

„Hast du darauf gehofft?", neckte ich ihn.

Er zuckte die Achseln und wandte seine Aufmerksamkeit von der Tür ab, um sich auf mich zu konzentrieren. Er beantwortete meine Frage mit einem prüfenden Blick. „Es wäre schön, mal vierundzwanzig Stunden lang nicht von einer alten Frau herausgefordert zu werden, die mehr Kahlua als Mensch ist", schnaubte er. Die Anzeichen von Sorge, die er vor und während des Zaubers gezeigt hatte, waren vollständig verschwunden und durch Sorge und Mitgefühl ersetzt. Ich konnte nicht feststellen, ob sie mir oder Nolan galten. Vielleicht beiden.

Seine Miene entspannte sich. „Ist es so schlimm gelaufen wie die Gerüche, die von dir ausgehen?"

„Hör auf, mich zu riechen. Alle finden das nur seltsam!", knurrte ich.

Ich sah über meine Schulter, um sicherzugehen, dass Nolan nicht in Hörweite war, und erzählte ihm die Kurzfassung der Situation mit den Feen, einschließlich der Hoffnung, dass die Anklage gegen mich fallen gelassen und die Kaution, die er für mich gestellt hatte, zurückerstattet würde.

Er winkte die Kaution ab, als wäre sie belanglos, aber ich konnte nicht noch eine Schuld über mir hängen lassen.

„Ich muss los."

„Das klingt nicht so, als ob du das willst", sagte Asher.

„Ich bin mir nicht sicher. Das ist der schwierige Teil", gab ich zu, kühn in meiner Genugtuung über den Tod meiner Tante, die mich gehasst und es sich zur Aufgabe gemacht hatte, das zu zeigen, indem sie mir bei jeder Gelegenheit das Leben zur Hölle machte. Es war ein verdienter Tod. Aber es war trotzdem nicht leicht, einem Bruder zu sagen, dass seine Schwester hingerichtet worden war. Trotz allem, was sie getan hatte, einschließlich des Beinahe-Mordes an ihm, war ich nicht ganz davon überzeugt, dass seine geschwisterliche Bindung und Liebe zu ihr zerbrochen waren. Einzelheiten ihres Todes würden einen Schmerz auslösen, der für ihn unerträglich sein könnte. Ich schluckte bei dem Gedanken. Ich hasste jeden Moment der Verzweiflung, den ich empfand und der sich ausschließlich auf Nolan richtete, aber Elizabeth war in dieses Gefühl verstrickt. Asher zog mich in seine Arme, und ich vergrub mein Gesicht an seiner Brust.

„Das ist Scheiße", presste ich hervor. „Sie hat den Tod verdient, und es sollte keine Reue dafür geben."

„Ja." Eine knappe Antwort, die mich nicht trösten sollte. Ich wusste, dass Asher Elizabeths Tod für unvermeidlich hielt. Wenn ihre orchestrierten Angriffe auf mich gegen sein Rudel gerichtet gewesen wären, hätte er sie als klare Bedrohung betrachtet und als solche behandelt, ohne auch nur einen Hauch von Reue oder Zweifel.

„Ein Teil von mir hat immer noch das Gefühl, dass ich ihm das angetan habe", gab ich zu.

Das leise Knurren, das in seiner Brust widerhallte, war anders. „Sie hat ihm das angetan. Die Arroganz, mit der sie glaubte, ihr Verhalten und ihre Taten würden keine extreme Vergeltung rechtfertigen, fällt auf sie zurück. Es war ihr Versagen und das von niemand anderem. Verstanden?" Er zog mich weg, damit er mir in die Augen sehen konnte. Ich blinzelte die Tränen weg.

„Hast du das verstanden?", wiederholte er.

„Das habe ich in dem Moment verstanden, als ich durch deine Tür gekommen bin. Das macht es nicht einfacher, es Nolan zu sagen. Ich mag ihn." *Ich mag meinen Vater.* Eine weitere Anklage gegen das komplexe Geflecht unserer Beziehung.

Asher nickte verständnisvoll, und ich löste mich aus seinem Griff, um mein Handy aus der Tasche zu holen. Diesmal hatte ich eine Benachrichtigung über einen verpassten Anruf von Madison. Sie musste warten.

Mit einer Schwere in den Gliedmaßen, die ich nicht loswerden konnte, brachte ich etwas Abstand zwischen mich und Asher.

„Arius?"

„Wir mussten ihn in einem Käfig in einem unserer Häuser einsperren. Er ist wild und gefährlich mit seinem Messer. Er hat drei von uns damit erwischt. Unsere Schuld, wir haben diesen Kobold unterschätzt. Er ist gefährlich. Obwohl seine Magie keine Wirkung auf uns hat, kann er sie gegen Objekte einsetzen. Es war nervig, mit ihm fertigzuwerden. Im Moment kann man mit ihm nicht vernünftig reden. Du musst dir was für ihn überlegen. Er ist ein potenzielles Problem. Ich denke, ihn zu eliminieren wäre das Beste."

Das war, wo die Kluft zwischen Wandlern und anderen lag. Meistens war ich mit Asher einer Meinung. Verstand sein Ziel, sein Rudel zu beschützen. Manchmal war ich mit seinen Präventivschlägen und daran, dass seine Vorgehensweise an extreme Grausamkeit grenzen konnte, um seinen Standpunkt zu untermauern, nicht einverstanden.

Er sah mich nachdenklich an. „Ich glaube nicht, dass du dir wegen Vergeltung seitens der Elfen Sorgen machen musst, aber er ist ein Problem."

„Lass ihn bleiben, wo er ist, bis ich mir was einfallen lasse. Gerade konzentriere ich mich darauf, Fabian zu finden."

„Ich lasse meine Wölfe nach ihm suchen, aber alles, was wir haben, ist sein Geruch. Er war in Havenage sehr gut darin, seinen Geruch zu verbergen. Ich bin mir nicht sicher, ob wir Glück haben werden."

„Ich weiß die Hilfe zu schätzen. Danke für alles", sagte ich und drückte mich an der Tür herum.

Asher sah mich an und ließ seinen Blick dann mehrmals an der Tür vorbei schweifen, um mich zu drängen, nicht länger zu zögern.

Ich nickte und ging zu meinem Auto, wo Nolan auf der Beifahrerseite stand. Ich öffnete die Tür, und er stieg mit dem Blick eines Mannes ein, der nicht bereit war, schlechte

Nachrichten zu hören. Ich fuhr fast zehn Minuten und folgte seiner Wegbeschreibung zu seinem Haus.

Ich holte tief Luft und atmete wieder aus, womit das feierliche Schweigen endete.

„Wegen heute –“

Er legte sanft und flehend seine Hand auf meine. „Können wir einfach zum Haus fahren?“, fragte er mit dünner, angespannter Stimme. Ich wollte die Gnadenfrist genauso sehr wie er. Der Trauer nach zu urteilen, die seine Worte umgab, wusste er es schon. Wollte er Einzelheiten? Ich wollte keine Einzelheiten über Elizabeths letzte Augenblicke preisgeben, aber ich weigerte mich, Halbwahrheiten oder Lügen zwischen uns zu haben.

Nolans Haus war ein bescheidenes einstöckiges Gebäude. Eine Wand wurde von eingebauten Regalen eingenommen, die mit Büchern gefüllt waren. Einige Regale enthielten nur Zauberbücher, die anderen eine Palette von Sachbüchern von Geschichte bis Botanik. Ich konnte seine Liebe zu Pflanzen überall in seinem Haus sehen, wo sie in den Ecken hingen und auf Beistelltischen standen. Das kleine und intime Wohnzimmer erinnerte mich mit seinen Braun-, Hellbraun- und Grüntönen an die Natur draußen. Düfte von Magie und Zutaten hingen in der Luft. Es war jetzt deutlicher zu erkennen, dass der Duft der Elfenmagie nicht mehr an ihm klebte.

Er führte mich zum Wolkensofa, auf das ich sank und seufzte, als ich mich zurücklehnte. Unser Schweigen war so schwer und düster, dass es gebrochen werden musste. Ich drehte meinen Kopf, um ihn anzusehen, wo er sich nur Zentimeter von mir entfernt auf dem Sofa zurückgelehnt hatte. Ein Bild von Kummer und Schmerz, das jeden Betrachter zum Weinen gebracht hätte. Ich war kurz davor, es selbst zu tun. Aber die Wut hielt die Tränen in Schach. Dieser Sieg sollte süß sein, und ich hasste es, dass er es nicht war.

Ich atmete langsam aus und öffnete meinen Mund, um es ihm zu sagen, als er sprach.

„Sie ist tot."

Ich nickte.

Er gab einen Laut von sich, der irgendwo zwischen Schluchzen und Seufzen lag, und blinzelte mehrmals, bis ihm schließlich die Tränen kamen.

„Es tut mir leid", flüsterte ich.

„Keine Entschuldigungen, bitte. Wenn überhaupt, dann schulde ich dir mehr davon, als ich geben kann. Dumme Entscheidungen haben zu diesem Punkt geführt und blinde Liebe zu ihr hat alles nur noch schlimmer gemacht." Er grunzte. „Nein, die Liebe war nicht blind. Ich habe gesehen, was aus ihr wurde und die Vendetta, die sie gegen dich hatte. Ich dachte nur, sie würde irgendwann erkennen, dass es falsch war. Dass ich sie überzeugen könnte, damit aufzuhören. Ich habe versagt, und du musstest mit einer Situation fertig werden, die ich verursacht hatte. Das tut mir leid. Bedauere ihren Tod nicht. Bedauere, wie fehlgeleitet sie war."

Er verwechselte meine Entschuldigung mit Bedauern über ihren Tod. Ich bedauerte ihn nicht. Ich wartete auf Fragen, die nie kamen. Sie war tot und das schien alles zu sein, was er wissen wollte.

Unsere Köpfe ruhten dicht beieinander und wir blieben in dieser Position. Seine Hand lag weiter auf meiner, und ab und zu durchbrach ein tiefer Seufzer von einem von uns die Stille. In diesem Moment fühlte es sich an, als würden wir ein lautloses Gespräch führen und einen Pakt schließen. Es war tröstlich und friedlich und genau das, was ich brauchte.

Der Trost endete damit, dass Nolan aufstand und eine Gießkanne und eine Sprühflasche holte. Er ging zu den Pflanzen und sprach aufmunternde Worte, während er sie goss und düngte. Nach der dritten Pflanze sagte er entschlossen: „Sie werden Fabian nicht an dich ausliefern."

Er bestätigte etwas, das ich vermutet hatte.

„Selbst die Androhung eines dauerhaften Verlusts ihrer Magie wird sie nicht überzeugen", fügte er hinzu.

Und sobald sie von Elizabeths Tod erfuhren, würden sie noch weniger geneigt sein, es zu tun, und genau das von mir denken, was Elizabeth gedacht hatte.

„Ich will sie nicht ohne ihre Magie lassen. Das bringt sie in Gefahr. Aber Fabian ist eine Gefahr für mich und andere. Er muss festgenommen werden." Festgenommen klang besser als wie ein tollwütiges Tier abgeschossen.

„Da hast du recht. Er ist ziemlich hinterlistig in seinen Methoden. Ich bin von ihm getäuscht worden. Obwohl ich glaube, dass er die Elfen beschützen und verhindern will, dass sie wieder verwundbar werden. Doch seine Machtgier überschattet oft alle guten Absichten." Nolan runzelte die Stirn, bevor er eine Pflanze in der Ecke mit Wasser besprühte.

„Er hat keine Magie, also sollte es leichter sein, ihn zu finden." Ich klang sicherer, als ich mich fühlte. Er hatte es geschafft, sich vor den Wandlern zu verstecken.

„Nicht unbedingt. Der Mangel an Magie hat ihm weder seine Fähigkeit noch seine Gier nach Macht genommen. Es schränkt ihn nur ein. Hast du die Adresse des Hauses, das er außerhalb von Havenage hatte?"

Ich hatte sie nicht, also nickte Nolan und gab mir alle Informationen, die er über Fabian hatte. Und die Informationen über jeden Caste-Mischling, der mit ihm in Kontakt gestanden hatte, und über Leute, die Fabian seiner Erinnerung nach erwähnt hatte. Nolans bescheidene Art hatte oft zufolge, dass er als harmlos betrachtet wurde, doch er hörte aufmerksam zu und hatte eine Fülle von Informationen. Darin lag auch eine Art von Macht.

„Ich werde den Elfen ihre Magie zurückgeben, aber nicht bevor ich Fabian habe. Ich will nicht, dass du ohne Magie bist."

Nolan verzog nachdenklich den Mund. „Du hast Elizabeth ihre Feenmagie genommen, als du sie den Elfen entzogen hast. Kannst du sowas auch, wenn du sie zurückgibst?“

„Du willst, dass ich dir ihre Magie gebe? Ich bin nicht sicher, ob ich das kann.“

Er schüttelte nachdrücklich den Kopf. „Nein. Gib ihnen ihre Magie zurück, aber ich will keine.“

Ich blinzelte und stammelte: „Was?“ Hatte es in der Geschichte der Magie jemals eine Zeit gegeben, in der jemand darum gebeten hatte, ihm seine Magie zu nehmen? Ich versuchte, ihn zu verstehen – doch ich konnte es nicht.

„Nolan, wenn ich ihnen ihre Magie zurückgebe, wird es unter der Bedingung sein, dass sie unter den Übernatürlichen repräsentiert sind. Das heißt, sie müssen ein Oberhaupt haben. Ich denke, das solltest du sein.“

„Ich bin halb Elf und halb Mensch. Sie würden mich nie als ihren Anführer betrachten, und das sollte ich auch nicht sein. Und dass du mich zum Oberhaupt ernennst, nachdem …“ Er schluckte die Worte über Elizabeths Tod hinunter. „Was auch immer Fabians Schicksal sein wird, wird jedes Vertrauen, das sie vielleicht noch in mich haben, vernichten. Sie würden nicht darauf vertrauen, dass ich ein guter Anführer wäre. Ich würde sofort abgesetzt werden.“

Er fand ein Lächeln unter all dem Kummer, der ihn einhüllte und seine Bewegungen und seine Miene prägte.

„Lass sie wählen, wem sie vertrauen, sie zu führen. Sei du der Schatten, der sie anleitet. Auch wenn du nicht Teil der Gemeinschaft sein willst, lass sie nicht ganz im Stich.“

Der stille Trost, den wir zuvor geteilt hatten, schwand zu etwas Düsterem.

„Und du?“ Meine Stimme wurde dünner.

„Du hast gesagt, du willst Normalität – oder deine Normalität. Das will ich auch.“

„Ich will meine Normalität mit Magie, meinen Freunden und Leuten, die nicht jeden zweiten Tag versuchen, mich zu verletzen oder zu töten. Deine Normalität sieht aus, als würdest du aufgeben. Wenn ich deine Magie nicht zurückgebe, wirst du wie ein Mensch altern und nichts haben, um dich zu schützen."

Sein ironisches Lächeln war beunruhigend. „Menschen schaffen es, jeden Tag aufzuwachen und so zu leben. Ich denke, ich kann das auch."

Egal, wie gut er Elizabeths Tod verkraftet hatte, er trauerte und traf Entscheidungen auf dieser Grundlage. Ich würde das meiste, was er sagte, in diesem Sinne auffassen. Ich ging zu ihm hinüber und umarmte ihn, seine Hände an seinen Seiten, die Wasserkanne in der einen und die Sprühflasche in der anderen.

„Der Grund für meine Existenz ist kompliziert und dunkel, und ich weiß, dass du ein bisschen Schuldgefühle deswegen hast. Es wurden Fehler gemacht. Ich möchte nicht, dass du wegen meiner Existenz Schuldgefühle hast. Ich bin froh, hier zu sein."

Er hielt die sperrigen Behälter in der Hand und schaffte es trotzdem, mich zu umarmen. Ich spürte die Wertschätzung darin und hoffte, es würde ihn dazu bringen, seine Meinung zu ändern. Ich war mir nicht sicher, ob ich es schaffen würde, die Magie zurückzugeben und ihn auszuschließen, und hatte nicht die Absicht, mich damit zu befassen.

Auch wenn ich länger blieb als geplant, konnte ich nichts sagen, um Nolans vielschichtige Gefühle auszuräumen. Zeit würde das Einzige sein, das helfen würde.

20

Als ich es nach Hause schaffte, spürte ich die Erschöpfung, die der Einsatz starker Magie, mich mit Neri und Landon auseinanderzusetzen und die Androhung von Tod und Gefangenschaft mit sich gebracht hatten. Mehrmals während der Heimfahrt konnte ich nicht anders, als an einem Wald anzuhalten und den Schleier zu lüften, was mir den Rest meiner Energie und Moral kostete, während ich am Rande des Schleiers darauf wartete, dass Mephisto auftauchte. Hineinzugehen und ihn zu suchen ging gerade nicht. Ich hatte nicht vergessen, dass es die Heimat der mächtigsten und rücksichtslosesten übernatürlichen Wesen war, und ich war nicht in der Verfassung, irgendwelche Angriffe abzuwehren.

Müde grübelte ich darüber nach, dass ich nur einen Teil meiner Magie hatte und Miss Harp den Rest aufbewahrte. Die Wandlerin, die nicht wandelte, besaß Elfenmagie. Würde sie es Asher sagen, falls es ihr nicht gut ging? Ich wusste, dass sie ständig umsorgt und untersucht wurde, aber ich musste von ihr hören, dass es ihr gut ging.

Miss Harp nahm meinen Anruf sofort an. „Ja?“

„Geht es Ihnen gut?“, fragte ich.

Die lange Pause war beunruhigend. „Miss Harp?“, fragte ich leise, meine Worte klangen beunruhigt, das war kaum zu überhören.

„Nein“, sagte sie, was mich in Panik versetzte und mir die düstersten Szenarien durch den Kopf gehen ließ.

„Was ist los?“

„Die gehen mir alle auf die Nerven“, schnaubte sie. Ihre Stimme wurde zu einem Flüstern. „Dr. Reyes will einfach nicht gehen. Sie sitzt nur rum und beobachtet mich. Und wenn sie das nicht macht, untersucht und piekst sie mich jede Stunde.“

„Was beinhaltet das Untersuchen und Pieksen?“ Die Königin des Dramas war zurück. Ich war bereit zu wetten, dass sie ihre Vitalfunktionen kontrollierte, fragte, ob es ihr gut ging, und ihr sagte, sie solle weniger *Kaffee* trinken, was in Miss Harps Fall eher Alkohol mit einem Spritzer Kaffee war.

„Und Asher hat angerufen, um mir zu sagen, dass er vorbeikommt. Ich hoffe, er will Dr. Reyes abholen“, brummte sie. Eine Ablenkungstaktik. Meine Frage würde unbeantwortet bleiben.

„Mir geht es gut, und ich kann keine Zaubersprüche. Das war das, worüber sie sich Sorgen gemacht haben.“ Das war auch ein Grund zur Sorge gewesen.

„Wie sind Sie zu dem Schluss gekommen, dass Sie keine Zaubersprüche können?“

Sie sprach so leise, dass ich mich anstrengen musste, um zu hören. Ich vermutete, dass Dr. Reyes in der Nähe war, und selbst wenn nicht, würde ihr übernatürliches Gehör Miss Harp die Privatsphäre verwehren, die sie haben wollte.

„Dr. Reyes hat mich einiges versuchen lassen. Nichts ist passiert. Ich konnte nicht einmal Zaubersprüche aus einem Anfängerbuch. Sie hat Sherrie auch gebeten, einen weiteren Versuch zu unternehmen, mich zu verwandeln. Nichts.“

Versagen und Unvermögen hatten mir noch nie so viel

Erleichterung verschafft. Sie war immer noch Miss Harp, die keine Lust hatte, länger mit mir zu reden, und sich nach Privatsphäre sehnte.

„Wenn sich irgendwas ändert, werden Sie es mich wissen lassen?", fragte ich.

„Natürlich. Und wenn ich es nicht mache, wird Asher dich sicher informieren." Miss Harp beendete das Gespräch, nachdem sie sich eilig verabschiedet hatte. Es musste ein schwieriger Übergang vom Leben allein zur erdrückenden und aufdringlichen Rolle einer „Freundin des Rudels" gewesen sein, aber bei allem, was ich über die Wandlerin, die nicht wandeln konnte, wusste, war ich froh, dass sie sie hatte.

Die Neuigkeiten über Miss Harp lockerten die Anspannung, von der ich nicht gewusst hatte, dass sie sich zwischen den anderen Spannungen gebildet hatte. In meiner Wohnung musste ich zu meiner Überraschung nicht durch einen Flur voller Wölfe navigieren. Die Tür schwang auf, sobald ich sie erreichte, und in meiner Wohnung stand eine angeschlagen aussehende Madison und ein misstrauisch dreinblickender Cory. Ihre Blicke glitten über mich, und Madison versuchte, eine Grimasse als Lächeln auszugeben.

„Dein Handy ist tot", seufzte sie und machte Platz, damit ich eintreten konnte. Das erklärte also Corys Rückkehr. Seine besorgte Miene wich einem tadelnden Blick. Meine Schritte fühlten sich schwer an, und wenn ich keinen Besuch gehabt hätte, hätte ich mich mit dem Gesicht voran aufs Sofa fallen lassen.

„Ich schätze, dir ist nicht nach Reden zumute", vermutete Madison.

„Ich kann reden." Das war so ziemlich alles, was ich in diesem Moment tun konnte. „Die Elfen sind ohne Magie, der Schleier ist offen, Fabian ist untergetaucht, ich habe meinen Namen von den Verbrechen gegen Adalia reingewaschen, Elizabeth ist tot, Landon führt sich auf wie ein totaler Idiot – und wird definitiv ein Problem für mich sein."

Cory atmete erleichtert auf, als ich zugab, dass Landon ein Problem war.

„Wenn ich den Elfen ihre Magie zurückgebe, will Nolan, dass ich ihn ausschließe, damit er ein menschliches Leben führen und wie einer sterben kann", fuhr ich in einem emotionslosen Wortschwall fort, während ich meinen Kopf auf dem Sofa zurücklehnte. Corys und Madisons Schweigen lag schwer im Raum, während das allgegenwärtige Bewusstsein der Situationen, die wir geschaffen, vermieden und möglicherweise verschlimmert hatten, nachklang.

Madison musterte mich mit grimmigem Verständnis. „Es sind erst ein paar Stunden vergangen, er wird kommen", sagte sie. Sie versuchte ein Lächeln, das ihre Augen nicht ganz erreichte. Ich wollte mich dadurch ermutigt fühlen, fragte mich aber, ob Mephisto es nicht wusste. War er im Schleier und arbeitete an der Flucht? Barst der gebrochene Zauber auf eine kunstvolle Weise, die zeigte, dass er weg war – wie eine Glasscheibe vielleicht? Auf unserer Seite war nichts Spektakuläres passiert, also war es dort vielleicht auch nicht anders. Er wusste es wahrscheinlich nicht.

Madisons Fragen zu Nolan waren eine willkommene Ablenkung. „Du weißt, dass diese Entscheidung auf seiner Trauer beruht", stellte Madison fest.

„Ich weiß, aber es macht die Situation nicht besser", gab ich mit einem Seufzer zu. Mit einem grimmigen Lächeln fragte ich, meine Stimme munterer, als ich mich fühlte: „Und wie war dein Tag, liebe Schwester?"

Sie seufzte, dann eilte sie in die Küche, schnappte sich eine der Flaschen Wein, die ich für besondere Anlässe aufgehoben hatte, nahm drei Gläser heraus und füllte sie. Cory kam zu ihr in die Küche. Er nahm ein Glas und trank es in einem Zug halb leer. Madisons Schluck war nicht so gewaltig, aber genauso beeindruckend. Sie trank weiter, bevor sie mir das dritte Glas brachte.

„Ich wusste von Elizabeth." Sie verzog das Gesicht. „Sie

haben sich nicht die Mühe gemacht, die Beweise wegzuräumen, bevor sie mich zu sich zitiert haben." Der dunkle Ausdruck auf ihrem Gesicht verriet mir, dass sie mit der Situation betraut worden war und sie sich darüber ärgerte, dass sie das Gefühl hatten, im Recht zu sein, wenn sie keine Anstrengungen unternahmen, das Verbrechen zu vertuschen. Das Problem wurde wahrscheinlich noch dadurch verschärft, dass ihre Pflichten für ihr Department und als Fee nicht miteinander vereinbar waren. Ich beneidete sie nicht um ihre Situation.

„Was wirst du tun?"

„Es ist erledigt", sagte sie. Ihr selbstverurteilender Blick erstickte die Fragen, die ich stellen wollte.

„Wendy?"

„Sie wurde freigelassen, aber sie hat keinen Zirkel mehr. Adalia hat klargemacht, dass sie die Entführung vergessen will und bei einem Prozess nicht kooperieren würde. Keine Kooperation – kein Fall." Madison zuckte schwach mit den Schultern und trank einen weiteren Schluck aus ihrem Glas. Sie verzog das Gesicht, vermutlich grübelnd über die wachsenden Komplexitäten der magischen Politik und Bürokratie, und darüber, dass unsere Existenz den Menschen bekannt war und nun unter kritischer Beobachtung stand. „Neri und Adalia haben mir einen Job bei sich angeboten. Das Dreifache von dem, was ich bei der STF verdiene. Aber es scheint eine dieser Halte-deine-Feinde-näher-Situationen zu sein. Was ist zwischen dir und ihnen vorgefallen?"

Ich berichtete alles, was im Gespräch passiert war, und dass ich ihretwegen immer eine Verbündete der Feen sein würde.

„Sie scheinen sich sehr wenig für mich zu interessieren und sehr für deine Elfenabstammung und ‚welcher anderen teuflischen Rasse auch immer' du angehörst. Sie scheinen zu glauben, dass du zum Teil Dämon bist."

„Ich nehme an, du hast nichts getan, um diese Annahme

zu ändern?“, spekulierte Cory und teilte seine Aufmerksamkeit zwischen ihr und der Küche auf, wo er mehr Wein vermutete. Es war ein schlechter Tag für uns beide gewesen, und ich vermutete, dass er nur Minuten davon entfernt war, sich auch mit meinen Snacks Freiheiten herauszunehmen. Bevor ich den Vorschlag machen konnte, was zu essen zu bestellen, war er in die Küche zurückgekehrt.

„Es ist besser, wenn sie es nicht genau wissen. Ich denke, das Geheimnis wird dich mehr schützen als die Wahrheit. Jetzt wissen sie, dass die Elfen nicht ausgestorben sind und du die Macht hast, übernatürlichen Rassen ihre Magie zu nehmen –“

„Nur Elfen“, korrigierte ich.

„Nahen Verwandten der Feen“, erwiderte sie. „Deine Verbindung zu Wendy widerlegt ihre Annahmen nicht.“ Sie stöhnte. „Ihre Techtelmechtel mit der Dämonenmagie sind nicht so geheim, wie sie geglaubt hat. Sie haben sie nur bewusst übersehen. Doch das wird nicht mehr lange so bleiben.“

Cory kam mit einem nachgefüllten Glas Wein, Crackern und einer Tüte Chips aus der Küche zurück. Er stellte den Wein und die Cracker auf den Tisch und verzog schuldbewusst das Gesicht. „Ich muss morgen eine Entschlackungskur und mehr Cardio machen oder so.“

„Oder du kannst nichts davon machen und einfach die Freuden genießen, wie wir Normalos es tun.“

Er lächelte und wedelte mit den Händen vor seinem Körper. Aus Erfahrung wusste ich, dass wir nur noch wenige Augenblicke davon entfernt waren, einen Blick auf die Ergebnisse seines Trainings und seines kohlenhydratarmen Lebensstils zu erhaschen. Ich war unendlich dankbar für das Klopfen an der Tür, das uns vor der Zurschaustellung von Bauchmuskeln, Brustmuskeln und durchtrainierten Armen rettete.

Ich öffnete die Tür, und Mephistos Lippen verzogen sich zu einem warmen Begrüßungslächeln.

21

Ohne mich um das Publikum zu kümmern, keuchte ich seinen Namen und warf mich in seine Arme. Er hob mich hoch, und meine Beine schlangen sich von selbst um ihn. Der Raum schien nur aus uns beiden zu bestehen. Alles, was ich fühlte, floss in meinen Kuss. Dominant, gierig und leidenschaftlich. Seine Zunge glitt über meine, während sie meinen Mund erkundete. Eine Hand bewegte sich von ihrer Position auf meinem Po und glitt unter mein Shirt, knetete meine Haut, Wärme breitete sich über mich aus. Ich zog mich zurück, schmiegte meinen Kopf an seinen Hals und atmete seinen Duft ein, bevor ich ihn erneut küsste. Sanfter, zurückhaltender, aber genauso hungrig. Ich strich ihm Haarsträhnen aus dem Gesicht und betrachtete jede Kurve und Linie seines Gesichts, bevor ich ihn erneut küsste. Seine Finger krümmten sich um mich, als wollte er sich näher an mich heranbringen. Als ich meinen Kopf zurückzog, glitt seine Zunge verführerisch über meine Unterlippe und verlangte nach mehr. Ich wollte ihm unbedingt nachgeben.

Die Verzweiflung und Traurigkeit, die ich in mir getragen hatte, wich mit einem zitternden Atemzug von mir. Mephisto strich mir beruhigend mit der Hand über den

Rücken. Seine Lippen drückten sich auf meine Wange, meinen Mundwinkel, bevor er sie zu einem weiteren Kuss auf meine senkte.

„Für Shows wie diese sollten wir zumindest ein Abonnement bezahlen müssen", bemerkte Cory. „Obwohl es, um ehrlich zu sein, nicht mehr als 3,99 $ wert ist. Aber trotzdem, gebt diese Inhalte nicht einfach so her."

Wir lösten uns voneinander, um Cory zu antworten, aber wir konnten unsere Augen scheinbar nicht voneinander abwenden.

„Was hast du getan?" Der Vorwurf in seiner Stimme ließ vermuten, dass er wusste, dass es kein einfacher Zauber war, der sie befreit hatte, aber Befriedigung lag auch darin.

Mephisto entfernte sich langsam von der Tür und gab Clay das Zeichen, seinen Kopf hereinzustecken. Er warf einen Blick auf mich in Mephistos Armen, und seine Lippen verzogen sich zu einem angespannten, missbilligenden Lächeln. Es wanderte an uns vorbei zu Madison, wo es breiter wurde, und er bewegte sich schnell auf sie zu. Madison war jemand, der sich seiner Umgebung immer bewusst war, und ich wusste, dass sie niemals eine Begrüßung wie die von Mephisto und mir erlauben würde, aber ich hatte nicht mit dem knappen Lächeln und der kurzen Umarmung gerechnet, die damit endete, dass Clay ihren Arm liebevoll drückte. Seine Hände hielten ihre Finger locker umschlossen, während sie nebeneinanderstanden.

Cory runzelte verwirrt die Stirn. „Was zur Hölle war das?", bellte er. Ich verkniff mir schnell mein Lachen. „Die beiden hier haben uns eine Only-Fans-Szene gegeben, und ihr zwei umarmt euch, als wärt ihr was? Cousin und Cousine? Ihr müsst euch nicht gegenseitig begrapschen wie rollige Tiere." Er warf einen spöttischen Blick auf Mephistos Hände, die nicht unter meinem Shirt hervorgekommen waren, und auf meine Beine, die immer noch um seine Taille geschlungen waren. „Vielleicht fünfzig Prozent von dem.

Greift gegenseitig nach was Hartem oder Weichem an euch, mir egal, aber mehr als was auch immer das war."

Ich löste mich von Mephisto und prustete vor Lachen, bis ich husten musste. „Cory", schnaubte ich.

„Was?! Wir haben gesehen, wie mitgenommen sie war, als er gegangen ist. Wir wissen, dass sie eine Menge Matratzentango getanzt haben." Madison und ich zuckten bei dieser Bemerkung zusammen. Er beharrte darauf. „Wandtango. Wahrscheinlich auch Autotango. Wer weiß? Wir haben sie halbnackt beim Scrabble-Spielen erwischt." Dabei malte er Anführungszeichen in die Luft. „Warum benehmen sie sich so? Also gut. Dreht euch alle um, damit sie sich richtig begrüßen können." Die nächste Anweisung richtete er an Clay und Madison. „Berührt auf jeden Fall unangemessene Stellen."

Niemand bewegte sich. Madisons Gesichtsausdruck wechselte von peinlich berührt zu dem roten Leuchten über ihrer Nase, das immer dann passierte, wenn sie wirklich verlegen war. Sie sah aus, als wünschte sie, dass sich der Boden auftat und sie verschluckte. Clay schien von Corys Mätzchen amüsiert zu sein.

„Ich freue mich sehr, Madison zu sehen." Er beugte sich zu ihr hinunter, drehte sich um, damit niemand seine Lippen lesen konnte, und flüsterte etwas, das das Glühen auf ihrer Nase zurückkehren und es in ihre Wangen wandern ließ. Sie biss sich auf die Lippe. Dann drückte er ihr einen sanften Kuss auf den Mund und dann auf die Schläfe.

Corys Lippen verzogen sich zu einem Lächeln, das sich bis in seine Augen ausbreitete. „Besser, aber noch verbesserungswürdig. Sollen wir gehen?"

„Niemand muss gehen." Ich warf Cory im Namen von Madison einen tadelnden Blick zu. Sie entschied sich für einen Todesblick. Cory ignorierte beide, schleppte sich zum Sofa und ließ sich darauf fallen, bevor er sich wieder seinen Chips zuwandte.

Mephisto stand dicht bei mir. Der Intensität und Hitze seines Blicks auf meinem Gesicht bewusst, drehte ich mich zu ihm um. Er wiegte mein Gesicht in den Händen, sein Daumen glitt träge über meine Wangen. „Meine Halbgöttin", flüsterte er. Sein Körper verschmolz mit meinem, die Umarmung und das Gewicht seiner muskulösen Statur schwer an mir.

Ich spürte sein Zögern, als er sich zurückzog. Die Neugier übertönte für den Moment alles andere. Ich schwelgte in seiner Nähe, seiner ganz eigenen Magie, die mich umgab, und der rätselhaften Anziehungskraft, die sie auf mich ausübte. Sie hatte sich verändert; etwas daran zerrte an meinem Bewusstsein. Mephisto, ein Mann, der seine Emotionen immer meisterhaft im Griff hatte, schien große Anstrengungen zu unternehmen, sie zu unterdrücken. Er gab nach und zog mich erneut in die Arme.

„Ich habe dich vermisst", flüsterte er an meine Wange.

„Ich dich auch."

Er holte tief Luft, und als er wieder ausatmete, war ein Teil seiner Fassade wiederhergestellt.

„Wie hast du das gemacht?" Neugier schwang in seiner vollen Stimme. Seine Finger glitten zwischen meine. Der kleine Raum zwischen uns wurde noch kleiner.

„Ich habe den Elfen ihre Magie genommen."

„Was?" Clay antwortete als Erster. Überraschung und ein Hauch von Zweifel in seiner Frage. Er ging von Madison weg und zu mir. In Erwartung eines Abends voller Fragen setzte ich mich neben Cory auf das Sofa, und Clay und Mephisto standen dicht beieinander, ihre Faszination war spürbar.

Es war euphorischer, als ich es mir vorgestellt hatte, während zwei Götter bei jedem meiner Worte an meinen Lippen hingen, als ich alles erzählte. Was auch immer Clays Bedenken oder Befürchtungen mir gegenüber gewesen waren, sie waren verflogen. Fasziniert formte sein Mund die ganze Zeit ein kleines O und schloss sich plötzlich, als ich über Bentons Informationen sprach, die ich entdeckt hatte.

Mephisto und ich sahen uns lange in die Augen, mit so vielen unausgesprochenen Worten zwischen uns.

„Hat es dich verletzt?", flüsterte er. Hatte es das? Die Informationen hatten mir geholfen, aber überwog das das Gefühl, wie ein Präparat unter dem Mikroskop beobachtet worden zu sein?

„Ich weiß nicht, was ich davon halten soll", gab ich zu.

„Ich glaube, du bist der Einzige deiner Art. Für Benton und uns war es mehr als nur Neugier. Wir mussten deine Fähigkeiten und Grenzen verstehen, um dir zu helfen."

Er kam näher und kniete sich vor mich, sein Gesichtsausdruck war von Sorge gezeichnet, er suchte nach etwas.

„Ich verstehe, warum ihr es gemacht habt, deshalb ist es schwierig, wütend zu sein", sagte ich, was stimmte. „Der Gedanke, die Einzige zu sein, ist nicht schwierig."

Das kollektive Verständnis löste die Spannung im Raum. Es änderte nichts an der Tatsache: Ich war das einzige Kind einer despotischen Erzgottheit und eines Elfs. Ich sollte ein T-Shirt drucken lassen.

Ich legte beruhigend meine Hand auf seine. „Die Informationen haben mir geholfen. Das ist am Ende das, was zählt."

Claytons Hand rieb seinen Kiefer, während er die Informationen verarbeitete. „Du hast den Elfen die Magie genommen", grübelte er in einem Ton, der auf Anerkennung hindeutete. „Ich bezweifle, dass irgendjemand deine Abstammung und die endlosen Fähigkeiten, die damit verbunden sind, leugnen kann." Trotz seines Kompliments schwang eine Spur von Zurückhaltung mit, vielleicht eine Warnung.

Seine Bemerkung war nicht als Beleidigung gemeint, aber sie beunruhigte mich. Eine Erinnerung daran, wie sehr meine Magie der von Malific ähnelte und meine Fähigkeiten im Umgang mit Magie, die Elizabeth widerspiegelten. Sie hatten beide damit mehr Schaden als Nutzen angerichtet. Ich wollte nicht, dass das bei mir der Fall war.

„Ich habe vor, sie ihnen zurückzugeben."

Clay und Mephisto lächelten halb, und ein Blick, der zwischen ihnen hin und her ging, war ein Hinweis auf ihre stumme Kommunikation. Was auch immer der Austausch war, Clays Miene blieb reserviert. Malifics Tochter zu sein würde immer mit Vorsicht, Sorge und ständigen Spekulationen darüber einhergehen, ob ich wie sie werden würde. Das würde ich nicht.

„Dann muss es höchste Priorität haben, Fabian zu finden", mutmaßte Mephisto. „Ihnen jetzt ihre Magie zurückzugeben, würde ihm einen Vorteil verschaffen. Ich garantiere, dass er an einer Möglichkeit arbeitet, das, was du getan hast, rückgängig zu machen. Sanaa hatte recht. Nur er oder Elizabeth wären zu so etwas fähig." Eine kühle Ablehnung von Elizabeth überzog die Worte und stimmte mit dem überein, was wir alle empfanden. Es würde keine Trauer um sie geben, sondern nur die Erleichterung, dass die Hälfte des Problems gelöst war.

Wir verbrachten mehrere Stunden damit, zu entscheiden, was wir tun sollten. Das Hauptziel war, alle Gegenstände zu beschaffen, mit denen man ihnen die Magie zurückgeben konnte.

Cory war geblieben und hatte Madison nach ihren Plänen für den Rest des Abends gefragt. Den Blicken nach, die sie und Clay einander zugeworfen hatten, wussten wir es alle. Aber Cory hatte eine ungesunde Fixierung auf die beiden entwickelt.

„Nun, wenn ihr nichts vorhabt, lasst uns essen gehen", schlug er Madison vor, bevor er Clay mit einem Grinsen verspottete.

„Wir haben genug Zeit miteinander verbracht", sagte sie und durchbohrte ihn mit einem verspielten Blick.

„Ich glaube nicht, dass wir genug Zeit miteinander

verbringen. Ich möchte mehr über deinen Tag erfahren, in allen Einzelheiten. Es sei denn, du hast andere Pläne?"

„Warum bist du so?"

„Was meinst du? Unwiderstehlich süß?"

„Ich kann garantieren, dass es das nicht ist. Überhaupt nicht", erwiderte sie und ging ohne weitere Diskussion zur Tür hinaus, Clay dicht hinter ihr, und Cory strahlte, stolzer als irgendjemand es sein sollte, weil er solch ein kindisches Verhalten an den Tag legte.

„Sie waren lustig", sagte Cory und hob entschuldigend die Hände.

„Lass sie in Ruhe. Akzeptiere, dass sie komisch mit ihrer Situa-ziehung umgehen. Hör auf, meine Schwester zu belästigen", forderte ich.

Er zog mich in eine schnelle Umarmung. „Das werde ich. Es ist einfach so lustig. Hast du diesen Blick gesehen? Sie hat definitiv überlegt, ihre Macht bei der STF zu missbrauchen und mir schwere Strafen anzudrohen."

„Und doch konntest du es nicht lassen."

Er zuckte die Achseln und schenkte mir ein weiteres Grinsen mit Grübchen. „Manchmal bin ich einfach ein Arsch."

„Darauf wäre ich nicht stolz", sagte ich zu ihm und stieß ihn spielerisch zur Tür hinaus.

Die Tür schloss sich, und Mephisto zog mich in einen langen Kuss, warme Lippen entlockten mir ein Stöhnen. Seine Zunge streichelte sinnlich meine, während seine Hand über meinen Rücken glitt. Dann zog er sich zurück und betrachtete mich lange, dunkle Augen musterten mich eindringlich. Überglücklich über seine Rückkehr, blieben die Ereignisse doch in meinem Gedächtnis. Ich würde Elizabeths Tod nicht betrauern; sie hatte ihr Ende verdient. Den Elfen ihre Magie zu nehmen war ein notwendiges Übel, aber ich konnte ihre Böswilligkeit nicht ignorieren. Ich musste an Clays Worte denken.

„Stört es dich, wenn ich ein Glas Wein trinke?“, schlug er vor. Ich wusste, dass es eine Ausrede war, um mir den nötigen Freiraum zu verschaffen, um vom Tag abzuschalten.

Ich schüttelte den Kopf. „Wenn es dir nichts ausmacht, gehe ich schnell duschen.“

Er bot an, später nachzukommen. Ich freute mich darauf.

22

Ich war gerade beim zweiten Einseifen, der Dampf erfüllte das Badezimmer und der entspannende Duft meines Eukalyptus-Duschgels hüllte mich ein, als der Duschvorhang langsam zurückzogen wurde. Mephisto trat hinter mich, die Wärme seines Körpers heizte den Raum noch mehr auf. Er strich mir feuchtes Haar aus dem Gesicht, drückte Küsse auf meinen Hals und mein Ohr, bevor er um mich herum glitt. Ich seifte den Schwamm mit Duschgel ein und ließ ihn langsam und sorgfältig über seine Brust, seine Bauchmuskeln und die Rundung seiner Hüften gleiten. Ich ließ meine Hand nach unten gleiten, um ihn zu liebkosen, und hielt dabei Blickkontakt, während er in meiner Hand hart wurde.

Sein Atem wurde flach und stockend. Mephistos Zunge glitt über seine Lippen, bevor er meine Hände ergriff und sie mit einer Hand über meinen Kopf hielt. Seine Augen verdunkelten sich, als seine andere Hand über mich glitt und auf meiner Brust liegen blieb. Leidenschaftliche Lippen bedeckten meine, sein Daumen streichelte träge über meine Brustwarze, die bei seiner Berührung hart wurde. Träge und langsam glitt seine Hand über meinen Körper, schloss sich um die Wölbung meiner Brust, bevor er sie mit seiner Zunge neckte und mir ein Stöhnen entlockte, worauf sie die Reise zu meinem Bauch fortsetzte. Ein Schauer durchlief mich, als seine Nägel über meine Haut strichen und sie dann zwischen meine Beine wanderten. Seine Finger neckten, liebkosten und streichelten, während ich gegen seine Lippen stöhnte. Mit einem diabolischen Grinsen knabberte er an meiner Unterlippe und ließ meine Hände aus seinem Griff. Ich schlang meine Arme um ihn, meine Finger gruben sich in seinen Rücken und bettelten um mehr. Die Hitze seines Körpers umgab mich, als seine Finger weiter rhythmisch über meine geschwollene Klitoris strichen, während ich mich gegen ihn wand und mehr wollte.

„Du hast nichts über Landon gesagt. Soll ich glauben, dass deine Probleme mit ihm gelöst sind?“

„Was?“, krächzte ich mit zitternder Stimme.

Meine Nägel strichen über seinen nassen Rücken. Ich atmete ein und aus. Es war schwierig, mich auf seine Worte zu konzentrieren, wenn ich ihn in mir spüren wollte.

Ich benetzte mir die Lippen und sagte mit kehliger, einladender Stimme: „Ich denke, die Situation mit Landon kann warten. Ich werde mich später darum kümmern.“ Mephisto wich zurück, behielt aber seine neckenden Finger, wo sie waren. Mein Körper verlangte nach mehr, während seine andere Hand auf meiner Taille ruhte. Ich war mir der Festigkeit seiner Berührung und seiner mühelosen Verführung bewusst. Er könnte mich mit einem Blick verschlingen.

Er weigerte sich, meinen Kuss zu erwidern, und zog eine Braue hoch. Dann beugte er sich nach vorn, seine Zunge neckte meine Unterlippe, während seine meisterhaften Finger mich weiter in den Wahnsinn trieben. Leises Stöhnen entfleuchte zwischen leisen Bitten um mehr. Ich zog ihn an mich, schob meine Finger zwischen uns und nahm ihn in meine Hand. Ich streichelte ihn, versuchte, ihn zu mir zu locken. Ich hasste ihn für seine Zurückhaltung, wenn ich mich danach sehnte, ihn zu spüren.

„Ich?" Sein warmer Atem streifte meine Lippen. Er hob mich hoch, führte meine Beine um seine Taille und verspottete mich, als er seinen Schwanz gegen mich drückte. Verzweifelt schob ich meine Hüften näher an ihn heran.

„Das ist nicht fair", flüsterte ich gegen seine Lippen.

„Jetzt bin ich derjenige, der unfair kämpft?", sagte er und drückte leichte zarte Küsse auf meine Wange, meinen Hals und meine Unterlippe.

Ich versuchte einen Kuss, doch er drehte seinen Kopf ein Stück von mir weg.

„Ich?", wiederholte er, dunkler Schalk funkelte in seinen Augen, verspottete mich mit einem Versprechen von Lust, während er langsam seine Hüften gegen mich kreisen ließ.

Ich schluckte. „Um Landon kümmern *wir* uns später", sagte ich. Seine Lippen bedeckten meine in einem gierigen Kuss, und ich schnappte nach Luft, als er in mich eindrang. Ich spürte die Anspannung seiner Größe und gab schließlich der köstlichen Fülle nach. Geschmeidig kam ich seinen tiefen Stößen und heißen, gebieterischen Küssen entgegen. Sein Name schmolz auf meinen Lippen, meine Finger gruben sich in die Muskeln seines Rückens, begegneten seinen unersättlichen Stößen, als er mich mehrere Male zum Höhepunkt brachte, bevor er seinen eigenen zuließ. Erst als er sich zurückzog, um das Wasser abzustellen, rissen mich die kühlen Spritzer aus dem Nachbeben meiner Orgasmen. Ich schauderte angesichts der Kälte des schnell abkühlenden Raumes, und Mephisto schloss mich in seine Arme. An ihn gedrückt, trug er mich zum Bett, wo er mich ablegte und sich dabei so weit weg bewegte, dass seine Augen jeden Zentimeter meines Körpers scannen konnten. Er ging, um Handtücher zu holen, kam schnell wieder und trocknete uns ab. Nicht schnell genug, um zu verhindern, dass die Laken leicht feucht wurden. Er drehte mich auf die Seite und nahm mein Gesicht in seine Hände. „Ich habe dich vermisst", flüsterte er. Es war anders als zuvor. Seine Worte klangen nach Kummer und Trauer. Ich legte meine Hand um seine Taille und küsste seine Brust.

„Ich habe dich auch vermisst." Ich hatte seine Augen noch nie zuvor so gequält und hohl gesehen. „Hat es dich getröstet, nach all den Jahren wieder zu Hause zu sein?"

Nach Hause zu kommen, war das, was er fünfzig Jahre lang versucht hatte. Seine Geschäfte, Verbindungen und fragwürdigen Deals hatten alle einem einzigen Ziel gedient: den Zauber zu brechen, der sie hier gefangen gehalten hatte.

Er zuckte geistesabwesend die Achseln. „Das Leben ist ohne uns weitergegangen. Neue Jäger sind angeworben worden. Unser Vermächtnis blieb, aber es war anders. Das Leben wieder aufzunehmen, als wäre nichts geschehen, war schwierig. Ich war wieder gefangen, aber diesmal ohne dich. Keinem von uns hat das gefallen. Wir haben unsere Zeit nicht damit verbracht, uns einzugewöhnen, sondern damit, nach einem Weg zu suchen, zurückzukehren, wieder frei zwischen den beiden Welten zu wandeln. Um dich zu sehen, wann immer ich will", gab er leise zu. „Dieselbe Mission, nur von einer anderen Seite des Schleiers aus. Ich hätte wissen müssen, dass du einen Weg finden würdest, bevor wir es konnten. Meine einfallsreiche Halbgöttin." Er küsste mich auf den Kopf.

Es war nicht die Halbgöttin, die Erfolg gehabt hatte. Es war die Elfenmagie – oder vielmehr deren Entfernung.

„Und Elfe", flüsterte ich.

Er runzelte die Stirn und suchte nach einer Erklärung für die Ergänzung, die ich nie zuvor hatte anbieten müssen.

„Ich will diesen Teil meiner Magie zurück", gab ich zu. „Ich dachte, es wäre leicht, ihn zu verlieren. Schließlich habe ich so lange ohne ihn gelebt. Als Malific gestorben ist und ich Zugriff auf all meine Magie bekommen habe, habe ich mich zum ersten Mal vollständig gefühlt." Das erklärte die heftigen Panikreaktionen, die Magier hatten, wenn ihnen Fesseln angelegt wurden und ihre Magie eingeschränkt war.

Er zog mich näher und legte meine Hand an seinen Hals. „Ist es das, was du heute zurückgehalten hast? Du hast die Situation mit Landon einfach abgetan. Das war Absicht" – er zog mich zurück und knabberte tadelnd an meiner Lippe – „aber ich hatte das Gefühl, dass du noch etwas anderes zurückgehalten hast. War es das? Ist es dir peinlich, dich so zu fühlen?"

Ich schüttelte den Kopf. „Nolan." Die Last der Trauer kam zurück, als ich Mephisto von meinem Gespräch mit Nolan erzählte.

Mephisto suchte in meinem Gesicht nach meinen Plänen, aber ich war so hin- und hergerissen, dass ich bezweifelte, dass es ihm welche zeigen würde. „Ich schätze, ich könnte sie ihm genauso wegnehmen, wie ich es bei Elizabeth getan habe, aber ich will nicht."

„Dann tu es nicht. Ich denke, er wird seine Meinung ändern, wenn der Kummer nachlässt. Er wird erkennen, wie viel Freude es ihm bereitet, seine Magie zu haben und mit seiner Tochter zusammen zu sein."

„Ich hoffe, du hast recht."

„Ja." Er hielt mich fester. „Kann ich ein Versprechen von dir bekommen?"

„Kommt darauf an, was es ist", neckte ich ihn.

„Es sollte einfach sein. Verheimliche mir nichts. Ich kann an der Art, wie sich dein Körper an meinem anfühlt, erkennen, dass es etwas war, das du loswerden musstest. Lass alles raus, und sei es nur, um die Last loszuwerden."

„Vielleicht bin ich wegen der Orgasmen entspannt?", neckte ich ihn erneut. Ein leises Grollen vibrierte in seiner Brust. „Ich bin sicher, das hat geholfen." In seinen Worten lag ein Lächeln. „Aber ich kenne den Unterschied. Glaub mir. Ich kenne dich." Seine Hand glitt träge über meine Kurven. „Sprich einfach mit mir. Immer. Mein Instinkt wird mich drängen, es zu reparieren, aber wenn du nur willst, dass ich zuhöre, werde ich das tun. Ich möchte derjenige sein, mit dem du dich wohlfühlst, wenn du was loswerden musst. Okay?“

„Ich verspreche es. Studiere mich nicht so, wie du es zuvor gemacht hast. Es hat mir bei meinen Zielen geholfen, aber es fühlt sich zudringlich an.“

„Das war nie so gemeint. Du bist eine größere Anomalie, als du glauben willst. Es sollte dir nicht das Gefühl geben, ein Präparat unter dem Mikroskop zu sein, sondern dir helfen, dich besser zurechtzufinden. Was Bentons Beobachtungen und Notizen angeht, das ist alles auf seinem Mist gewachsen. Ich wünschte, ich könnte ihm befehlen aufzuhören, aber, na ja, du hast gesehen, wie er ist.“

„Also bin ich nicht die Einzige!“, strahlte ich.

„Nein, du bist die Einzige, was seine Interaktionen mit dir angeht. Du scheinst seine streitsüchtigere Natur zum Vorschein zu bringen“, sagte er, küsste mich und rollte mich auf den Rücken. „Das gefällt mir sehr an dir“, flüsterte er mir ins Ohr.

Er ließ sich zwischen meinen Beinen nieder, seine Finger glitten zwischen sie, und er stöhnte bei meiner Reaktion. „Ich glaube, du hast mehr Entspannung verdient“, sagte er mit vor Verlangen rauer Stimme.

23

Ich erwachte in einem leeren Bett und zu dem Geruch von Essen, der ins Zimmer wehte. Mein Magen ließ mich wissen, dass ich einen anstrengenden Tag hinter mir hatte, der mit einer langen Nacht voller Sex mit Mephisto und dem Wiedergutmachen der durch die Trennung verlorenen Zeit geendet hatte. Nachdem ich geduscht, mich angezogen und meine Haare zu etwas gestylt hatte, das als Zopf durchging, blieb ich mitten im Schritt stehen, als ich die Gäste in meinem Wohnzimmer sah. Simeon, Kai und Clay. Mephisto war in der Küche, mit dem Rücken zu mir, und bereitete etwas auf dem Herd vor. Ich roch Steak und sah einen Teller mit Gebäck, Croissants und Bagels auf der Theke. Er trug andere Kleidung als am Tag zuvor. Die Tasche neben dem Sofa, in der ich die magischen Gegenstände aufbewahrte, die ich mir von ihm geliehen hatte, war verschwunden. Und er bereitete ein Steak zu, das ich nicht im Kühlschrank gehabt hatte. Ich nahm an, dass er nach Hause gefahren war und Besorgungen gemacht hatte, während ich bis fast Mittag tief und fest geschlafen hatte.

Da ich Augen gewohnt war, in denen immer ein Hauch

von Spekulation und Sorge lag, war ich nicht darauf vorbereitet, dass sie mich anerkennend und neugierig ansahen.

„Danke, Erin", sagte Kai und brach das Schweigen. Simeon und Clayton nickten zustimmend.

„Ihr hättet einen Weg gefunden", sagte ich, ging schnell zur Theke und schnappte mir ein Croissant. Ich verschlang es, um meinen knurrenden Magen zu beruhigen, und wandte meine Aufmerksamkeit wieder den Jägern zu. Ich war froh, sie zu sehen, und wusste, dass sie zwangsläufig in Mephistos Nähe sein würden, egal, wo er war. Sie schienen sich durch die Anwesenheit des anderen getröstet zu fühlen. Ich wusste nicht, ob Mephistos Gelassenheit daran lag, dass seine Beschränkung zwischen dieser Welt und dem Schleier aufgehoben worden war, oder ob es an der Rückkehr seiner Brüder lag. Ich würde im Schleier nicht gut zurechtkommen, da ich wusste, dass Madison und Cory hier waren, und wir hatten nicht Jahrhunderte miteinander verbracht.

„Wir haben Fabian letzte Nacht gesucht, leider vergeblich. Wir haben nur sehr wenig, woran wir uns orientieren können", gab Simeon zu.

Das war, was sie taten. Ich fand es schade, dass sie die Suche fortsetzten, um dem ein Ende zu setzen, während Mephisto und ich … Nun, wir hatten definitiv nicht nach Fabian gesucht.

Clayton ließ ein Notizbuch auf den Tisch fallen und zog eine Tasche, mehrere Gegenstände, Bilder und ein Athame heraus. „Benton hat das zusammengestellt."

Ich wurde hellwach, als er den Druiden und Meister in der Kunst des Sarkasmus erwähnte. „Ist er hier?", fragte ich.

Clayton nickte. „Er ist bei M, in seiner Bibliothek, wo er seit unserer Rückkehr ist. Scheint, als könne er nicht ruhen, bis garantiert ist, dass wir nicht wieder aus dem Schleier ausgesperrt werden."

Kai holte scharf Luft, ein dunkler Schimmer legte sich über sein Gesicht. „Nein", flüsterte er auf eine Frage, die nicht gestellt worden war. Ich wusste, was er meinte. Er konnte nicht wieder eingeschränkt werden, und ich wusste, die anderen würden Berge versetzen, um sicherzustellen, dass das nicht passierte. Ihre Aufmerksamkeit richtete sich auf Kai, und der Ausdruck der Sorge, der immer wieder auftauchte, wenn sie ihn ansahen, kam wieder zum Vorschein.

„Es wird nicht wieder passieren“, versicherte ihm Mephisto. Ein Versprechen, von dem ich wusste, dass er alles tun würde, um es durchzusetzen.

„Das sind die Zauber, Gegenstände und Möglichkeiten, mit denen du deinen Zauber auf die Elfen rückgängig machen kannst“, sagte Clayton.

Mephisto stellte einen Teller neben mich, und ich begann zu essen, während er die Gegenstände und Zauber auf dem Tisch untersuchte. „Haben wir sie alle?“

Clay nickte. „Alle außer zwei, aber wir haben eine Idee, wer sie hat. Wir werden sie bald in unserem Besitz haben.“ Er hob ein sechseckiges, milchig gefärbtes, zerbrechlich wirkendes Objekt hoch. Er behandelte es vorsichtig. „Das ist ein *Redono*. Unseres Wissens gibt es da draußen noch einen. Ich habe keine Ahnung, wer ihn hat, aber es braucht eine Menge Magie, um ihn zu benutzen, was zu unseren Gunsten ist. Und bevor irgendwelche Zauber verwendet werden können, um Erins Zauber rückgängig zu machen, muss das Gefäß, das die Magie enthält, gefunden werden.“

„Das Gefäß ist gut geschützt.“ Davon war ich überzeugt. „Asher würde niemals zulassen, dass Miss Harp etwas passiert.“ Die Erwähnung von Ashers Namen ließ Mephisto die Zähne zusammenbeißen.

Ich beugte mich vor und untersuchte die vielen Seiten mit Zaubersprüchen, die Benton gefunden hatte; die meisten davon benutzten dunkle Magie, die Opfer von Leben und Blut erforderte. Verzweiflung konnte Leute dazu treiben, gefährliche und unethische Dinge tun. Fabian war amoralisch, und er würde jede Gefahr ignorieren, solange sie die Rückkehr seiner Magie garantierte.

„Diese Zaubersprüche könnten ohne Miss Harp ausgeführt werden. Wenn er herausfindet, dass sie das Gefäß für die Magie ist, kann er dasselbe erreichen, wie ich, indem ich den Zauber gebrochen habe, den er auf den Schleier gelegt hatte, und den Elfen ihre Magie genommen habe, wenn er …" Ich konnte es nicht aussprechen, aber es ließ mich sofort meinen Appetit verlieren. Es würde reichen, dass er das Gefäß tötete. Übelkeit stieg in mir auf.

„Sie ist genau genommen eine Wandlerin. Wenn sie die Wandler loswerden können, könnte der Zauber aufgehoben werden", bemerkte Mephisto.

Ich konnte nicht abstreiten, dass Fabian so etwas tun würde, denn von den vielen Dingen, die Fabian zu tun bereit wäre, würde er das als das am wenigsten Verwerfliche betrachten. Er würde ohne weiteres die Leben der Wandler opfern, wenn er dafür die Magie der Elfen bekäme.

„Könnt ihr die fehlenden Gegenstände finden?", fragte ich die Jäger und sah mich nach meinem Handy um. „Ich werde Cory anrufen und sehen, ob er eine Liste von Magiern zusammenstellen kann, die dunkle Magie praktizieren." Mit meinem Handy in der Hand begann ich, Cory anzurufen.

„Nicht nur dunkle Magie, Dämonenmagie", sagte Simeon und sah sich die Zaubersprüche an. Diese würden die Fähigkeiten einer Hexe oder eines Magiers übersteigen. Dämonenmagie wäre neben unserer die mächtigste. Wenn er sie aus ihrem Reich herausließ, könnten Dämonen die Verbündeten sein, die Fabian brauchte.

Das konnten wir nicht zulassen.

24

Vierundzwanzig Stunden, nachdem die Jäger losgeschickt worden waren, um die beiden verbleibenden Gegenstände zu besorgen, hatten wir die Liste der Hexen, die möglicherweise dunkle Künste praktiziert und mit Dämonen Kontakt pflegten. Es gelang mir, die Wandler zu rekrutieren, um sie im Auge zu behalten. Kai wurde mit der Überwachung von Wendy beauftragt.

Als ich an Wendys Gesicht dachte, als ihr mitgeteilt worden war, dass ihr Zirkel sie ausgestoßen hatte, und wie die habgierige, arrogante Hexe mit zweifelhafter Moral, mit der ich in der Vergangenheit zu tun gehabt hatte, sich in eine hilf- und trostlose Frau verwandelt hatte, die mir leidtat, konnte ich mir nicht vorstellen, dass sie Fabian helfen würde. Mephisto war es, der der Meinung war, dass der Verlust ihres Zirkels sie gefährlicher und anfälliger für ein Bündnis mit ihm machen würde. Ich war nicht überzeugt. Zirkel waren für Hexen wichtig, und ich glaubte, dass sie mehr daran interessiert wäre, deren Gunst zu suchen, in der Hoffnung, wieder aufgenommen zu werden. Die Chance dafür war gering, aber es kam oft genug vor, um Hoffnung zu schöpfen.

Ich fühlte mich, als stünde ich auf Messers Schneide. Ich hatte alles getan, was in meiner Macht stand, aber es war noch nicht vorbei. Ich wollte, dass es vorbei war. Dass Fabian gefunden und erledigt wurde. Dass die Magie zu den Elfen zurückkehrte und Miss Harp und die Wandler nicht mehr in Gefahr waren. Ein Gefühl, das Mephisto teilte. Fabian zu töten war seine Priorität.

Der Gott vor mir hatte nichts Deistisches an sich. Etwas Ursprüngliches und Rohes lauerte hinter den angespannten Augen, die jeden Schritt verfolgten, den ich machte, als ich mich ihm in seinem Büro näherte. Er hatte seine typische Kleidung wieder angezogen, seinen dunkelgrauen Anzug, ergänzt durch ein stahlgraues Hemd ohne Krawatte, und lehnte sich an seinen Schreibtisch.

„Wohin geht ein magieloser Elf mit einer Vendetta und Gier nach Macht?", grübelte er, zog mich mit meinem Rücken an seine Brust. Er drückte sein Gesicht in mein Haar und atmete ein, seinen Arm fest um meine Taille gelegt. Ich hatte ihn vermisst; sein ständiges Bedürfnis, in irgendeiner Form verbunden zu sein, zeigte, dass ich mit diesem Gefühl nicht allein war.

„Darüber habe ich nachgedacht. Ich glaube nicht, dass er nach Havenage zurückkehren würde."

„Nein, er sucht nach einem Weg, deinen Zauber zu brechen, was ohne Magie nicht möglich ist." Ich zog mich zurück und drehte mich zu ihm um. Seine Hand sank herab, näherte sich meiner, und seine vertraute Wärme durch-strömte mich.

„Keiner der Kontakte, die Nolan mir gegeben hat, hat ihn gesehen. Ich habe ihn das überprüfen lassen, da er sie kannte, aber alle behaupteten, ihn nicht gesehen zu haben." Mephisto wurde abgelenkt und kniff konzentriert die Augen zusam-men, bevor er nach seinem Handy griff. „Kai, was wolltest du mir sagen?" Kai beschattete Wendy, und ihre stumme

Kommunikation war nicht effektiv, wenn sie zu weit voneinander entfernt waren.

Mephistos Augen trafen meine.

„Wendy", sagte ich mit dem Zögern und der Enttäuschung einer Schwester oder eines Elternteils. Ich hoffte, dass ich mich irrte, würde jedoch nichts, was mir lieb und teuer war, dagegen wetten. Ohne Zirkel, verzweifelt und mit jemandem verbündet, der eine Fülle von Wissen besaß. Ich fluchte leise und war direkt hinter Mephisto, als er zur Garage ging.

„Sie geht vielleicht mit dem Gedanken an die Sache heran, dass sie einen Verbündeten hat, aber sie wird das Opfer sein", sagte Mephisto. Opfer fand ich in ihrem Fall übertrieben. Sie würde das Opfer sein, aber es wäre selbstverursacht. Ich würde alles darauf verwetten, dass sie den Dämon beschwören würde, weil sie glaubte, sie würde Fabian helfen, seine Magie zurückzubekommen, und dafür gut belohnt werden. Ich war mir sicher, dass sie dem Dämon geopfert werden würde. Sie hatte so viel mit Dämonen zu tun gehabt, dass sie eine körperliche Bindung aufgebaut hatte. Es würde ihnen leichtfallen, sie als Wirt zu benutzen. Fabian musste sie nur töten. Ich hoffte, sie würde ihn zu einem Schutzeid zwingen, bevor sie mit ihm zusammenarbeitete, aber das war unwahrscheinlich. Fabian war schlau und würde sowieso einen Weg finden, dem mit Wortklaubereien auszuweichen. Das war seine Spezialität.

Wir kamen bei Wendy zu Hause an und fanden die Tür aufgebrochen vor. Fabian wurde von Kai an die Wand gedrückt, während er sich wand und hasserfüllte Tiraden losließ. Ein Dämon sah Wendy lasziv an, die ausgestreckt auf dem Boden lag, farblos, eine Spritze neben sich. Mephisto war als Erster bei ihr und presste seine Hand auf ihren Hals, um nach einem Puls zu suchen.

„Was ist in der Spritze?", fragte Kai, während Fabian nach Luft rang. Kai lockerte seinen Griff und fragte noch einmal, woraufhin Fabian nur schnaubte. Bevor er irgendeine ihm erlaubte Bewegungsfreiheit ausnutzte, starrte er mich wütend an. Hass loderte in seinen Augen. Mephisto roch an der Spritze, warf einen weiteren Blick auf Wendy und holte sein Handy heraus, um den Krankenwagen zu rufen.

Ihr Puls war so schwach, dass ich befürchtete, sie würde es nicht schaffen. Über meine Schulter hinweg vergewisserte ich mich, dass der Dämonenkreis intakt war, denn in dem Moment, in dem sie aus dem Leben verschwand, würde der Dämon in der Lage sein, ihren Körper zu benutzen.

„Fabian darf nicht entkommen. Wenn er es tut, wird er den Kreis brechen", sagte ich zu Kai, der aussah, als wäre er bereit, Fabian jede Bewegung unmöglich zu machen. Als ich Kais Gesichtsausdruck sah, sagte ich: „Wir brauchen ihn lebend." Für den Moment.

Ich begann eine Herzlungenmassage, aber Wendy reagierte nicht. Welches Gift auch immer verwendet worden war, sie brauchte ein Gegenmittel, nicht, dass ich ihre Brust zusammendrückte, um ihr Herz zum Pumpen zu bringen. Als meine Arme müde wurden, übernahm Mephisto. Ich schnupperte an der Spritze.

„Was ist das?", fragte ich Fabian.

Fabians Mundwinkel hoben sich. „Wenn ich es dir sage, glaubst du, du kannst sie retten, bevor ihre Leiche benutzt wird?"

Er war so selbstgefällig, dass ich nicht anders konnte, als misstrauisch zu werden. *Ihre Leiche benutzt wird.* Waren wir nicht am Tatort, oder war das hier eine Falle? Er wollte Wendys Leiche, aber vielleicht war das hier nicht der Dämon, der sie bekommen würde. Sie hatte mit so vielen Dämonen zu tun gehabt. Ich erinnerte mich daran, ihr

Gesicht im ganzen Dämonenreich gesehen zu haben, als ich dort gefangen gewesen war. Dumme, dumme Frau.

„Gibt es noch einen Dämon?"

Als ob er mir die Wahrheit sagen würde! Überheblich antwortete er mit einem Lächeln. „Nein. Dieser Dämon wird ihren Körper benutzen."

Wie? Wir würden den Kreis auf keinen Fall brechen.

Der Dämon würde einen Auslösezauber verwenden, der den Kreis auflöste, ähnlich dem, der verwendet worden war, um die Jäger im Schleier einzusperren. Mephisto grinste Fabian an. Er war vermutlich zu demselben Schluss gekommen. Warum zum Teufel sollte Wendy so etwas zustimmen? Natürlich würde sie glauben, dass sie nicht diejenige wäre, die dem zum Opfer fallen würde.

Panik machte mich irrational. Und kreativ. Zaubersprüche gingen mir durch den Kopf. Wenn wir drei im Raum waren, könnten wir den Dämon töten, wenn er aus dem Kreis entkam. Ich machte mir Sorgen um den Zauber, den er ausführen konnte. Hatte Fabian herausgefunden, dass Miss Harp die Magie in der Hand hielt? Konnte der Dämon einen Zauber wirken, der die Wandler verletzen oder töten konnte? Ich wollte ihm nicht die Gelegenheit geben, das herauszufinden.

„Wenn sie stirbt, kann man sie zurückbringen?", flüsterte ich Mephisto zu, der sich darauf konzentrierte, seine Herzdruckmassage nicht zu stark zu machen, dass sie mehr Schaden anrichtete als sie nutzte.

Er schüttelte den Kopf. „Das ist kein magischer Tod. Sie braucht ein Gegenmittel für das Gift. Lass uns Plätze tauschen. Ich muss mir den Kreis ansehen."

Während ich mit der Massage weitermachte, ging Mephisto um den Dämonenkreis herum. Der Insasse schien mehr darum besorgt, dass Wendy am Leben blieb, als um den mächtigen magischen Gott, der um ihn herumging. Mephisto bückte sich und untersuchte den Kreis genauer.

„Ich sehe ihn", sagte er. Ich konnte die Herzdruckmassage nicht unterbrechen und nickte.

„Sag mir, wie ich ihn deaktiviere", knurrte Mephisto Fabian an. Gurgelnde, erstickte Laute kamen aus dessen Richtung. „Er kann nicht sprechen, Kai. Fabian, vielleicht könnte sich deine Kooperation zu deinen Gunsten auswirken", drängte er.

Kai lockerte seinen Griff gerade so weit, dass Fabian eine knappe Herausforderung ausstoßen konnte. „Das bezweifle ich. Finde es selbst heraus."

„Dein Tod kann nicht schnell genug kommen. Und glaub mir, er wird kommen", presste Mephisto mit zusammengebissenen Zähnen hervor. Abgesehen von den Geräuschen meiner Druckmassage und Mephistos vorsichtigen, gemessenen Schritten, als er sich um den Kreis bewegte, erfüllte eine ahnungsvolle Stille die Luft. Die Stille hatte etwas Vertrautes. Kommunikation zwischen Kai und Mephisto.

„Danke", sagte Mephisto. Noch mehr bedrückende Stille, bevor Mephistos dunkles Lachen sie erfüllte. „Nein, Kai, ich glaube, dieses Vergnügen sollten wir Erin überlassen."

Ein harter Schlag gegen die Wand, ein schmerzerfülltes Grunzen von Fabian, gefolgt von Mephistos warnendem Blick auf Kai.

Mephistos Hände machten routinierte Bewegungen in der Luft, während er einen Zauberspruch flüsterte. Aus dem Augenwinkel sah ich poliertes Gold durch die Luft schweben und den Dämon wütend von Verrat und Rache sprudeln, bevor er verschwand.

Wendys Herzschlag wurde schwächer, als Kai Fabian mit dieser nervtötenden, kaum merklichen Bewegung in ein anderes Zimmer zerrte. Mephisto ging zur Tür, und ich hörte nur Bruchstücke der Kommentare, die sie machten. Dann öffnete sich die Tür, und Rettungssanitäter kamen herein. Während sie übernahmen, erzählte ich ihnen die gekürzte und stark bereinigte Version dessen, was passiert war. Einer von ihnen bemerkte die Spuren des Dämonenkreises am Boden.

„Was ist das?", fragte er, obwohl ich den Eindruck hatte, dass er wusste, was es war.

„Ein Zauberspruch", sagte ich nur und ignorierte seinen verkniffenen, vorwurfsvollen Blick auf meine Antwort. Ich musste Madison wissen lassen, dass Wendys Zustand einer geschliffenen, offiziellen Erklärung bedurfte, weil die menschliche Version auf Social Media und in den Nachrichten kursieren würde. Wahrscheinlich etwas in der Art von „Bürgerwehr verhindert, dass Hexe die Tore der Hölle öffnet" oder was ähnlich Sensationelles. In der Hoffnung, dass ich nicht erkannt worden war, gab ich dem anwesenden Polizisten dieselben Informationen wie dem Rettungssanitäter. Dass ich ein Treffen mit Wendy vereinbart hatte und wir, als sie nicht antwortete, die Tür aufgebrochen und sie in diesem Zustand vorgefunden hatten. Wir wussten, dass wir befragt werden würden, aber da sie eine Hexe war, würde der Fall an die Supernatural Task Force übergeben werden. Skepsis kennzeichnete die Fragen der Polizisten, als sie den Raum untersuchten. Mephisto drückte kurz meinen Arm, bevor ich protestieren konnte. Sie würden weder Kai noch Fabian in Wendys Haus finden.

Nachdem die Polizei und die Sanitäter gegangen waren, rief ich Cory an, damit er Wendys Zirkel kontaktierte und ihnen mitteilte, dass sie im Krankenhaus war. Obwohl sie sie ausgestoßen hatten, würden sie sie nicht in diesem Zustand allein lassen. Dann rief ich Madison an.

25

Fabian sah resigniert aus, als er in der Mitte des Wohnzimmers in Mephistos Haus kauerte.

„Wie du es verlangt hast, wurde er nicht verletzt", hatte Kai mit kaum unterdrückter Feindseligkeit gesagt, als er Fabian vor unsere Füße warf. Seine trügerisch engelhaften Züge hatten sich zu etwas Kaltem und Unbarmherzigem verhärtet, und er sah Fabian mit Verachtung an. Eine Verachtung, die ich verstand. Obwohl Fabian in diesem Moment so harmlos aussah, hatte er bewiesen, dass er zu unsagbarer Grausamkeit fähig war.

Fabian war ungezügelt geblieben. Ich sah Kai an, der anscheinend nur darauf wartete, dass Fabian einen Fluchtversuch unternahm. Doch der machte keine Anstalten, das zu tun. Er stand auf und sah mir in die Augen. Kühle Arroganz und Spuren von Ärger strahlten von ihm aus, als er sich zu seiner vollen Größe aufrichtete.

Er grinste höhnisch; eine Akzeptanz eines Schicksals, das unausweichlich schien. Als ich auf ihn zuging, wurde sein Hohnlächeln durch eine finstere Miene ersetzt.

„Es ist nur angemessen, dass es Malifics Tochter ist, die mein Leben beendet", flüsterte er. Er stürzte sich auf mich, aber eine reflexartige magische Abwehr traf seine Brust und ließ ihn durch den Raum schlittern. Bevor er reagieren oder aufstehen konnte, hatte Mephisto ihn hochgerissen und hielt ihn in der Luft an der Kehle fest. Mephistos Kiefer war angespannt, und er keuchte vor Anstrengung, sich zurückzuhalten. Alle Farbe wich aus Fabians Gesicht, als sich Mephistos Finger fester um seinen Hals schlossen. Er war blass und rang um jeden Atemzug.

„Mephisto“, flüsterte ich. Das half nicht, seine Wut zu zügeln.

Es dauerte mehrere Herzschläge, bis er sich genug beherrscht hatte, um Fabian herunterzulassen. „Weißt du, was du getan hast? Wie viel Chaos du entfesselt hast? Wofür? Eine erbitterte Rivalität zwischen den Göttern und den Elfen, die einzig und allein in deinem Kopf existiert hat. Nur, damit dies dein Schicksal ist.“

Fabian spottete. *„Eine erbitterte Rivalität, die nur in meinem Kopf existiert hat.* Götter und Elfen können nicht zusammen existieren. Ist das nicht der Beweis?“

„Das hast du dir selbst eingebrockt“, zischte ich als Antwort und hasste es, dass er zuerst schoss und dann das Opfer spielte, wenn er mit den Konsequenzen konfrontiert wurde.

Der Ausdruck verschwand aus seinem Gesicht und hinterließ eine undurchschaubare Maske. „Ich habe getan, was für das Kollektiv notwendig war. Du bist ziemlich geschickt, geschickter, als ich erwartet hatte, aber hast du dein volles Potenzial ausgeschöpft? Ein Waffenstillstand durch einen Blutschwur wird unser Erbe sichern und unser Volk retten. Wenn du mich tötest, wirst du nie einen Platz unter den Elfen haben, selbst wenn du ihnen ihre Magie zurückgibst. Ich bin dein Weg zu ihnen.“ Er blickte kurz zu Kai, der seine Wut kaum zurückhalten konnte, dann zu Mephisto, der seine nur Kai zuliebe zu kontrollieren schien. „Sie werden einander und die ihren beschützen. Wenn sie jemals zwischen ihren eigenen Leuten und dir wählen müssen, was, denkst du, wird das Ergebnis sein?"

„Ich weiß es nicht, aber kann es schlimmer sein, als mich ins Dämonenreich zu werfen, mich zu manipulieren, um Magie gegen einen Dämon einzusetzen, ihn menschlich zu machen und ihn vor meinen Augen zu töten, zu drohen, meine Schwester zu töten oder mich in eine Falle zu locken, damit ich von den Feen ermordet werde?"

„Ich verstehe, dass du das als grausam betrachtest, aber dadurch bist du jetzt weiser und hast deine Fähigkeiten entwickelt. Deine Beherrschung der Magie und Zaubermanipulation ist das Ergebnis unseres Tuns. Du hast unsere Taktiken vielleicht nicht gebilligt, aber sie haben dich zu dem gemacht, was du bist. Vergelte meine fehlgeleitete Hilfe nicht mit dem Tod."

Ich blinzelte mehrmals und konnte ihn nur mit weit aufgerissenen Augen ansehen. Mein Mund stand offen angesichts seiner Antwort. *Und das Gaslighting beginnt.*

Ich schloss meinen Mund angesichts der Absurdität seiner Interpretation seiner Taten. Er fuhr mit seiner Rede fort, doch ich schaltete ab und erwies ihm die Gnade letzter Worte, die das Ergebnis nicht ändern würden. Die Verteidigung seiner Taten wurde verzweifelter, als ich mich ihm weiter näherte. Nichts drückte Reue aus, und er wusste es. Selbst in seiner Verzweiflung waren seine Absichten unverhohlen und eisern. Ein hohler Ausdruck der Niederlage legte sich auf sein Gesicht, als Mephisto mir ein Messer reichte und ich mich daran erinnerte, wie Fabian mich verhöhnt hatte, dass ich um Gnade betteln würde. Er würde mir nie Gnade erweisen, wenn die Rollen vertauscht wären, und ich hatte keine, die ich ihm geben konnte.

„Bist du fertig?", fragte ich, packte seinen Arm und durchbohrte seine Hand, hielt den Kontakt mit ihm, während der Hoffnungsschimmer aus seinem Gesicht schwand und Trotz einsetzte.

„Ich bin der Einzige, der dich als eine der unseren betrachtet hat. Sie werden dich nie akzeptieren, dir vergeben oder das ohne Vergeltung durchgehen lassen", stieß er mit zusammengebissenen Zähnen hervor.

„Ihre Akzeptanz bedeutet nichts. Jede Vergeltung wird mit gleicher Münze heimgezahlt. Ihre Vergebung ist mir egal. Ich werde *mir selbst* nicht vergeben, wenn ich dich am Leben lasse."

Die Tiefe seiner Augen veränderte sich, als Angst darin aufstieg. Doch das erinnerte mich nur an alles, was er und Elizabeth mir angetan hatten. Eine unerklärliche Gier nach Wut stieg in mir auf, und ich wollte ihm nicht den friedlichen Tod geben, den das *Venenum* ihm geben würde. Ohne Magie in seinem Körper war es im Grunde ein Todeszauber. Er war effizient in seiner Ausführung und würde mir genauso Unbehagen bereiten, während er durch meinen Körper floss.

Als ich ihm in die Augen sah, konnte ich keine Spur des selbstgefälligen Mannes sehen, der mich um Gnade hatte betteln lassen.

„Ich hätte auf Elizabeth hören und dich töten sollen, als ich die Gelegenheit dazu hatte", sagte er, nachdem er mir einen Moment lang seine Trostlosigkeit gezeigt hatte. „Die Elfen haben Besseres verdient als dich." In seinen Worten lag so viel Bösartigkeit, dass ich nicht sicher war, ob es aus Verzweiflung und dem Bedürfnis kam, so viel emotionalen Schmerz wie möglich zuzufügen, oder ob er sich angesichts des bevorstehenden Todes entschieden hatte, zu sagen, was seine Wahrheit war.

Ich stach in meinen eigenen Finger und flüsterte den *Venenum*-Zauber. Sein Körper zuckte und verkrampfte sich, er kämpfte um ein Leben, das er nicht verdiente. Keuchend bewegten sich seine Lippen fieberhaft, noch immer nicht daran gewöhnt, keine Magie zu besitzen, die ihm nach Lust und Laune zur Verfügung stand. Er beschwor weiter Magie, die er nicht mehr besaß, und krallte sich vergeblich in meine Hand, während ich ihn festhielt.

Fabian klammerte sich an ein Leben, das schnell dahinschwand. „Wir würden dich beschützen. Tu das nicht. Wir sind ein und dasselbe“, brachte er mit hohler Stimme hervor, die seine verbleibende Kraft kostete.

Der Lebensfunke in seinen Augen erlosch. Harte und hektische Atemzüge wurden zu leisem Keuchen, bevor nichts mehr geschah. Seine Augen schlossen sich, und er sackte zu Boden. Tot.

Mephisto runzelte die Stirn. „Er hat Schlimmeres verdient.“

„Vielleicht, aber ich konnte nichts Schlimmeres geben“, gab ich zu. Selbst jetzt, obwohl ich wusste, dass er sein Schicksal verdient hatte, blieb ein schweres, schmutziges Gefühl in mir zurück. Ich wandte mich von ihm ab. Mephisto kniete neben Fabians Körper. Ich flüsterte einen Zauberspruch, und Fabians Körper zerfiel zu Staub, der an den wahren Tod eines Vampirs erinnerte.

Die Bewohner von Havenage versuchten, ausdruckslos zu bleiben, als sie sich um mich herum versammelten. Todesblicke und finstere Blicke mit dem Versprechen, dass sie mir niemals vergeben würden, wurden in meine Richtung abgefeuert. Ich ignorierte das alles. Akzeptierte es als die Wut, die es war.

Überlegte immer noch, ob es mutig war und von guten Absichten zeugte, allein zu kommen, oder naiv und sich als schlechte Entscheidung erweisen würde. Die Elfen hatten keine Magie, und selbst wenn sie überlegten, mich zu verletzen oder zu töten, garantierte mir die Tatsache, dass ich die Einzige war, die ihnen ihre Magie zurückgeben konnte, ein gewisses Maß an Sicherheit. Das war das Argument, das ich gegenüber Mephisto und Cory vorgebracht hatte, die beide mitkommen wollten. Madison verstand die Bedeutung meiner symbolischen Geste, sie allein zu treffen, und die Notwendigkeit dieser Vorgehensweise.

Sanaa schien zu ihrer Anführerin aufgestiegen zu sein. Stirnrunzelnd löste sie sich von der Gruppe. „Bist du hier, um die Nachricht von Fabians und Elizabeths Tod zu überbringen?"

Sie hatten wahrscheinlich schon von Elizabeths Tod gehört, aber Fabian war erst vor wenigen Stunden gestorben. Es war unwahrscheinlich, dass sie es wussten.

„Ich bin gekommen, um euch mitzuteilen, dass ihr eure Magie morgen zurückbekommt."

„Also, sie sind tot", spekulierte sie.

Ich nickte.

Sie schloss die Augen, holte tief Luft, und als sie sie wieder öffnete, waren sie feucht. Wahrscheinlich hatte sie es vermutet, aber die Bestätigung ihres Todes zu hören, war etwas anderes. Ich war sicher, dass die Nachricht von Fabians Tod in ein paar Tagen zu ihnen durchgedrungen wäre. Ich konnte nicht mehr Zeit verstreichen lassen, weil ich meine Elfenmagie genauso vermisste wie sie ihre. In mir hatte sie eine symbiotische Verbindung mit der Magie der Erzgöttin gebildet, dass ihr Fehlen auffiel. Ich hatte es noch deutlicher bemerkt, als ich den *Venenum*-Zauber ausgeführt hatte. Beide Magien zu haben, gab mir das Gefühl, vollständig zu sein.

„Welche Bedingungen müssen wir erfüllen, um unsere Magie zurückzubekommen?" Etwas Verschlagenes verwandelte Sanaas sonst freundliches Gesicht. Ich war es gewohnt, dass sie wortkarg war, und hatte mit einem solchen Verhör nicht gerechnet.

„Frieden. Ich will nicht im Dauerkrieg mit den Elfen sein oder mir Sorgen um Vergeltung machen müssen. Ihr sollt wissen, dass das Urteil über Elizabeth und Fabian gerecht war." Ich erhob meine Stimme, damit alle mich hören konnten. „Ich habe keine Freude daran, aber ich werde alles entfesseln, was ich habe, wenn ihr mich angreift. Lasst mich einfach in Ruhe."

„Wir verlangen dasselbe von dir. Du hast uns den Rücken gekehrt, es ist nur gerecht, dass wir das Gleiche tun."

Dass ich schon wusste, was sie dachten, dämpfte den Schmerz, den es verursachte. Das Stechen blieb. Cory hatte seinen Zirkel, Madison die Feen, Mephisto hatte die Jäger, und ich würde ohne jegliche Verbindungen bleiben. Eine Tatsache, die ich bitter akzeptieren musste.

„Und Nolan. Er ist auch nicht willkommen."

Ein weiterer Schlag, von dem ich gewusst hatte, dass er kommen würde, der aber trotzdem wehtat. Ich fühlte den Schmerz der Ablehnung an seiner statt. Es würde seinen Wunsch, ein menschliches Leben zu führen, verstärken.

Ich nickte. „Eure bisherige Existenz im Schatten ist keine Option mehr. Entscheidet, wer euer Vertreter sein wird, wer in den Augen des Kollektivs als Elf betrachtet werden soll, und ihr müsst euch registrieren. Das bietet mehr Struktur, Mitspracherecht bei den Gesetzen und Schutz. Anonymität, Existenz im Schatten hat ihre Vorteile, aber sie bringt auch Nachteile."

Sanaa blickte über ihre Schulter zu den Elfen, die sie umringten, bevor sie sich mir zuwandte. „Das ist fair, und wir werden uns daran halten."

Während ich auf mehr wartete, wurde mir klar, dass dies am ehesten einem Dankeschön oder einer Bestätigung gleichkam, dass ich nicht das Monster war, für das sie mich gehalten hatten. Als ich mich zurückzog, um zu gehen, nickte sie nur und beendete damit das Gespräch.

Nein, es würde keine Verbindung zu den Elfen geben. Nolan und ich waren Ausgestoßene.

26

Elizabeths Tod war erst ein paar Tage her, und ich hatte keine Ahnung, was ich von meinem Besuch bei Nolan erwarten sollte. Er begrüßte mich in seinem Haus mit dem leeren Blick eines Mannes, der mit Trauer rang. Nichts, was ich sagen würde, würde das ändern. Er musste auf seine Weise trauern und sich die Zeit nehmen, die er brauchte. Ich dachte noch immer an seinen niedergeschlagenen Gesichtsausdruck, als ich zugegeben hatte, dass ich seine Magie wahrscheinlich zurückhalten könnte, es aber nicht tun würde.

„Ich schätze, ich habe dir deine Wahl genommen, und jetzt nimmst du mir meine."

Es brach mir das Herz.

„Du hast meine Magie gebunden, um mich zu beschützen, und ich lehne deine Bitte aus demselben Grund ab", erwiderte ich und ließ keinen Raum für Widerspruch. „Du bist ein Quell der Informationen, wenn es um Elfenmagie geht, und ich habe noch viel zu lernen. Ich möchte es von meinem Vater lernen."

Das Lächeln hellte seine Augen und seine Worte auf. „Du

hast dich als ziemlich geschickt erwiesen. Ich glaube nicht, dass du meine Hilfe brauchst.“

„Nolan, du willst doch nicht andeuten, dass man aufhören sollte zu lernen?“

Sein Lächeln wurde breiter. „Natürlich nicht. Ich bin sicher, du kannst mir auch noch was beibringen.“

***

Stunden später konnte ich immer noch die Wärme von Nolans Umarmung spüren, als ich ihm von der Einladung zum Abendessen mit der Familie erzählte. Der Familie, die mich großgezogen hatte. Es linderte zwar nicht allen Kummer, der in seinen Augen lag, aber es linderte ihn ein wenig. Es fühlte sich an, als hätte ich ihm die Gemeinschaft genommen und wollte sie unbedingt durch eine andere ersetzen. Meine Familie war überraschend begeistert, ihn kennenzulernen, und meine Mutter drückte dieselben Gefühle aus wie ich. „Der Grund deiner Existenz ist dunkel und fehlerbehaftet, aber das ändert nichts daran, wie glücklich wir darüber sind. Du bist seinetwegen hier. Wir würden ihn gern kennenlernen.“

Als ich Nolan die Worte meiner Mutter mitteilte, verschwand die Sorge auf seinem Gesicht und wurde durch ein begeistertes Lächeln ersetzt.

„Sei nicht zu aufgeregt“, sagte ich. „Sie haben einen Koffer voller Brettspiele und wenn der erst einmal geöffnet ist, gibt es kein Entkommen mehr.“

„Ich freue mich darauf, von deiner Familie festgehalten und ermutigt zu werden, Brettspiele zu spielen.“

„Denk daran, wenn du drei Stunden in einem Spiel steckst, das sie auf einer Spielemesse gekauft haben“, neckte ich ihn und umarmte ihn. Die Wärme, die ich fühlte, als er die Umarmung erwiderte, machte mir Mut, dass es ihm gut gehen würde. Ich wollte so sehr, dass es ihm gut ging.

Arius' hohler Hass hatte geschwelt, was von dem hochmütigen kleinen Kobold nicht anders zu erwarten gewesen war. Meine Anwesenheit war zu einer Proklamation des Todes von Fabian und Elizabeth geworden, und er verkündete die Information so effizient wie ein Ausrufer oder ein Plakat. Arius empfing mich mit einem wissenden Blick der Verachtung, der von Asher zu Mephisto wanderte, der mich begleitet hatte, und dann hinunter zu meinem zweischneidigen Karambit.

Asher gab uns die Illusion von Privatsphäre und zog sich in die Ecke des spärlich eingerichteten Kellers zurück, der gerade warm genug war und genug Möbel hatte, damit er sich nicht wie ein Verlies anfühlte. Ein großer, billiger Teppich lag auf dunklen Vinyldielen. Ein zweckmäßiges Sofa nahm einen beträchtlichen Platz ein. Ein Bücherregal enthielt ein paar Bücher und Zeitschriften. Das Beeindruckendste im Raum war der Käfig für Wandler, die die Kontrolle verloren hatten, und jetzt einen hochnäsigen Kobold beherbergte, der sogar hinter Gittern seine selbstgefällige Aura bewahrte und mich über seine Brille hinweg herablassend ansah.

„Bist du stolz auf deine Beteiligung an ihrem Tod? Ist dein Bedürfnis nach Brutalität gestillt?", lamentierte er.

Ich zog einen Stuhl heran und setzte mich vor den Käfig. „Ja, ich bin zufrieden mit ihrem wohlverdienten Tod und werde es auch mit deinem sein, wenn es nötig ist."

Er öffnete den Mund, schockiert von meiner direkten Antwort. Er schloss ihn wieder und schnaubte verächtlich. „Malific wäre stolz auf ihre Schöpfung."

„Elizabeth und Fabian sollten auch stolz sein. Sie hatten ihren Anteil an dem, was ich werden musste, um mit ihnen fertigzuwerden. Wirst du stolz auf die Taten sein, die du begangen hast und die zu deinem Tod führen werden? Ich

möchte dich freilassen und dir ein erfülltes Leben ermöglichen, aber ich verstehe, dass du Elizabeth nahestandest." Er
verdrehte die Augen, als wäre „nahe" ein zu banales und
simples Wort, um ihre Beziehung zu beschreiben. „Du willst
sie vielleicht rächen, aber ich werde dich in gutem Glauben
bitten, das nicht zu tun."

„Und wenn ich nicht zustimme?"

„Werde ich dich jetzt töten und mir die Mühe sparen, es
später zu tun."

Er sah entsetzt aus über die Ungehörigkeit und Direktheit. Ich wollte nicht, dass irgendetwas in blumigen Worten
und Unklarheit verloren ging.

„Wirst du zustimmen, dich nicht in Elizabeths Namen an
mir oder den Meinen zu rächen?"

*Was zur Hölle? Muss er wirklich darüber nachdenken? Akzeptieren oder sterben, das sind die Optionen. Und er muss darüber
nachdenken!*

Jetzt war ich an der Reihe, von einer Antwort überrascht
zu sein, oder eher von dem Ausbleiben einer solchen. Die
Zeit verging, und nach einigen Augenblicken stand ich auf,
meine Waffen bereit. Mit einem Seufzer sagte ich: „Mach die
Tür auf –"

„Ich stimme zu", schoss Arius mit verzogenen Lippen
heraus.

Ich nickte und drehte mich um, um mit Mephisto zu
gehen. Ich ging die Treppe hinauf, doch er blieb unten
stehen.

„Arius, ich habe gelernt, dass Erin die Sanftere von uns
beiden ist. Sie zeigt jenen Diplomatie und Wohlwollen, die
den Wunsch geäußert haben, ihr zu schaden. Diese Eigenschaften besitze ich nicht. Ich werde kein Blatt vor den
Mund nehmen. Wenn ihr Schaden zugefügt wird und er auf
dich zurückgeführt werden kann, werde ich mich rächen.
Und ich kann dir versichern, dass ich dir nicht die Gnade
eines schnellen oder schmerzlosen Todes erweisen werde.

Wohin auch immer das Schicksal dich jetzt führen mag, ich bitte dich, zuerst nach Havenage zurückzukehren, um ihnen diese Nachricht zu überbringen. Sorg dafür, dass sie verstehen, dass die Schrecken, die Malific verursacht hat, im Vergleich zu dem, was ich für sie in petto habe, ziemlich milde erscheinen werden, wenn sie sich nicht an die Abmachung halten. Ich bitte dich, diese Nachricht zu überbringen, weil ich befürchte, dass ich unangemessen reagieren könnte, falls ich einen Hinweis darauf bekäme, dass sie dieser einfachen Bitte nicht nachzukommen gedenken." Die stählerne, leise Stimme ließ mich erschauern, obwohl ich nicht der Empfänger der Nachricht war.

Mit blassem Gesicht nickte der Kobold. „Deine Nachricht ist angekommen."

„Das hoffe ich."

Als wir oben waren, zog ich Mephisto beiseite. „Die Drohung, jemanden auf die grausamste Art und Weise zu ermorden, nachdem ich mit ihm gesprochen habe, kann nicht unser Ding sein", sagte ich.

Ein düsteres Grinsen umspielte seine Mundwinkel. „Natürlich kann es das." Er streckte mir seine Hand entgegen, und ich nahm sie und verflocht unsere Finger. „Ich glaube nicht, dass man das als Drohung betrachten kann. Es war ein Versprechen." Er hielt inne und drehte mich zu sich um. „Das ist es, Erin. Auch für dich. Ich weiß, dass du nicht so werden willst wie Malific. Und du lebst in der ständigen Angst, herzlos und erbarmungslos zu werden. Du reagierst mit außerordentlicher Vorsicht, um nicht der Gewalt und Machtgier zu verfallen. Das ist, wer du jetzt bist, aber diese Vorsicht ist zu einer Keule geworden." Er legte seine Hand an meine Wange. „Ich teile diese Bedenken nicht für mich selbst. Und ich werde ohne zu zögern auf Drohungen gegen dich reagieren."

Ich begann zu sprechen, aber er schluckte die Worte mit einem sanften Kuss.

„Bitte nicht um Mitleid für diejenigen, die es gewagt haben, dir kein Mitleid entgegenzubringen", flüsterte er mit einem Anflug von Endgültigkeit an meinen Lippen.

Ich nickte nach einigen Augenblicken des Nachdenkens. Er spürte die Bedenken, die ich unausgesprochen ließ, und drückte seine Stirn an meine. „Ich werde nicht grundlos grausam sein. Aber ich weigere mich, zuzulassen, dass dein Leben für Dinge aufs Spiel gesetzt wird, die außerhalb deiner Kontrolle liegen. Das werde ich nicht." Es war mehr als nur eine Feststellung, es war ein Schwur.

„Ich bin froh, dass du zurück bist", sagte ich.

„Ich auch."

27

Drei Tage zu warten, nachdem Arius aus dem Haus des Rudels entlassen worden war, hatte die Elfen nervös gemacht, und ich hatte Anrufe und einen Besuch von Sanaa bekommen. Vielleicht war es kleinlich, aber ich wollte den Eindruck erwecken und unterstreichen, dass es mir ohne meine Elfenmagie gut ging. Eine Lüge, aber nützlich. Als ich Miss Harps Wohnung betrat, sah ich Asher auf dem Sofa sitzen, aber es war Dr. Reyes, die die Tür öffnete. Es überraschte mich nicht, dass Asher immer da zu sein schien, wenn sie auch da war.

Mit dem Selbstvertrauen, das allen Wandlern gemein zu sein schien, lächelte sie. „Ich bin hier, falls ich gebraucht werde. Sherrie ist auf dem Weg", erklärte sie. Ich wusste, dass Sherrie involviert sein würde. Asher ging kein Risiko ein und wollte auf alle Eventualitäten vorbereitet sein.

Miss Harp bemühte sich, uns zu ignorieren, während sie an ihrer Tasse nippte und fernsah.

„Evelyn."

Sie riss ihren Blick von einer Gerichtsshow, die ich nicht kannte, los, und sah Mephisto an der Tür.

„Du bist zurück", sagte sie in gleichgültigem Ton. Eine

Feststellung. Sie war von Anti-Mephisto zu „meh" überge-
gangen, wo sie meiner Meinung nach auch bleiben würde.

Mephisto machte keinen Versuch, das zu ändern. „Ja." Er
lächelte, was ihre Kühle etwas zum Schmelzen zu bringen
schien. „Soweit ich weiß, hast du einen großen Anteil daran.
Danke."

Ich lenkte ihre Aufmerksamkeit wieder auf mich und
sagte: „Ich möchte Ihnen auch danken. Ich stehe tief in Ihrer
Schuld."

Sie zuckte die Achseln und sah mich mit fragenden
Augen an. „Hast du erreicht, was nötig war? Alles?"

„Ja."

„Bist du in Sicherheit?" Als ich tiefe Sorge in ihrer
Stimme hörte, wollte ich sie umarmen, wohl wissend, dass
sie das nicht wollte.

Ganz in Sicherheit? Konnte das irgendjemand glauben?
Meine Situation mit Landon musste noch geklärt werden.
Und wenn sich die Elfen schließlich der Öffentlichkeit zeigten, könnte die Aufregung über die Entdeckung einer Rasse,
die zuvor als ausgestorben gegolten hatte, deren Sicherheit
gefährden. Die Menschen müssten sich mit der neuen Magie
in der Welt auseinandersetzen und sich mit ihr abfinden. Ich
tröstete mich mit dem Wissen, dass die Elfen mich nicht als
eine der ihren beanspruchen würden, sodass ich wahrscheinlich den meisten Folgen entginge.

Nachdem meine Schuld bei Landon beglichen war,
erwartete ich ein einfacheres Leben ohne die Bedrohung,
dass Leute, die mit mir verwandt waren, versuchten, mich zu
verletzen oder zu töten. Nachdem ich den Raum flüchtig in
Augenschein genommen hatte, beugte ich mich vor.

„Ich weiß, dass Sie sich hier wie eine Gefangene fühlen."

Sie stieß ein übertriebenes „Mmhmm" aus, während sie
einen Schluck aus ihrer Tasse trank, aus der stark der Duft
von Kahlua wehte.

„Ich kann Sie hier rausholen", schlug ich vor.

Sie trank einen weiteren anerkennenden Schluck und sagte: „Nein, es ist eine Last, mit der ich leben lernen muss", und fügte einen theatralischen Seufzer hinzu. *Und der Oscar geht an ...*

Die intensive Beobachtung durch Asher, Sherrie und Dr. Reyes war eine Erinnerung daran, wie andere die wechselhafte Natur der Magie sahen. Es war verständlich, als ich den Zauberspruch ausführte und nicht verbergen konnte, wie schwer es mir fiel, Miss Harp die Magie zu entlocken. Ich musste den Zauberspruch wiederholen, nachdem der erste sie in einen steifen Zustand versetzt und sich ein leuchtender Ring um uns gelegt hatte. Ich rang damit, zog die Magie aus ihr heraus, rief den Zauberspruch erneut, um sie zu zügeln und zu mir zu ziehen. Danach keuchten wir beide und lehnten uns gegen das Sofa. Miss Harp sah aus, als würden ihre Beine nachgeben, und Asher half ihr schnell auf das Sofa, wobei er mir einen harten, missbilligenden Blick zuwarf.

Es dauerte mehrere Minuten, bis sich Miss Harps bleiche Farbe in etwas verwandelte, das es den Wandlern und mir erlaubte, uns zu entspannen. Nachdem Dr. Reyes sie untersucht hatte, riet sie den Besuchern mit einem zögerlichen Lächeln, das ihre warmen Augen erkalten ließ, zu gehen. Ich vermutete, dass die nächste Aufforderung zum Gehen nicht so freundlich ausfallen würde.

„Halt dich aus Schwierigkeiten raus. Ich will das nicht nochmal machen", sagte Miss Harp immer noch schwer atmend, während sie sich auf dem Sofa zurücklehnte und sich bemühte, die Augen offenzuhalten. Ich wollte nicht, dass sie es nochmal tun musste.

Auf dem Weg zur Tür hielt Asher mich und Mephisto auf. Als ich über seine Schulter zu Miss Harp blickte, die eingeschlafen war und deren Farbe langsam zurückkehrte, wusste ich, was er sagen würde. Er war oft in der Lage, seine Emotionen zu verbergen, doch jetzt zeigte er sie.

„Erin, wenn nötig, ist mein Rudel für dich da." Seine Miene wurde finsterer. „Sie jedoch nicht. Egal, in welcher Situation, okay?" Sherrie unterstrich seine Aussage mit einem Blick, der von Dr. Reyes bestätigt wurde. Die Blicke wurden sanfter, als sie zu Miss Harp zurückkehrten.

Ich nickte, obwohl das Thema hinfällig war, weil ich das sowieso nie verlangen würde. Ich war dankbar für ihre Hilfe und würde sie nie wieder in Gefahr bringen.

Ich hatte erwartet, dass Mephisto seine Zeit zwischen dem Schleier und hier aufteilen würde, aber in den sieben Tagen seit seiner Rückkehr hatte er seine Geschäfte wie gewohnt erledigt, Anrufe beantwortet und mit Leuten gesprochen, als hätte er kein neues Leben im Schleier begonnen. Hatte er vor, aktiv in beiden zu leben? Ich gab es nur ungern zu, aber es war beunruhigend, dass er vorhatte, sein Geschäft auf dieser Seite des Schleiers aufrechtzuerhalten. Ich wollte seine Zeit nicht teilen, wenn er hier war. Es mochte egoistisch sein, aber es hatte keinen Sinn, mir selbst gegenüber unehrlich zu sein. Ich wollte Mephisto nicht mit der Welt teilen, wenn er nicht hundertprozentig hier wäre.

An der Tür seines Büros versuchte ich, nicht zu viel in die Nachricht hineinzulesen, die er hinterlassen hatte, dass ich ihn in seinem Büro treffen sollte, sobald ich aufwachte. Es war beunruhigend, wenn er mich als *Rabe* ansprach. Ein Name, den die anderen Jäger verwendeten und der mich mit Malific verband. Diese Erinnerung gefiel mir nicht.

„Mein Rabe", flüsterte er und stand von seinem Platz an seinem Schreibtisch auf. Die neue Koseform ließ mich innehalten und ihn skeptisch mustern. Ich war von seiner Halbgöttin zum Raben geworden. War die Erinnerung an meinen Ursprung für mich oder für ihn? Ich konnte es nicht aus dem nachdenklichen Ausdruck auf seinem Gesicht erkennen, als er sich nach vorn beugte. Wir spiegelten einander in dem Versuch, die Gedanken des anderen zu verstehen.

„Du siehst den Raben als ein Geschöpf des Todes, während andere ihn für seine Fähigkeit bewundern, in einer Vielzahl von Lebensräumen zu überleben und zu gedeihen. Raben gehören zu den wenigen Vögeln, die im Schleier existieren. Du zeigst dich ständig als Verkörperung davon, meine Halbgöttin."

„Warum war Malific als Rabe bekannt?"

Er lächelte angesichts meiner Reaktion. „Du kannst zwei Raben haben. Einer kann als Todesbote bekannt sein, der andere für seine Fähigkeit, zu gedeihen und zu überleben. Aber wenn es dir nicht gefällt, dann …" Er winkte ab und stand von seinem Schreibtisch auf, um mich zu küssen. Er legte seine Hände auf meine Hüften und ließ seinen Blick langsam über mein Gesicht gleiten. Dann wanderten seine Hände über meinen Rücken, meine Hüften und meinen Po. Gelegentlich beugte er sich vor und küsste sanft und träge meine Wangen, mein Kinn und meinen Hals. Seine müßigen Bewegungen waren geprägt von seinen tiefen Gedanken und einem stoischen Gesichtsausdruck, der nichts verriet.

„Woran denkst du?", fragte ich nach einer langen Stille, die langsam unbehaglich wurde. Seine Hände glitten von meiner Taille und ergriffen meine Hand, bevor er mich zum Sofa führte, wo er sich ausstreckte und mich mit dem Rücken an seine Brust zog. Er schlang seine Arme in einer innigen Umarmung um mich.

„An dich und mein Leben im Schleier." Sein Versäumnis, näher darauf einzugehen, weckte gleichzeitig meine Neugier und ließ mich zögern, Fragen zu stellen. „Ich habe so viel Zeit darauf verwendet, in den Schleier zurückzukehren, in mein altes Leben. Es hat mir sehr viel bedeutet, und ich hatte das Gefühl, diese Seite des Schleiers sei zu klein für mich. Ich hatte ein größeres Ziel. Dann wurde ich ausgeschlossen. Ich wollte – nein, musste dich sehen. Ich dachte, meine Unzufriedenheit hätte damit zu tun. Jetzt steht mir alles offen." Er seufzte. „Ich kann frei zwischen den beiden Welten hin- und hergehen, und ich bleibe hier."

Mein Herz wurde in diesem Moment schwer, und er war vorsichtig mit seinen Worten. „Ich weiß, dass du es nicht magst, ein Rabe zu sein", flüsterte er, „aber es ist durchaus angebracht." Das war das schlimmste Trennungsgespräch aller Zeiten. Ich kaute an meiner Lippe. „Es bedeutet den Tod eines alten Lebens. Eines, das ich nicht mehr haben kann."

„Aber?" Es hing unausgesprochen in der Luft, und ich wollte es wissen. Ich musste seine Zweifel kennen.

Er beugte sich nach vorn, stützte sich auf dem Ellbogen ab und seufzte. „Du bist so ganz Erin. Eine Frau, die eine Brücke verbrennen und sich in tückische Gewässer stürzen würde, nur um zu beweisen, dass sie überleben würde." Er lachte leise.

„Du glaubst, ich bin leichtsinnig?"

„Überhaupt nicht. Du bist entschlossen. Es zieht mich an und macht mir Angst."

Ich befreite mich aus seinem Griff und drehte mich um, um ihn anzusehen. „Angst?"

Er lächelte mich schief an, dunkle Belustigung und Zurückhaltung spielten in seinen Augen. „Passen wir gut zusammen, wenn ich der Typ Mann bin, der direkt neben dir steht und jeden, der dich gezwungen hat, auf einer brennenden Brücke zu stehen, mit unsagbarem Zorn begegnen will?"

„Denkst du, wir sind deshalb nicht gut füreinander?"

„Ich weiß nicht, ob wir das sind, aber jeder Teil meines Seins will, dass wir zusammen sind. Ich habe nicht übertrieben, als ich gesagt habe, du bist meine Schwäche." Sein Lächeln verschwand. Es war das erste Mal, dass ich diesen besonderen Ausdruck sah. Eine Anhäufung vieler Emotionen. Verwirrung, Sorge – nein, Angst? Nein, keine Angst. Bedenken und Befürchtungen vielleicht?

Ich drehte mich um und drückte ihm einen Kuss auf den Hals, dann noch einen auf die Lippen. „Ich werde mit deinem Herzen so sanft umgehen, wie du es mit meinem tust", versprach ich leise. Ich nahm seine Hand und führte ihn in sein Schlafzimmer, wo ich ihm langsam das Hemd auszog. Die Wärme seines Körpers an meinen Fingerspitzen und seine einzigartige Magie hielten mich gefangen. Ein Lächeln huschte über seine Lippen, bevor es über mein Gesicht glitt. Er schloss kurz die Augen, als wollte er es sich einprägen. Ein flüchtiger Ausdruck der Trauer flog so schnell über sein Gesicht, dass ich ihn nicht bemerkt hätte, wenn ich ihn nicht so aufmerksam beobachtet hätte.

„Was ist?"

„Nichts. Tatsächlich ist das hier …" Er atmete aus. Er küsste mich sanft. „Richtig", flüsterte er an meinen Lippen. Er zog mir das Shirt aus, seine Hand ruhte auf meinem unteren Rücken, bevor sie sich um mich legte. Mit beunruhigenden und beneidenswerten schnellen Bewegungen legte er mich auf das Bett und hielt mich in seinen Armen fest. Er verschlang mich mit seinen Küssen, tief und hungrig. Er zog sich zurück, seine Augen verweilten nur einen Moment, während warmer Atem über meine Haut strich, als er über mein Ohr, die Vertiefung meines Halses und die Wölbung meiner Brüste glitt. Er berührte sie und zeichnete langsame, sinnliche Kreise über meine Brustwarzen, bis sie hart wurden, was mir ein Schaudern und ein leises Wimmern entlockte.

Er stieß ein dunkles Lachen aus und neckte mich weiter mit seiner Berührung, während er seine qualvoll langsame Wanderung meinen Körper entlang fortsetzte. Sanfte Bisse, verlockende Küsse und warmes Lecken folgten diesem Weg. Er bewegte sich langsam meinen Körper hinab, richtete sich auf, um mir Leggings und Höschen auszuziehen, verteilte erotische Küsse, während seine Finger über mein zartes, geschwollenes Nervenbündel strichen und mir einen Orgasmus entlockten. Die Wärme seines Atems ließ mich erschauern. Sein erotisches Necken an meinem Körper ließ mich seinen Namen flüstern, während seine Zunge und Lippen warme Spuren hinterließen, als er meinen Körper entlang glitt.

Er ließ seinen Körper tief zwischen meine Beine sinken und küsste mich erneut. Sanft drückte er meine Lippen. Ich ließ meine Nägel über seine Haut gleiten, dann spreizte ich meine Beine, um ihn aufzunehmen, und zog ihn näher an mich heran.

„So können wir nicht bleiben, oder?", flüsterte er.

„Ich sehe keinen Grund, warum nicht. Hier finde ich weniger Ärger", sagte ich, streichelte seinen Schwanz und führte ihn in mich hinein. „Vielleicht nicht." Unsere Bewegungen waren ein langsamer Wind, als ich mich für ihn öffnete, meine Beine um ihn schlang und ihn tiefer in mich hineinzog. Verzaubert von seiner Hitze, wurden unsere Stöße härter. Ströme heißer Lust bei jeder Bewegung unserer Hüften. Lust wuchs in mir, unsere Bewegungen wurden hektischer und unkontrollierter. Ich packte sein Haar und zog ihn in einen gierigen Kuss an mich, als wir gemeinsam zum Höhepunkt kamen.

Als wir einander schweigend ansahen, waren Mephistos Augen intensiv in Gedanken versunken, sein Gesicht nachdenklich.

„Anstatt so intensiv darüber nachzudenken, warum sagst du mir nicht, was dich beschäftigt?", schlug ich vor und rieb ihm die gerunzelte Stirn.

„Landon", sagte er. Er legte seinen Arm um mich, als ich versuchte, mich auf den Rücken zu rollen und dem Thema zu entkommen. „Erin, das ist kein Problem, das sich lösen lässt, indem du es ignorierst."

„Ich weiß, aber ich habe noch keine Lösung. Ich bin sicher, dass die Schulden verhandelbar sind. Es geht nur darum, etwas zu finden, das ihn mehr anspricht als Nachkommen zu haben", sagte ich.

Er gab ein Geräusch von sich, das eine Mischung aus Summen und Knurren war. „Ich glaube, ich kann diese Situation mit Landon beenden. Soll ich?"

Ich dachte einen Moment über seine Frage nach. Länger als erwartet. Ich wollte das Landon-Problem hinter mich bringen, aber Mephistos scharfer Blick voller Wut und Frustration ließ erahnen, wie er es lösen würde. Ich bezweifelte, dass es nicht gewaltsam wäre.

„Ich weiß es zu schätzen –"

„Schätze die Hilfe nicht – nimm sie an, Erin. Du bist nicht allein." Er nahm mein Gesicht in seine Hände, warf mir einen resignierten Blick zu und seufzte. „Du willst die Schuld begleichen?"

Ich nickte und sagte: „Ich habe zugestimmt, als Gegenleistung dafür, dass er Dr. Sumners Leben rettet. Es mit Gewalt – oder dem wahren Tod – zurückzuzahlen, ist falsch. Ich bin vielleicht nicht diejenige, die ihm die Kinder geben kann, die er will, aber ich will nicht, dass er seines Rechts beraubt wird, das daraus hervorgeht. Seine Hilfe hat Besseres verdient."

Er streichelte mein Haar und küsste dann meine Stirn. „Du bist nicht Malifics Tochter", flüsterte er mit einem zufriedenen Lächeln. „Unbestreitbar Erin."

„Ja, also muss ich eine Lösung für Erin finden." Ich erwiderte das Lächeln.

Er schwieg einige Augenblicke, und mehrmals erschien und verschwand eine Grimasse. „Ich glaube, ich habe eine", sagte er schließlich. „Du musst aber verstehen, dass das, was du ihm anbietest, um ihn davon abzuhalten, gefährliche Vampire zu erschaffen, die du nicht auf dieser Welt haben willst, ebenso verheerende Konsequenzen haben könnte."

„Vielleicht, aber wenigstens hätte ich es nicht mit etwas Unbekanntem zu tun.“

Er nickte und akzeptierte, dass dies eine Situation war, in der falsch war, was immer ich auch tat. Ich war in letzter Zeit in vielen solchen Situationen gewesen. Diese war nur eine weitere auf der Liste.

29

Vierundzwanzig Stunden später begrüßte mich Benton an seiner Bürotür mit einem zögerlichen Blick, der mich noch vorsichtiger gegenüber der Lösung machte, die Mephisto gefunden hatte. Mephisto hatte die Hände hinter dem Kopf verschränkt und musterte mit kühlem, abschätzendem Blick das Objekt auf dem Schreibtisch. Benton schüttelte den Kopf und runzelte die Stirn.

„Ich bin dagegen", sagte er.

„Zur Kenntnis genommen", sagte Mephisto. „Die anderen haben ihre Bedenken auch geäußert. Ich habe oft genug mit Landon zu tun gehabt, um dir versichern zu können, dass deine Sorgen unbegründet sind."

Er schloss die schwarze Schatulle auf und schob sie auf dem Schreibtisch zu mir. Ich öffnete sie und nahm das Objekt heraus, das aus gebleichtem, spiralförmigem Holz bestand, das sich in einer einzigen Spitze vereinte. Es war mit geschwungenen Buchstaben und Siegeln verziert, und ein starker Duft von Salbei und Eiche ging davon aus. Ich betrachtete es und wartete darauf, dass entweder Mephisto oder Benton weitere Informationen über das Objekt lieferten, das bemerkenswert genug war, um es gegen die von

Landon gewünschten Nachkommen mit Elfen-/Götterblut einzutauschen. Ich beobachtete Mephisto, als er zu einer Ecke des Regals ging, sein Finger zur Seite glitt und er mit einer Bewegung seiner Hand ein kleines Fach öffnete.

„Die sind aus einer Sammlung von Objekten, die du hoffentlich nie brauchen wirst", sagte er mit leiser, ernster Stimme, obwohl ich es anscheinend jetzt brauchte. „Das hier dient keinem anderen Zweck als der reinen Zerstörung." Er zeigte auf eine der Schriften darauf. „Es ist ein *Mors Obscura*."

„Dunkler Tod", sagte ich und las die geschwungenen Worte in der Nähe der Spitze.

„Es ist mehr als nur das. Es ist eine Todeseklipse."

„Okay?"

„Er wird wissen, was es ist, denn meines Wissens sucht er schon sehr lange danach. Derjenige, der Landon gezeugt hat, ist der Grund, warum er es so begehrt."

Das Wort „Eklipse" und seine Verbindung zu Magie und Vampiren gingen mir immer wieder durch den Kopf. „Totaler Tod." Ein vollständiger Tod.

Ich wünschte, er würde es mir sagen, anstatt sich darüber zu amüsieren, wie ich die Teile zusammensetzte. Als ich begriff, holte ich scharf Luft. „Damit wird eine ganze Linie vernichtet, nicht wahr?"

Mephisto nickte. „Nachkommen zu haben wird ihm nichts nützen, wenn du die Fähigkeit hast, die gesamte Linie zu vernichten, indem du nur einen einzigen Vampir darin tötest", sagte er.

Ich fluchte leise und verstand Bentons Zögern. „Welche anderen Gegenstände wie diesen hast du in deinem Besitz?" Ein gezwungenes Lächeln wärmte die Worte, obwohl es meine Sorge nicht linderte. Mephisto war gefährlich. Nicht nur als Vermittler großer magischer Macht und außergewöhnlichen Wissens, sondern auch, weil er über fünfzig Jahre damit verbracht hatte, magische Gegenstände zu sammeln, um seinen Weg nach Hause zu finden. Er kam aus dem Schleier, wo sein Überleben davon abhing, dass er der Rücksichtsloseste und Gefährlichste war. Ich verstand das, und mit ihm zusammen zu sein bedeutete, dass ich alles an ihm akzeptieren musste. Ihn in meinem Leben zu haben, war zu meinem Vorteil, aber es hielt mich nicht davon ab, angesichts all dessen, was ich über ihn wusste, verunsichert zu sein.

„Mir gefällt es zu wissen, dass ich eine Möglichkeit habe, eine Situation zu kontrollieren, wenn sie außergewöhnlich bedrohlich wird", sagte er kryptisch.

„Hexen, Magier, Feen und Wandler?", fragte ich.

Sein Gesicht verriet nichts. „Ich habe erst vor Kurzem Zugang zu diesen Gegenständen erhalten, und sie einzusetzen wird nie meine erste Wahl sein", versicherte er mir. „Hier geht es um dich und deinen Deal mit Landon. Ich gebe dir eine Möglichkeit, ihn zu deinen Bedingungen zu Ende zu bringen."

Ich schloss den *Mors Obscura* wieder in die Schatulle und dankte ihm. Er hatte recht; ich tauschte eine schlechte Konsequenz gegen eine andere. Da ich nicht viele Optionen hatte, war dies meine beste.

<hr>

Die bunt geblümte Geschenktüte, in die ich den *Pflock des Untergangs* oder das Abstammungsholz, was weniger bedrohlich klang, gesteckt hatte, brachte Mephisto zum Grinsen, während Elon uns zu Landon führte, der auf dem thronartigen Sessel saß, der – kaum überraschend – zu seinem Lieblingssessel geworden war. Er lehnte sich entspannt zurück und seine obsidianschwarzen Augen verfolgten jeden unserer Schritte auf ihn zu, bevor sie auf die Geschenktüte fielen. Sein Lächeln wurde breiter.

„Ah, ihr seid mit Geschenken gekommen. Ist das eine Antwort auf meins?", fragte er mit kühlem Timbre in seiner

Stimme, während er seine Finger auf seinem Bauch verschränkte. Ich hatte nicht einmal an die symbolische Geste meiner Geschenktüte angesichts der Bedrohung gedacht, die er mir hatte liefern lassen.

„Nein." Warum klang meine Stimme so kleinlaut? Ich machte ihm das Geschenk seines Lebens. Es war die dunkle Bedrohung, die er repräsentierte. Eine Viper, bereit zuzuschlagen. Scharfes Wissen und Durst. Das ließ sich nicht leugnen. Ohne Diskussion zog ich den Landon vor, der noch nicht an die Macht gekommen war. Ich vermisste die theatralische Leichtigkeit seiner Persönlichkeit.

„Du hast danach gesucht." Ich reichte ihm die Tüte. Er nahm sie, zog die Schatulle heraus und öffnete sie. Während er den Pflock betrachtete, bemühte er sich sehr, emotionslos zu bleiben, doch die Aufregung war in seinen Augen zu sehen.

„Ich glaube, wir haben diese Akquisition ziemlich oft besprochen, und du hast deutlich den Eindruck vermittelt, dass du nichts davon wusstest." Kühle Augen wanderten von Mephisto zu mir und wieder zurück zum *Mors Obscura*. Sie glitten darüber und betrachteten die aufwendigen Schnitzereien, als wollten sie sich alles einprägen.

„Hättest du es vorgezogen, wenn ich dir gesagt hätte, dass ich nicht wollte, dass du es bekommst?", fragte Mephisto.

„Du hattest es die ganze Zeit?" Landon zog die Augenbrauen hoch.

Mephisto nickte.

„Jetzt hast du es dir anders überlegt?" Landons Aufmerksamkeit richtete sich wieder auf den Pflock.

„Überhaupt nicht. Ich will immer noch nicht, dass du es hast, aber die Situation verlangt, dass ich dieses Zugeständnis mache."

Mit einem langsamen Nicken dachte er über die Antwort nach. „Warum verdiene ich jetzt ein so außergewöhnliches Geschenk und Zugeständnis?", fragte er mit spröder Stimme.

„Es ist kein Geschenk. Ich begleiche damit meine Schuld dir gegenüber“, sagte ich.

Landons Lippen verzogen sich zu einem Grinsen. „Ah. Aber das ist nicht, was ich verlangt habe.“

„Vielleicht nicht“, sagte Mephisto. „Aber es ist auch das, was du dir schon seit langer Zeit wünschst. Jetzt hast du es. Akzeptiere es als Bezahlung. Erins Schuld dir gegenüber ist getilgt. Du willst nicht, dass dieser Gegenstand in die falschen Hände gerät. Du hast dir eine beträchtliche Anzahl an Feinden gemacht. Es wäre ziemlich verheerend, wenn Erin dir helfen würde, Nachkommen zu zeugen, nur um sie und dich durch die Hand eines deiner Feinde, der den *Mors Obscura* besitzt, sterben zu sehen. Jetzt gehört er dir. Du hast die absolute Kontrolle über dein Leben und deinen Tod.“

Grausame Belustigung huschte über Landons Gesicht. „Nun, das klingt eher nach einer Drohung als nach der Rückzahlung einer Schuld“, sagte er.

„Ist es nicht“, seufzte ich. Landon war verdammt anstrengend. Ich wollte ihn schlagen, ihm sagen, er solle die Zahlung annehmen, ihm den Mittelfinger zeigen und aus seinem Haus schlendern. Dallas, der lässig an der Tür vorbeiging, und Elon, der ganz in der Nähe stand, erinnerten mich daran, dass ich nett sein musste.

„Du weißt, was ich bin“, fuhr ich fort. „Und was es für die Welt bedeuten könnte, wenn ich dir helfe, Vampire zu erschaffen. Wir haben die Verantwortung, das System zu schützen und unsere fragile Beziehung zu den Menschen aufrechtzuerhalten. Die Menschen, die du gern als deine Nachkommen hättest, werden nicht verantwortungsvoll mit neuen Gaben umgehen. Sie werden eine Gefahr darstellen und viel mehr Arbeit machen, als wir beide wollen.“ Ich versuchte, an die Menschlichkeit von jemandem zu appellieren, der keine zu haben schien. Ich suchte in seinen Augen nach Verständnis, Mitgefühl, Übernahme von Verantwortung.

Er warf einen Blick auf den Pflock. „Die Entscheidung scheint für mich getroffen worden zu sein."

„Wenn du immer noch Nachkommen willst, werde ich dir helfen, aber sie werden nicht mit mir erschaffen."

„Glaubst du, ich hätte ein Problem damit, jemanden zu finden, der mir hilft, einen Vampir zu erschaffen?" Er straffte seine Schultern, und seine ganz eigene Art von Arroganz schimmerte durch.

„Nein."

„Da du mit solchen Dingen keine Probleme hast, sollten keine weiteren Transaktionen zwischen dir und Erin nötig sein", sagte Mephisto und trat näher an mich heran. Landon bemerkte es.

„Ihr zwei seid zu einem richtigen Power-Paar zusammengewachsen", schnaubte er angewidert, lehnte sich in seinem Sessel zurück und betrachtete den Pflock noch einmal.

„Ich schätze, der Nachwuchs, den ich mir gewünscht habe, ist nicht mehr geplant." Er entließ uns mit einer Handbewegung. „Ich bin ziemlich entmutigt." Er drehte seinen Körper zur Seite, weg von uns, und beendete damit das Gespräch. Ein mächtiges Wesen, das im Grunde schmollte und eine kindische Version von „Ich bin sauer auf dich und weigere mich, mit dir zu reden! Lass mich in Ruhe" zum Besten gab.

„Ich weiß das Geschenk zu schätzen – es wird mir gute Dienste leisten", sagte er schließlich und linderte damit die Sorge, die in mir erwacht war. Landon war oft unvernünftig, aber Macht würde sich immer durchsetzen. Er konnte Vampire mit Magiern, Feen oder Hexen zeugen und außergewöhnliche Nachkommen haben, und jetzt hatte er dank uns ein Werkzeug, das ihm einen Vorteil verschaffte, den sonst niemand hatte. Ich war mit dem Tausch nicht glücklich, aber es war ein notwendiges Übel. Ich musste mit dieser Entscheidung leben.

30

Mephisto beugte sich hinunter und küsste den Winkel meines Munds. „Du lächelst immer noch", flüsterte er, als der Mann in der makellosen Uniform aus stahlgrauer Weste und schwarzer Hose uns in den hinteren Teil der luxuriösen Zigarrenlounge führte. Es kam immer häufiger vor, und ich gewöhnte mich schnell daran. Drei Tage, seit ich Landon den *Mors Obscura* gegeben hatte, war er ruhig gewesen, und ich hatte nichts davon gehört, dass er gedroht hatte, andere Vampire zu vernichten. Ich nahm es als Bestätigung, dass er die alternative Bezahlung akzeptiert hatte. Vorhin hatten Madison und ich mit unserer Familie und Nolan zu Abend gegessen. Es war angenehmer, als ich erwartet hatte. Das einzig Unbehagliche war, dass Nolan während des Kennenlernens unter den übereifrigen Umarmungen unserer Mutter erstarrt war. Mein Vater war zu Beginn des Essens herzlich, aber merklich zurückhaltend gewesen. Am Ende war er so warm geworden, dass Nolans vorsichtige Blicke in seine Richtung aufgehört hatten.

Seine Vertrautheit mit ihnen zauberte mir immer noch ein Lächeln ins Gesicht, wenn ich daran dachte. Der zufriedene Ausdruck in seinen Augen hatte mir eine weitere Last von den Schultern genommen. Obwohl er ein Opfer des Koffers voller Brettspiele geworden war, hatte er darin nicht die Qual gesehen, als die Madison und ich ihn sahen. Unsere Pläne mit Mephisto und Clay erlaubten es uns jedoch, der Nacht der Brettspiele und der langweiligen Erklärungen von Spielen, die sie auf einer Spielemesse entdeckt hatten, zu entkommen.

Mephisto und ich wurden durch die Lounge geführt, die Exklusivität nicht nur andeutete, sondern geradezu schrie. Marineblaue Wände, schwere Jalousien an den Fenstern und gedämpftes, sanftes Licht ließen den großen Raum warm und intim wirken. Ein eingebautes Bücherregal voller ledergebundener Bücher nahm eine ganze Wand ein. Davor Ledersessel, luxuriöse Arbeitsleuchten und dazwischen ein kleiner Tisch. Ich war bereit zu wetten, dass ich weggescheucht werden würde, wenn ich mich ihm mit der Absicht näherte, die Sammlereditionen in den Regalen zu lesen.

Clay und Madison waren vor uns angekommen und warteten auf einem geschwungenen Sofa im hinteren Teil der Lounge auf uns. Mein trägerloses, aprikosenfarbenes Midikleid bildete einen Kontrast zu Madisons enganliegendem, cremefarbenem Hosenanzug mit passender Korsage mit Spitzenüberzug. Mephisto wich nicht von seinem typischen Stil ab und trug einen dunkelgrauen Anzug. Der Blauton von Claytons Hose und Hemd war ein bewusster Versuch, mit Madisons Outfit zu harmonieren.

Sie formte mit den Lippen, dass ich ein Foto machen solle, hob dann ihr Martiniglas an Claytons Lippen, bevor sie ihn in einen Kuss zog. Ich machte ein weiteres Foto.

„Schick es Cory und sag ihm, wenn er jemals wieder uneingeladen bei mir aufkreuzt, wird er es bereuen.“

„Ich will nicht diejenige sein, die –“, begann ich langsam, doch meine Worte wurden von Madisons gerunzelter Stirn unterbrochen.

„Er ist nur so, weil ihr beide so heimlich getan habt. Das hat seinen inneren Detektiv geweckt", neckte ich.

„Oh. Das ist eine süße Art zu sagen, dass er neugierig, anmaßend und aufdringlich ist."

„Aber zu seiner Verteidigung –"

„Es gibt keine Verteidigung", schnaubte Madison.

„Er ist ein Freund, dem dein Wohlergehen wichtig ist", bot ich an. Sie winkte mein mitfühlendes Lächeln ab. Ihr Ärger hatte ein Leuchten über ihren Nasenrücken gezaubert, während Clay ein Lachen über ihre Antwort unterdrückte. Corys Mätzchen störten ihn nicht. Ich vermutete, dass er auch mehr Klarheit gewollt hatte.

Ich schickte das Foto und eine Nachricht mit einem sarkastischen „Bist du jetzt glücklich?"

Cory antwortete: „Endlich! Sag ihnen, sie sollen aufhören, so komisch rumzueiern, was ihre Beziehung angeht."

Als ich Madisons Nachricht weitergab, wie sie mit seinem nächsten unerbetenen Besuch umgehen wollte, schickte er ihr eine Antwort. Nach einer Reihe von Nachrichten verzogen sich Madisons Lippen zu einem diabolischen Lächeln.

„Maddy?", fragte ich misstrauisch. Ich bekam diesen Blick nicht oft zu sehen, aber er ging immer mit einer für sie untypischen Kleinlichkeit einher.

„Ich habe ihm gerade gesagt, dass all die Reels und Videos von ihm beim Training – die die Welt nicht braucht und um die niemand gebeten hat – Gastauftritte enthalten würden." Sie strahlte. „Und dass ich das Ende jedes Films spoilern würde, bis mir langweilig wird. Er hat aufgegeben."

Ich hätte den Austausch gern persönlich gesehen, aber Cory hatte unsere Einladung, sich uns anzuschließen, abgelehnt. Nachdem die Spannungen und Probleme in seiner Beziehung mit Alex offengelegt waren, schienen sie fleißig daran zu arbeiten. Cory gab zu, dass sich die Beziehung verändert hatte. Ich hoffte, ihre Bemühungen würden zu einem besseren Verständnis und einer besseren Fähigkeit führen, die Komplexitäten einer Beziehung mit einem Wandler zu meistern, obwohl ich aufgrund meiner Erfahrung und meines Zynismus den Anfang vom Ende voraussah. Ich hoffte, dass ich mich täuschte.

„Kommen Simeon und Kai auch?", fragte ich. Mephisto hatte nicht oft über den Schleier gesprochen und war in den letzten drei Tagen nur einmal dorthin zurückgekehrt. Clayton und Simeon waren überhaupt nicht dort gewesen. Kai kam täglich zurück, blieb aber nie länger als ein paar Stunden.

„Simeon hat Pearl, und Kai ist im Schleier. Er hat vor, morgen früh zurückzukommen."

Ich hatte Simeon kurz gesehen. Er holte die verlorene Zeit mit dem domestizierten Schneeleoparden nach, den er übermäßig liebgewonnen hatte.

„Wäre es so schlimm, wenn die Welt von Göttern erfahren würde?", fragte ich und teilte meine Aufmerksamkeit zwischen Clay und Mephisto auf. Immer, wenn über Kai gesprochen wurde, schlich sich Sorge in ihre Augen, weil sein Leben am meisten eingeschränkt war. Der Schleier war der einzige Ort, wo er fliegen konnte, etwas, das er tun musste. Er hatte hier festgesessen, und die erzwungene Einschränkung hatte ihm schwer zu schaffen gemacht.

„Ich weiß nicht. Die Reaktion der Regierung, anderer Sekten und der Menschen auf die Offenbarung der Elfen wird uns einen Eindruck verschaffen", erklärte Clay. „Unsere magische Immunität würde nicht gut aufgenommen werden, genauso wenig wie die Maßnahmen, die nötig wären, um uns wehrlos zu machen. Und Kais Fähigkeiten machen die Sache noch komplizierter. Auf dieser Seite des Schleiers gibt es keine Vogelwandler. Er besitzt Magie, er ist extrem stark, und er ist schnell. Stell dir vor, wie die Leute auf jemanden reagieren würden, der diese Fähigkeiten in der Luft besitzt?"

Mephistos und Clays kühle Uneinigkeit war zu spüren,

während ihre Mienen von Sorge überschattet wurden. Ich ließ das Thema auf sich beruhen. Sie würden ihre Existenz niemals preisgeben, wenn es Kais Sicherheit oder Wohlergehen gefährden würde. Eine weitere Diskussion war damit hinfällig.

Das ungelöste Problem war der Zeitrahmen, in dem sich die Elfen offenbaren würden. Mein Ausschluss aus ihrer Gemeinschaft bedeutete, dass ich dabei kein Mitspracherecht hatte. Anonymität gab ihnen Macht, und sie würden es so lange hinauszögern wie möglich.

„Ich gebe ihnen drei Monate. Das ist genug Zeit, um einen Anführer und einen Plan für ihre Offenbarung zu etablieren. Alles, was länger dauert, ist nur Verzögerungstaktik. Ich vertraue ihnen nicht genug, um ihnen einen Vertrauensvorschuss zu geben“, sagte Madison zu mir und las die Sorge in meinem Gesichtsausdruck.

Obwohl wir versuchten, das Gespräch unbeschwert zu halten, drehte es sich immer wieder darum, wie man verhindern konnte, dass der Schleier wieder geschlossen würde, Spekulationen darüber, wie die Menschen auf die Existenz der Elfen reagieren würden, und um Möglichkeiten, die Menschen von den magischen Fähigkeiten der Elfen wissen zu lassen. All das führte zu dem Schluss, dass es angesichts der Panik und Sorge, die mit der Entdeckung der Götter einhergehen würde, besser sei, ihre Existenz niemals preiszugeben. Das Hauptziel war, sicherzustellen, dass der Schleier nicht mehr geschlossen werden konnte. Mephisto und Clay hatten die Veränderung in Madisons Gesichtsausdruck als Reaktion auf diese Entscheidung entweder übersehen oder ignoriert. Wir waren uns darüber nicht einig. Madison glaubte nicht, dass der Schleier geschlossen werden sollte, wollte aber die Möglichkeit dazu haben, falls es nötig wäre. Ich konnte nicht sagen, ob sie zum Wohle der Allgemeinheit zulassen würde, dass Mephisto und Clay eingesperrt wurden.

Minutenlang musterte ich sie und war keinen Deut schlauer. Ich wandte meine Aufmerksamkeit von ihrem schwachen, widersprüchlichen Lächeln ab und wandte mich meinem Weinglas zu. Diese Diskussion war für später.

Clay und Mephisto sprachen nicht über ihre Pläne, ihre Aufgaben im Schleier wieder aufzunehmen. Sie schienen mehr Teil dieser Welt als des Schleiers zu sein. Ich fragte mich, wann sie zu der Schlussfolgerung gekommen waren, und wenn ja, ob es etwas ändern würde.

Mephistos Finger verschränkten sich mit meinen, als wir uns meiner Wohnung näherten. „Madison will einen Weg behalten, um den Schleier zu schließen, nicht wahr?", fragte er.

Ich blieb abrupt stehen und presste meine Lippen zusammen, unfähig, eine Antwort zu geben, die Madisons Vertrauen nicht verraten hätte. Ich öffnete mehrmals den Mund, um etwas zu sagen, aber es kam nichts.

Er drückte mir einen Kuss auf die Stirn und sagte: „Ihr beide kommuniziert vielleicht nicht so wie ich mit den Jägern, aber ihr habt ein Mittel zur Kommunikation. Ich verstehe die Nuancen nicht, aber es existiert eindeutig. Es gab einen Austausch zwischen euch beiden, und ich dachte mir, dass das der Kern der Sache war. Täusche ich mich?"

Ich stammelte über einige Worte, aber nichts Zusammenhängendes kam heraus.

Er fuhr fort. „Ich verstehe ihre Gründe und muss ihr Recht geben. Es muss einen Weg geben, ihn zu schließen und geschlossen zu halten. Ich fühle mich ganz wohl damit, dass du und Madison die Verwalter davon seid. Selbst zu eurem Nachteil und Unbehagen tut ihr beide das Beste für alle, die davon betroffen sein werden. Eigenschaften, die jeder haben muss, der eine solche Entscheidung treffen muss."

Es war ein Job, den ich nicht wollte, aber ich wusste,

dass er nötig war. Würde ich die richtige Wahl treffen? Er hatte mehr Vertrauen in meine Fähigkeiten als ich in diesem Moment. Die letzten Wochen hatten meine Bereitschaft zu Selbstverleugnung und Selbstaufopferung erstickt.

Vor meiner Tür stand eine Kiste. Als ich sie aufriss, lag darin der Pflock. Landon hatte ihn nicht in die Schatulle zurückgelegt, in dem er zuvor gewesen war. An dem Pflock klebte eine kurze Notiz.

Ich habe dafür gesorgt, dass er niemals gegen mich verwendet wird. Du wirst deine Schuld begleichen.

Ich versuchte zu schlucken, aber der Kloß in meinem Hals wollte nicht weichen. Flache Atemzüge ersetzten normales Atmen, und es war nur eine Frage der Zeit, bis ich ohnmächtig werden würde.

„Erin?", fragte Mephisto und hielt mein Gesicht in den Händen. Aber ich hatte keine Worte, darum reichte ich ihm einfach den Zettel.

„Landon." Er spie seinen Namen mit der Bosheit eines Fluchs aus. Blanke Wut lag darin. „Er will jemanden zeugen, der dir wichtig ist, um dafür zu sorgen, dass du den *Mors Obscura* niemals gegen ihn verwendest oder ihn in die falschen Hände fallen lässt", sagte er und bestätigte damit, was ich vermutete. Er ließ den Zettel fallen, bevor er meine Hand ergriff.

Ich zwang mich, tiefer zu atmen und holte mein Handy heraus, um Landon anzurufen. Die dunkle Vorahnung ließ meine Worte zu einem krächzenden Flüstern werden.

„Was hast du getan?"

„Was notwendig war. Jetzt liegt es an dir. Willst du, dass dein Mensch als Vampir lebt oder stirbt?", fragte er.

Mein Mensch: Dr. Sumner.

Tränen trübten meine Sicht. Mephisto wischte die Tränen weg, die mir übers Gesicht liefen.

„Komm zu ihm nach Hause, wenn du willst, dass er lebt", wies Landon mich an.

Ohne ihm die Höflichkeit einer Bestätigung zu erweisen, legte ich auf. Mephisto nahm mir das Handy aus der Hand und verhinderte, dass ich es an die Fassade schleuderte. Das Bedürfnis, etwas zu zerstören, war unerträglich.

Mephisto packte mich am Arm, als ich zum Auto eilte. „Was hast du vor?"

„Dr. Sumner retten", presste ich heraus. Es fühlte sich an, als würde ich versuchen, einen Felsbrocken wegzuschleppen, während ich versuchte, mich von ihm loszureißen.

„Erin?"

„Was!", fauchte ich, und meine Tränen flossen in Strömen.

„Wie willst du ihn retten?"

Ich starrte ihn wütend an.

„Die einzige Möglichkeit ist, ihn zu der Art Vampir zu machen, gegen die du dich so sehr gewehrt hast, oder ihn einen menschlichen Tod sterben zu lassen", sagte er, als seine erste Frage unbeantwortet blieb.

Ich schaffte es nicht, die Fassung zu bewahren. Ich schluckte, wischte mir die Tränen aus den Augen und schluchzte. „Er will kein Vampir sein", sagte ich mit so zitternder Stimme, dass ich nicht sicher war, ob er verstand, was ich sagte.

Mephisto zog mich in eine feste Umarmung. „Erin", sagte er mit sanfter Stimme. „Er will kein Vampir sein, und du willst keinen erschaffen. Du weißt, was zu tun ist."

Ich umarmte ihn fester.

„Es tut mir so leid, Erin."

Keine Plattitüden oder tröstenden Worte konnten das Unvermeidliche ändern. Dr. Sumner würde sterben.

„Ich will nicht, dass er stirbt."

Mephisto zog sich von mir zurück und hielt mein Gesicht

in seinen Händen. „Er ist schon tot. Wenn du ihn nicht trinken lässt, wird er sterben. Wenn du es tust, wird er ein Vampir. Sein menschliches Leben ist vorbei."

Die Realität einer Welt ohne Dr. Sumner zu begreifen, trieb mich in die Verzweiflung. Die Grundsätze, an die ich glaubte, schienen nicht länger wichtig zu sein. „Er sollte ein Vampir sein. Er würde seine Macht nicht missbrauchen. Ich weiß, dass er das nicht tun würde. Ich würde ihn im Auge behalten und –"

„Er wäre ein Vampir. Nicht länger der Dr. Sumner, den du kennst. Du könntest nicht mehr vernünftig mit ihm reden, weil seine Loyalität demjenigen gelten würde, der ihn gezeugt hat. Ein oberflächlicher Überrest des Mannes, den du gekannt hast, wäre alles, was übrigbliebe. Er hat dir gesagt, dass er kein Vampir sein will, also respektiere seinen Wunsch. Das bist du ihm schuldig."

„Er würde nie Landon gehören. Er ist mein!", presste ich hervor und löste mich von ihm. Der Kummer hatte mich weit von der Vernunft weggetrieben und es unmöglich gemacht, sie zu sehen. „Er ist mein", flüsterte ich.

„Das ist er", sagte Mephisto leise. „Er würde sich angemessen von dir verabschieden wollen. Wirst du das tun?"

Sekunden verstrichen, während ich weinte und langsam akzeptierte, was getan werden musste. Das Richtige für Dr. Sumner, für alle. Aber mein Körper weigerte sich, sich auf das Ziel auszurichten. Ich konnte mich nicht bewegen. Meine Füße waren am Boden festgewurzelt. Mephisto legte seine Hand auf meinen Rücken, um mich sanft anzuschieben.

Erin, du musst es tun. Er braucht dich. Ich wischte mir mit der Hand über das Gesicht, um die restlichen Tränen zu beseitigen, nahm den Pflock aus der Tüte und marschierte zum Auto.

„Ich werde Dr. Sumner einen guten Tod geben, aber der von Landon wird schmerzhaft sein."

Landon antwortete auf mein Hämmern, ein ominöses Grinsen umspielte seine Lippen, das jedoch verschwand, als ich ihn mit einem magischen Schlag in seine Brust mehrere Meter zurückstieß. Elon packte mich an einer Handvoll Haar, zog mich an sich und hatte seine Reißzähnen an meinem Hals.

„Lass sie los!", verlangte Mephisto von der Tür aus und suchte mit berechnenden Augen nach einem Vorteil, bevor Elon seine Reißzähne bei mir einsetzen konnte.

Elons kühler Atem schlug mir gegen den Hals, während er lachte.

„Erin, mach es mir bitte nicht so schwer", bat Dallas von dort aus, wo er stand, um Landon zu beschützen, der sich jetzt aufrappelte und sich die Brust rieb, wo die Magie ihn getroffen hatte. Sein Gesicht verzog sich vor hinterlistiger Verachtung.

„Diese Unverfrorenheit", tadelte er.

„Fahr zur Hölle!", fauchte ich.

„Deinen roten Augen nach zu urteilen, scheinst du in deiner eigenen persönlichen Hölle gewesen zu sein. Hast du geglaubt, du könntest die Regeln nach Lust und Laune ändern? Du hast eine offene Schuld, die beglichen werden muss. Ich schätze es nicht, dich zur Einhaltung zwingen zu müssen."

Mit einer übertriebenen Geste wies er auf Dr. Sumner. Dr. Sumners Gesicht war blass, und seine Augen waren geschlossen. Ich starrte Landon wütend an und übertrug meine Verachtung auf Dallas, der ihn beschützte. Meine Nägel gruben sich in Elons Hand und verursachten ihm so viel Schmerz wie möglich, während er auf Landons Befehl wartete, seine Zähne gegen mich einzusetzen.

Ich war bereit, Dr. Sumner sterben zu lassen. Das war der

Plan. Aber als ich ihn auf dem Sofa liegen sah, wurde die Entscheidung noch schwerer.

Ich sah keinen Vampir im Übergang, als ich auf ihn blickte. Ich sah meinen Therapeuten und den einzigen Menschen, der mir erlaubte, auf eine Weise verletzlich zu sein, die ich nie gekannt hatte. Einen Menschen, mit dem ich meine Geheimnisse teilen konnte. Den Mann, der sich auf eine Weise um mich kümmerte, die ich nie erwartet hätte. Ich sah meinen Freund. Und ich würde ihn nehmen, wie ich ihn haben konnte. Sogar als Vampir.

„Was muss ich tun?", fragte ich. Mephisto öffnete den Mund, um zu sprechen, aber er hielt sich zurück.

Ein Lächeln umspielte langsam Landons Lippen, und alles in mir wollte es ihm so unsanft wie möglich aus dem Gesicht wischen.

„Er braucht nur dein Blut."

„Okay."

„Lass sie los, aber nimm ihr den Pflock!", befahl Landon und grinste höhnisch über den Pflock, der aus meinem Kleid ragte.

Ich ging zu Dr. Sumner, drückte meine Hand auf die dem Biss gegenüberliegende Seite und suchte nach seinem Puls. Er war schwach, aber vorhanden. Bevor ich meinen Körper in Position bringen konnte, um ihn trinken zu lassen, war Mephisto an meiner Seite.

„Erin?", sagte er.

Ich blickte von Dr. Sumner auf und blinzelte, bis Mephisto nicht mehr wie ein verschwommener Fleck vor mir zu sehen war. „Ich kann ihn nicht sterben lassen. Bitte verlang das nicht von mir."

„Erin", flehte er.

„Tu das nicht." Ich wandte meinen Blick von der Enttäuschung ab, die in seinen Augen lag. Er seufzte und nickte, aber seine Resignation sprach Bände und von dem Versprechen, das er mir gegeben hatte. Er würde mich beschützen.

War das etwas, wovor er glaubte, mich beschützen zu müssen?

Ich hob meinen Blick über den Schleier aus nassen Wimpern und flüsterte: „Lass ihn leben. Du musst ihn leben lassen. Bitte."

„Ich kann nicht. Du weißt selbst, dass das nicht das Beste für alle Beteiligten ist, und er hat gesagt, dass er kein Vampir sein will."

„Bitte. Er wird keine Bedrohung sein. Ich schaffe das. Du weißt, dass ich es immer schaffe. Bitte töte meinen Freund nicht." Wieder flossen Tränen und Mephisto fluchte leise.

„Ich. Hasse. Dich", spie er Landon mit einer solchen Gehässigkeit in jedem Wort an, dass es mir einen Schauer über den Rücken jagte. Purer Hass.

Landon trat vorsichtig einen Schritt zurück. „Nun, das ist schmerzlich", sagte er in einem lebhaften, melodischen Ton, der den instinktiven Hass, den wir für ihn empfanden, nur noch verstärkte. Landon nutzte Dallas weiter als Schild, als er näherkam. „Mein Blut erhält ihn am Leben, deshalb ist sein Puls so schwach. Es wird jedoch nicht lange anhalten. Er muss von dir trinken, um zu überleben."

„Er wird nicht leben", sagte ich grimmig.

Landon verdrehte die Augen. „Als Vampir leben", verbesserte er sich.

„Du hättest ihr das nicht antun sollen", sagte Mephisto mit tödlich leiser Stimme, während er tröstend meinen Arm streichelte. Sein Hass war so intensiv, dass nichts, was er tat, ihn dämpfen konnte. Seine Bemühungen, sich nicht seinem Hass hinzugeben, amüsierten die Vampire.

„Sie hätte sich an die Vereinbarung –"

Mephistos Faust krachte auf den Sofatisch neben uns und zersplitterte ihn in große Holzstücke. Bevor die Vampire reagieren konnten, war ein Stück davon in Elons Brust und Dallas war in die Küche geschleudert worden. Landons Mund öffnete sich, obwohl seine warnenden Worte nutzlos waren, als Mephisto schnell ein Messer aus dem Hackklotz holte und es Dallas in die Brust stieß.

„Mit dieser Verletzung wirst du trinken müssen", sagte Mephisto kühl, dann blitzte sein Blick zu Elon, der den wahren Tod erleiden würde, wenn er nicht trank. Sie waren für Landon im Moment nutzlos, er würde allein zurückbleiben müssen.

„Geh", befahl Landon. Dallas zog das Messer mit einer Grimasse aus seiner Brust. Die Wunde begann zu heilen, doch eine Verletzung dieser Schwere machte Trinken nötig, um seine Kraft wieder aufzutanken.

Landon richtete sich auf, starrte Mephisto mit zusammengekniffenen Augen an und ging dann zu dem *Mors Obscura*, den Elon fallen gelassen hatte. Landon verfolgte Mephistos Bewegungen, egal, wie klein sie auch waren.

„Wie ich sagte, als ich so unhöflich unterbrochen wurde: Sie hätte sich an die Vereinbarung halten sollen. Jetzt muss sie es." Landon versuchte, die Angst in seinem Gesicht zu unterdrücken, während er langsam auf mich zukam.

„Was muss ich?", fragte ich.

„Zuerst musst du dein schlechtgelauntes Biest zurückrufen." Landon kochte vor Wut. Mephisto hatte sich in ein zweibeiniges Raubtier in einem teuren Anzug verwandelt, das bereit war, bei der kleinsten Bewegung zuzuschlagen. Ein Produkt des Schleiers in seiner reinsten Form.

Mephistos leicht geneigter Kopf und seine zusammengekniffenen, berechnenden Augen machten mich misstrauisch. Obsidianschwarze Augen begegneten Mephistos, was in einem Gewitter der Feindseligkeit gipfelte.

„Eine Existenz als Vampir ist besser als gar nicht zu existieren", sagte Landon, um Mephisto zur Vernunft zu bringen. „Sieh sie dir an. Glaubst du, sie wird sich von seinem Tod erholen? Lass sie ihn behalten."

Nichts an Mephistos Verhalten zeigte, dass Landons Worte zu ihm durchgedrungen waren, doch Landon bewegte sich langsam auf mich zu, als ob er es glaubte. Er blieb vorsichtig mit seinen Bewegungen und behielt Mephisto im Auge.

„Sein Herz wird aufhören zu schlagen. Wenn das passiert, muss er trinken, um als Vampir wieder zu leben. Ich muss den ersten Biss machen. Das Gift, das ich produziere, wird den Prozess einleiten." Er behielt Mephisto im Auge, während er Dr. Sumners Puls ertastete, und seinen Blick für einen Moment abwandte, um mich anzusehen, während er mein Haar zur Seite strich, um meinen Hals freizulegen.

„Mein Handgelenk", sagte ich und wich seiner Berührung aus.

„Dann wird es länger dauern", bemerkte Landon.

„Dann tut es das."

Landon ergriff meinen dargebotenen Arm. Als er träge mit dem Finger darüber glitt, erntete er ein leises, gereiztes Grollen von Mephisto. Amüsiert darüber und überzeugt, dass Landon vor einer Reaktion sicher war, zischte ich, als er seine Zähne in meinen Arm schlug. Es fühlte sich anders an, wenn der sinnliche Nebel von Sex nicht involviert war, wie bei den vielen Vampirbissen, die ich von meinem Ex bekommen hatte.

Ich wischte mir die einsame Träne weg, die mir über die Wange floss, und positionierte mich so, dass Dr. Sumner mühelos aus meinem Arm trinken konnte. Mephisto war ein Nebel aus Bewegungen in meinem tränenverhangenen Blickfeld, als er Landon von seinem Platz neben mir riss und ihn gegen die Wand schleuderte. Ich ignorierte den Putz, der auf den Boden regnete. Ein Tropfen meines Blutes, und Dr. Sumners Augen öffneten sich. Seine leuchtenden, veilchenblauen Augen waren stumpf geworden und hatten einen grauen Schimmer. Er schloss seine Finger um meinen Arm und saugte daran wie jemand, der an Dehydrierung leidet. Sobald der Übergang vorüber war, würden seine Augen schwarz sein. Meine Tränen flossen ungebremst, die Gewalt zwischen Landon und Mephisto war ein verstörender Soundtrack, den ich mich zu ignorieren zwang.

Dr. Sumner trank hungrig von mir. Es war offensichtlicher denn je, dass das nicht der Mann war, für den ich so starke Gefühle entwickelt hatte. Er war jetzt ein Vampir. So etwas wie einen guten Tod gab es nicht, aber ich würde ihm den besten geben, den ich konnte.

Mit meiner freien Hand strich ich ihm die Haare aus der feuchten Stirn. Als ich seine kühle Haut berührte, flammte ein Maß an Verzweiflung und törichter Hoffnung in mir auf, das es zu meinem einzigen Ziel machte, den Menschen zurückzuholen, der mir entglitt. Malific hatte Leben erschaffen. Ich hatte Leben aus Pflanzen erschaffen. Es musste etwas geben, das ich tun konnte.

Der Zauber kam so schnell, dass es sich ganz natürlich anfühlte; er verwob Teile des Pflanzenzaubers und modifizierte einen Zauber aus *Mystic Souls*. Er verlangte danach, benutzt zu werden. Ich war bereit, es zu tun. Die Magie löste sich von mir, ein unsichtbarer Faden band mich an ihn. Dr. Sumner keuchte und lockerte den Griff um meinen Arm. Kleine magische Impulse strömten über seinen Körper, bevor er meinen Arm mit einem Schmerzensschrei fallen ließ. Er rollte sich auf die Seite und krümmte sich, sein Körper zuckte und verkrampfte sich, bevor er sich entspannte und in Fötusstellung liegenblieb. Der Kampf hörte auf, und ich blickte auf die beiden verletzten und blutigen Männer und den Raum, dem es viel schlechter ergangen war. Landon stand mit offenem Mund da, sein Ohr aufmerksam in Dr. Sumners Richtung gewandt. Seine Miene wurde finster.

„Er hat einen Herzschlag. Er. Hat. Einen. Herzschlag. Erin, was zum Teufel hast du getan!", tobte er. Dr. Sumner setzte sich auf. Sein Gesicht war noch immer blass, aber lebendig. Der Mitternachtsschleier war aus seinen Augen gewichen und machte langsam dem Veilchenblau Platz.

„Ich habe verhindert, dass er ein Vampir wird“, sagte ich, und meine Stimme zitterte vor Unsicherheit, die ich trotz der tiefen Atemzüge von Dr. Sumner, des Herzschlags, den Landon hörte, und des mit jedem Moment stärker werdenden Glühens seiner Vitalität empfand.

Mit vor Staunen weit aufgerissenen Augen starrte Landon mich an, dann Dr. Sumner und verschwand, gerade als Mephisto sich mit dem *Mors Obscura* in der Hand auf ihn stürzen wollte.

Mephisto ließ seufzend den Kopf sinken. „Du hast den Vampirismus umgekehrt, Erin. Es gibt keine Berichte darüber, dass das jemals jemand geschafft hat. Nicht einmal Erzgötter. Ich muss Landon töten, bevor er dich tötet. Wenn das erst einmal bekannt wird, wird dich kein Vampir auf dieser Seite oder im Schleier am Leben lassen wollen.“

NACHRICHT AN
MEINE LESER*INNEN

Vielen Dank, dass Sie *Ironclad* aus den vielen Titeln ausgewählt haben, die Ihnen zur Auswahl stehen. Mein Ziel ist es, eine fesselnde Welt, faszinierende Charaktere und eine interessante Erfahrung für Sie zu schaffen. Ich hoffe, das ist mir gelungen. Rezensionen sind für Autoren sehr wichtig und helfen anderen Lesern, unsere Bücher zu entdecken. Bitte nehmen Sie sich einen Moment Zeit, um eine Bewertung abzugeben. Ich würde gerne Ihre Meinung zu diesem Buch erfahren. Egal, ob Sie ein paar Sätze oder mehrere Absätze schreiben, ich weiß Ihre Bewertung zu schätzen.

Um Benachrichtigungen über neue Cover, Werbeaktionen, Updates und Neuerscheinungen zu erhalten, melden Sie sich bitte für meine mckenziehunter.com/Mailingliste.de.

www.ingramcontent.com/pod-product-compliance
Lightning Source LLC
Chambersburg PA
CBHW060659190726
48289CB00002B/476